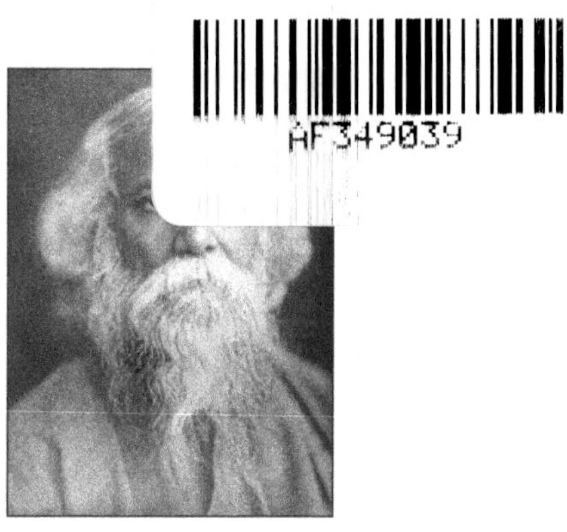

रवीन्द्रनाथ टैगोर
7 जून 1861 – 7 अगस्त 1941

अपने काव्य-संग्रह *गीतांजलि* के लिए 1913 में साहित्य में नोबेल पुरस्कार से अलंकृत, एकमात्र भारतीय साहित्यकार हैं रवीन्द्रनाथ टैगोर। बहुविध प्रतिभा के धनी रवीन्द्रनाथ टैगोर कवि होने के साथ कथाकार, संगीतज्ञ, चित्रकार, दार्शनिक, समाज-सुधारक और विचारक भी थे। बांग्ला में उन्होंने दो हज़ार से अधिक गीत लिखे और उन्हें संगीतबद्ध किया। बांग्ला साहित्य और संगीत पर उनका गहरा प्रभाव आज भी देखा जा सकता है।

कलकत्ता के एक सम्पन्न एवं शिक्षित परिवार में जन्मे रवीन्द्रनाथ टैगोर ने लंदन विश्वविद्यालय में कानून का अध्ययन तो किया लेकिन बिना डिग्री प्राप्त किये स्वदेश लौट आये। देश के स्वतंत्रता संग्राम में योगदान देने के साथ उन्होंने कलकत्ता के पास भारतीय परम्परा और पद्धति के अनुसार शिक्षा देने के लिए 'शांति निकेतन विश्वविद्यालय' की स्थापना की। देश के स्वतंत्रता आंदोलन में वे सक्रिय थे जिसके चलते उनके और गाँधीजी के बीच गहरी मित्रता हो गयी थी। गाँधीजी के व्यक्तित्व से प्रभावित होकर टैगोर ने उन्हें 'महात्मा' का खिताब दिया था।

टैगोर की श्रेष्ठ कहानियाँ

रवीन्द्रनाथ टैगोर

ISBN : 9789393267320

पहला संस्करण : 2023 © राजपाल एण्ड सन्ज़
TAGORE KI SHRESHTH KAHANIYAN (Stories)
by Rabindranath Tagore
मुद्रक : रेप्रो इंडिया लिमिटेड

राजपाल एण्ड सन्ज़
1590, मदरसा रोड, कश्मीरी गेट, दिल्ली–110006
फोन : 011–23869812, 23865483, 23867791
e-mail : sales@rajpalpublishing.com
www.rajpalpublishing.com
www.facebook.com/rajpalandsons

क्रम

काबुलीवाला

मेरी पाँच वर्ष की छोटी बेटी मिनी बिना बोले पल भर भी नहीं रह सकती। संसार में जन्म लेने के बाद भाषा सीखने में उसने केवल एक वर्ष का समय खर्च किया था, उसके बाद से जब तक वह जागती रहती है एक पल भी मौन रहकर नष्ट नहीं करती। उसकी माँ बहुत बार डाँटकर उसका मुँह बन्द करवा देती है, किन्तु मैं यह नहीं कर पाता। चुपचाप बैठी मिनी देखने में ऐसी अस्वाभाविक लगती है कि मुझे बहुत देर तक सहन नहीं होता। इसलिए मेरे साथ उसका वार्तालाप कुछ उत्साह के साथ चलता है।

सुबह मैंने अपने उपन्यास के सत्रहवें परिच्छेद में हाथ लगाया था कि मिनी ने आते ही बात छेड़ दी, ''पिताजी, रामदयाल दरबान काक को कौआ कहता था, वह कुछ नहीं जानता। है न?''

संसार की भाषाओं की विभिन्नता के सम्बन्ध में उसे ज्ञानदान करने के लिए मेरे प्रवृत्त होने के पहले ही वह दूसरे प्रसंग पर चली गई। ''देखो पिताजी, भोला कह रहा था कि आकाश में हाथी सूँड से पानी डालता है, उसी से वर्षा होती है। ओ माँ! भोला कैसी बेकार की बातें करता है! खाली बकबक करता रहता है! दिन-रात बकबक लगाये रहता है।''

इस बारे में मेरी हाँ-ना की तनिक भी प्रतीक्षा किये बिना वह अचानक प्रश्न कर बैठी, ''पिताजी, माँ तुम्हारी कौन होती हैं?''

मन-ही-मन कहा, ''साली...''; ऊपर से कहा, ''मिनी, जा तू भोला के साथ खेल! मुझे इस समय काम है।''

तब वह मेरे लिखने की मेज़ के किनारे मेरे पैरों के पास बैठकर अपने दोनों घुटनों पर हाथ रखकर बड़ी तेज़ी से 'आगृडूम वागृडूम' कहते हुए खेलने लगी। मेरे सत्रहवें परिच्छेद में उस समय प्रतापसिंह कांचनमाला को लेकर अँधेरी रात में कारागार के उच्च वातायन से नीचे बहती नदी के जल में कूद रहे थे।

मेरा कमरा सड़क के किनारे पर था। सहसा मिनी 'आगृडूम वागृडूम' का खेल

छोड़कर जंगले की तरफ़ भागी और ज़ोर-ज़ोर से पुकारने लगी, ''काबुलीवाले, ओ काबुलीवाले!''

मैले-से ढीले-ढाले कपड़े पहने, सिर पर पगड़ी बाँधे, पीठ पर झोली लिए, हाथों में अंगूरों के दो-चार डिब्बे लिए एक लम्बा काबुलीवाला सड़क पर धीरे-धीरे जा रहा था—उसे देखकर मेरी कन्या-रत्न के मन में कैसे भाव उठे, कहना कठिन है। उसने उसको ऊँची आवाज़ में बुलाना शुरू कर दिया। मैंने सोचा, 'बस अब पीठ पर झोली लिए एक आफ़त आ खड़ी होगी, मेरा सत्रहवाँ परिच्छेद अब पूरा नहीं हो सकता।'

किन्तु मिनी की चीख पर ज्यों ही काबुलीवाले ने हँसकर मुँह फेरा और मेरे घर की ओर आने लगा, त्यों ही वह झटपट अन्त:पुर में भाग गयी—उसका नामो-निशान भी दिखाई नहीं पड़ा। उसके मन में एक तरह का अन्धविश्वास था कि उस झोली के भीतर खोज करने पर उसके समान दो-चार जीवित मानव-सन्तान मिल सकती हैं।

इधर काबुलीवाला आकर मुस्कराता हुआ मुझे सलाम करके खड़ा हो गया। मैंने सोचा, 'यद्यपि प्रतापसिंह और कांचनमाला की अवस्था अत्यन्त संकटापन्न है तथापि आदमी को घर पर बुला लेने के बाद उससे कुछ न खरीदना शोभा नहीं देता।'

कुछ खरीदा। उसके बाद दो-चार बातें भी हुईं। अब्दुर्रहमान से रूस, अंग्रेज़ों आदि से लेकर सीमान्तप्रदेश की रक्षा-नीति के बारे में बातचीत होने लगी।

अन्त में उठकर चलते समय उसने पूछा, ''बाबू, तुम्हारी लड़की कहाँ गयी?''

मैंने मिनी के भय को समूल नष्ट कर देने के अभिप्राय के उसे भीतर से बुलवा लिया—वह मेरी देह से सटकर काबुलीवाले के चेहरे और झोली की ओर संदिग्ध दृष्टि से देखती खड़ी रही। काबुलीवाला उसे झोली से किशमिश, खुबानी निकालकर देने लगा, पर वह लेने को किसी तरह राज़ी नहीं हुई। दुगुने सन्देह से मेरे घुटने से सटकर रह गयी। प्रथम परिचय इस प्रकार पूरा हुआ।

कुछ दिन बाद एक दिन सवेरे किसी काम से घर से बाहर जाते समय देखा, मेरी दुहिता द्वार के पास बैंच पर बैठकर अनर्गल बातें कर रही है और काबुलीवाला उसके पैरों के पास बैठा मुस्कराता हुआ सुन रहा है और बीच-बीच में प्रसंगानुसार अपना मतामत भी मिश्रित बांग्ला में व्यक्त कर रहा है। मिनी को अपने पंचवर्षीय जीवन की अभिज्ञता में पिता के अतिरिक्त ऐसा धैर्यवान श्रोता कभी नहीं मिला था। मैंने यह भी देखा कि उसका छोटा आँचल बादाम-किशमिश से भरा था। मैंने काबुलेवाले से कहा, ''उसे यह सब क्यों दिया? अब फिर मत देना!'' और मैंने जेब से एक अठन्नी निकालकर उसको दे दी। बिना संकोच के अठन्नी लेकर उसने झोली में रख ली।

घर लौटकर देखा, उस अठन्नी को लेकर पूरा झगड़ा मचा हुआ है।

मिनी की माँ सफ़ेद चमचमाती गोलाकार वस्तु को लेकर कड़े स्वर में मिनी से

पूछ रही थी, ''तुझे यह अठन्नी कहाँ से मिली ?''

मिनी कह रही थी, ''काबुलीवाले ने दी है।''

उसकी माँ कह रही थी, ''काबुलीवाले से अठन्नी लेने तू क्यों गयी ?''

मिनी ने रोने की तैयारी करते हुए कहा, ''मैंने माँगी थोड़ी ही थी, उसने स्वयं दी।''

मैंने आकर आसन्न विपद् से मिनी का उद्धार किया और उसे बाहर ले गया।

पता चला, काबुलीवाले से मिनी की यह दूसरी मुलाकात हो, ऐसा नहीं था। इस बीच में उसने प्राय: प्रतिदिन आकर पिस्ता-बादाम, घूस में देकर मिनी के नन्हे लुब्ध हृदय पर बहुत-कुछ अधिकार कर लिया है।

मालूम हुआ, उन दो मित्रों में कुछ बँधी हुई बातें और परिहास प्रचलित हैं—जैसे रहमत को देखते ही मेरी कन्या हँसते-हँसते पूछती, ''काबुलीवाले ! ओ काबुलीवाले ! तुम्हारी झोली में क्या है ?''

रहमत अनावश्यक चन्द्रबिन्दु जोड़कर हँसते हुए उत्तर देता, ''हाँति।''

अर्थात् उसकी झोली में एक हाथी है। उसकी हँसी का यही गूढ़ रहस्य था। यह रहस्य बहुत ज्यादा गूढ़ था यह तो नहीं कहा जा सकता, किन्तु इस परिहास से दोनों ही काफ़ी विनोद का अनुभव करते रहते—और शरत्काल के प्रभात में एक वयस्क और एक अप्राप्तवयस्क शिशु का सरल हास्य देखकर मुझे भी अच्छा लगता।

इनमें एक और बात भी प्रचलित थी। रहमत मिनी से कहता, ''मुन्नी, तुम क्या ससुराल कभी नहीं जाओगी !''

बंगाली परिवार की लड़की जन्म-काल से ही 'ससुराल' शब्द से परिचित रहती है, किन्तु हम लोगों के कुछ आधुनिक ढंग के लोग होने के कारण शिशु बालिका को ससुराल के सम्बन्ध में परिचित नहीं कराया गया था। इसीलिए वह रहमत के अनुरोध को ठीक से नहीं समझ पाती थी, फिर भी प्रश्न का कुछ-न-कुछ उत्तर दिये बिना चुप रह जाना उसके स्वभाव के बिलकुल विपरीत था—वह उलटकर पूछती, ''तुम ससुराल जाओगे ?''

रहमत काल्पनिक ससुर के प्रति खूब मोटा घूँसा तानकर कहता, ''मैं ससुर को मारूँगा।''

सुनकर मिनी 'ससुर' नामक किसी एक अपरिचित जीव की दुरावस्था की कल्पना करके खूब हँसती।

शुभ्र शरत्काल था। प्राचीन काल में, राजे-महाराजे दिग्विजय के लिए इसी ऋतु में निकलते थे। मैं कलकत्ता छोड़कर कभी कहीं नहीं गया, शायद इसी से मेरा मन

पृथ्वी-भर में चक्कर काटता फिरता है। मैं मानो अपने घर के कोने में चिरप्रवासी होऊँ, बाहर के जगत् के लिए मेरा मन सदा विकल रहता है। विदेश का कोई नाम सुनते ही मेरा मन दौड़ पड़ता है, उसी प्रकार विदेशी व्यक्ति को देखते ही नदी-पर्वत-अरण्य के बीच कुटी का दृश्य मन में उदित होता है और एक उल्लासपूर्ण स्वाधीन जीवन-यात्रा की बात कल्पना में साकार हो उठती है।

दूसरी ओर मैं ऐसा उद्भिज प्रकृति का व्यक्ति हूँ कि अपना कोना छोड़कर बाहर निकलते ही सिर पर वज्राघात हो जाता है इसीलिए सुबह अपने छोटे-से कमरे में मेज़ के सामने बैठकर इस काबुलीवाले के साथ बातचीत करने से भ्रमण का मेरा काफ़ी काम हो जाता। दोनों ओर बन्धुर दुर्गम दग्ध रक्तवर्ण उच्च गिरि-श्रेणी, बीच में संकीर्ण मरुपथ, भार से लदे ऊँटों की चलती हुई पंक्ति; साफ़ा बाँधे वणिक, पथिकों में से कोई ऊँट के ऊपर, कोई पैदल, किसी के हाथ में बल्लम, किसी के हाथ में पुरानी चाल की चकमक जड़ी बन्दूक—काबुलीवाला मेघ-मन्द्र स्वर में टूटी-फूटी बांग्ला में अपने देश की बातें कहता और उसकी तस्वीर मेरी आँखों के सामने आ जाती।

मिनी की माँ बहुत शंकालु स्वभाव की महिला थीं। रास्ते में कोई आवाज़ सुनते ही उन्हें लगता, धरती के सारे शराबी उन्हीं के घर की ओर लक्ष्य बनाकर दौड़े चले आ रहे हैं। यह पृथ्वी सर्वत्र चोर, डकैत, शराबी, साँप, बाघ, मलेरिया, शूककीट, तिलचट्टों और गोरों से परिपूर्ण है, इतने दिन (बहुत अधिक नहीं) धरती पर वास करने पर भी यह विभीषिका उसके मन से दूर नहीं हुई थी।

रहमत काबुलीवाले के सम्बन्ध में वे पूर्ण रूप से निःसंशय नहीं थी। उस पर विशेष दृष्टि रखने के लिए उन्होंने मुझसे बार-बार अनुरोध किया था। मुझसे एक-एक करके कई प्रश्न पूछे, ''क्या कभी किसी के बच्चे चोरी नहीं हो जाते? काबुलवाले के देश में क्या दास-व्यवसाय प्रचलित नहीं है? एक भीमकाय काबुलीवाले के लिए एक छोटे-से बच्चे को चुरा ले जाना क्या नितान्त असम्भव है?''

मुझे स्वीकार करना पड़ा, बात असम्भव हो, ऐसा तो नहीं, किन्तु अविश्वसनीय है। पर विश्वास करने की शक्ति सबमें समान नहीं होती, इसीलिए मेरी पत्नी के मन में भय बना रहा। किन्तु, मैं इस कारण निर्दोष रहमत को अपने घर आने से मना नहीं कर सका।

प्रतिवर्ष माघ के महीने के बीचोंबीच रहमत अपने देश चला जाता। इस समय वह अपना सारा रुपया वसूल करने में बड़ा व्यस्त रहता। दूर-दूर घूमना पड़ता, पर फिर भी वह मिनी को एक बार दर्शन दे जाता। देखने पर सचमुच ऐसा लगता मानो दोनों में कोई षड्यंत्र चल रहा हो। जिस दिन वह सवेरे नहीं आ पाता, उस दिन देखता कि वह संध्या को आ पहुँचा है। अँधेरे में कमरे के कोने में ढीला-ढाला कुरता-पायजामा पहने, झोला-झोली वाले उस लम्बे आदमी को देखने पर मन में सचमुच

ही अचानक एक आशंका उठती। किन्तु, जब देखता कि मिनी ''काबुलीवाले, ओ काबुलीवाले'' कहती हँसती हुई दौड़ी चली आती एवं उन दो असमान वय वाले मित्रों में पुराना, सरल परिहास चलता रहता, तो मेरा हृदय प्रसन्नता से भर उठता।

एक दिन सवेरे मैं अपने छोटे कमरे में बैठा प्रूफ-संशोधन कर रहा था। विदा होने से पहले आज दो-तीन दिनों से जाड़ा खूब कँपकँपा रहा था, चारों ओर एकाएक सीत्कार मच गयी थी। जंगले को पार करके सुबह की धूप टेबल के नीचे आकर मेरे पैरों पर पड़ रही थी। उसकी गरमाहट बड़ी मीठी लग रही थी। यही कोई आठ बजे का समय रहा होगा, सिर पर गुलूबन्द लपेटे तड़के टहलने वाले प्राय: सभी सवेरे की सैर पूरी करके घर लौट आये थे। तभी सड़क पर बड़े ज़ोर का हल्ला सुनाई पड़ा। आँख उठायी तो देखा दो पहरेवाले अपने रहमत को बाँधे लिये जा रहे हैं—उसके पीछे तमाशबीन लड़कों की टोली चली आ रही है। रहमत के शरीर तथा कपड़ों पर खून के दाग़ हैं और एक पहरेवाले के हाथ में खून से सना छुरा है। मैंने दरवाज़े के बाहर जाकर पहरेवालों को रोककर पूछा, ''मामला क्या है ?''

कुछ उससे, कुछ रहमत से सुनकर मालूम हुआ कि हमारे एक पड़ोसी ने रामपुरी चादर के लिए रहमत से कुछ रुपया उधार लिया था—उसने झूठ बोलकर रुपया देने से इनकार कर दिया, और इसी बात को लेकर कहा-सुनी करते-करते रहमत ने उसे छुरा भोंक दिया।

रहमत उस झूठे को लक्ष्य करके तरह-तरह की बेहूदी गालियाँ दे रहा था, तभी ''काबुलीवाले, ओ काबुलीवाले'' पुकारती हुई मिनी घर से निकल आयी।

पलक झपकते रहमत का चेहरा कौतुकपूर्ण हँसी से प्रफुल्लित हो उठा। उसके कन्धे पर आज झोली नहीं थी, इसीलिए झोली के सम्बन्ध में उनकी नियमित आलोचना नहीं हो सकी। मिनी ने छूटते ही उससे पूछा, ''तुम ससुराल जाओगे ?''

रहमत ने हँसकर कहा, ''वहीं जा रहा हूँ।''

देखा, उत्तर मिनी को विनोदपूर्ण नहीं लगा, तब वह हाथ दिखाकर बोला, ''ससुर को मारता पर क्या करूँ—हाथ बँधे हैं।''

घातक प्रहार करने के अपराध में रहमत को कई वर्ष की जेल हो गयी।

उसकी बात क़रीब-क़रीब भूल गया। हम जिस समय घर में बैठकर सदा के समान नित्य नियमित काम में एक के बाद एक दिन काट रहे थे, उस समय एक स्वाधीन पर्वतचारी पुरुष कारा-प्राचीर में किस प्रकार वर्ष बिता रहा था, यह बात हमारे मन में उठी भी नहीं।

और चंचलहृदया मिनी का आचरण तो अत्यन्त लज्जाजनक था, यह उसके

पिता को भी स्वीकार करना पड़ेगा। उसने स्वच्छंदतापूर्वक अपने पुराने मित्र को भुलाकर पहले तो नबी सईस के साथ सख्य स्थापित किया। बाद में धीरे-धीरे और ज्यों-ज्यों उसकी उम्र बढ़ने लगी त्यों-त्यों सखा के बदले एक-एक करके सखियाँ जुटने लगीं। यही नहीं, अब वह अपने पिता के लिखने-पढ़ने के कमरे में भी नहीं दिखाई पड़ती थी। मैंने तो उसके साथ एक प्रकार से कुट्टी कर ली थी।

न जाने कितने वर्ष बीत गये ! एक और शरत्काल आया। मेरी मिनी का विवाह-सम्बन्ध निश्चित हो गया। पूजा की छुट्टियों में उसका विवाह होगा, कैलाशवासिनी के साथ मेरे घर की आनन्दमयी भी पितृ-भवन में अँधेरा करके पतिगृह चली जाएगी।

अत्यन्त सुहावना प्रभात था। वर्षा के बाद शरत् की नयी धुली धूप ने जैसे सुहागे में गलाये हुए निर्मल सोने का-सा रंग धर लिया हो। यही नहीं, कलकत्ता की गलियों के भीतर के घुटनदार जर्जर ईंटों वाले सटे हुए मकानों पर भी इस धूप की आभा ने एक अपूर्व लावण्य बिखेर दिया था।

आज मेरे घर में रात बीतते-न-बीतते ही शहनाई बज उठी थी। वह बाँसुरी मानो मेरे हृदय के अस्थि-पंजर में क्रन्दन करती बज रही थी। करुण भैरवी रागिनी में मेरी आसन्न वियोग-व्यथा को शरद् की धूप के साथ समस्त संसार भर में व्याप्त कर रही थी। आज मेरी मिनी का विवाह था।

सवेरे से ही बड़ी भीड़-भाड़ थी, लोग आ-जा रहे थे। आँगन में बाँस बाँधकर मण्डप ताना जा रहा था, घर के कमरों और बरामदों में झाड़ टाँगने की ठक्-ठक् आवाज़ हो रही थी; शोरगुल ही हद नहीं थी।

मैं अपने लिखने के कमरे में बैठा हिसाब देख रहा था, तभी रहमत आकर सलाम करके खड़ा हो गया।

मैं पहले उसे पहचान नहीं सका। उसके पास न वह झोली थी, न उसके वे लम्बे बाल थे; और न उसकी देह में पहले जैसा तेज था। आखिर उसकी हँसी सुनकर ही उसे पहचाना।

मैंने कहा, ''क्यों रे रहमत, कब आया ?''

उसने कहा, ''कल शाम को जेल से छूटा।''

बात सुनकर कानों में जैसे खटका हुआ। कभी किसी खूनी को प्रत्यक्ष नहीं देखा, इसे देखकर सारा अन्तःकरण जैसे संकुचित हो गया। मन में आया, 'आज इस शुभ दिन पर यह आदमी यहाँ से चला जाता तो अच्छा होता।'

मैंने उससे कहा, ''आज हमारे घर में एक काम है, मैं कुछ व्यस्त हूँ, आज तुम जाओ !''

बात सुनते ही वह तत्क्षण चले जाने को उद्यत हुआ, अन्त में दरवाज़े के पास पहुँचकर थोड़ा इधर-उधर करके बोला, ''क्या एक बार मुन्नी को नहीं देख सकूँगा ?''

कदाचित् उसे विश्वास था मिनी अब भी वैसी ही होगी। मानो उसने सोचा हो, मिनी अब भी पहले की भाँति 'काबुलीवाले, ओ काबुलीवाले' करती दौड़ी आयेगी। उनके उस अत्यन्त उत्सुकतापूर्ण पुरानी हँसी-विनोद की बातों में किसी प्रकार का अन्तर नहीं होगा। यही नहीं, पुरानी मित्रता का स्मरण करके शायद अपने किसी स्वदेशी मित्र से माँग-जाँचकर वह एक डिब्बा अंगूर और कागज़ के ठोंगे में थोड़े-से किशमिश और बादाम, जुटा लाया था। उसकी वह अपनी झोली अब नहीं थी।

मैंने कहा, ''आज घर में काम है, आज और किसी से भेंट नहीं हो सकेगी।''

वह मानो कुछ दुखी हुआ। चुपचाप खड़े-खड़े एक बार स्थिर दृष्टि से उसने मेरे मुख की ओर देखा, फिर 'सलाम बाबू' कहकर दरवाज़े से बाहर चला गया। मुझे अपने मन में न जाने कैसी व्यथा का अनुभव हुआ। सोच रहा था कि उसको वापस बुलवा लूँ, तभी देखा कि वह स्वयं लौटा चला आ रहा है।

पास आकर बोला, ''ये अंगूर और थोड़े-से किशमिश-बादाम मुन्नी के लिए लाया था। उसे दे दीजिएगा।''

उन्हें लेकर दाम देने के लिए मेरे तैयार होते ही उसने तुरंत मेरा हाथ कस कर पकड़ लिया। बोला, ''आपकी बड़ी कृपा है, मुझे सदा याद रहेगी—मुझे पैसा मत दीजिए। बाबू, जिस तरह तुम्हारे एक लड़की है उसी तरह देश में मेरे भी एक लड़की है। मैं उसी का चेहरा याद करके तुम्हारी मुन्नी के लिए हाथ में थोड़ा-बहुत मेवा लेकर आया हूँ, सौदा करने नहीं।''

यह कहते ही उसने अपने ढीले-ढाले कुर्ते में हाथ डालकर कहीं छाती के पास से मैले कागज़ का एक टुकड़ा निकाला और बड़े यत्न से उसकी तह खोलकर दोनों हाथों से मेरी मेज़ पर बिछा दिया।

देखा, कागज़ पर किसी नन्हे हाथ की छाप थी। फ़ोटोग्राफ़ नहीं, तैलचित्र नहीं, हाथ में थोड़ी-सी कालिख लगाकर काग़ज़ के ऊपर उसकी छाप ले ली गयी थी; कन्या के स्मरण-चिह्न को छाती से लगाये रहमत हर साल कलकत्ता की सड़कों पर मेवा बेचने आता—मानो उस सुकोमल नन्हे शिशुहस्त का स्पर्श-मात्र उसके विराट् विरही वक्ष में सुधा-संचार करता रहता हो।

देखकर मेरी आँखें छलछला आयीं। वह एक काबुली मेवा बेचने वाला है और मैं एक संभ्रांतवंशीय बंगाली—उस समय मैं भूल गया—उस समय मैंने समझा कि जो वह है, वही मैं हूँ। वह भी पिता है, मैं भी पिता हूँ। उसकी पर्वत-गृहवासिनी नन्ही पार्वती की उस हस्तछाप ने मुझे भी अपनी मिनी का स्मरण दिला दिया। मैंने तत्क्षण उसे भीतर से बुलवाया। अन्तःपुर में इस बात पर बहुत-सी आपत्तियाँ की गयीं। मैंने

उन पर कोई ध्यान नहीं दिया। लाल चेली[1] पहने, माथे पर चन्दन लगाये, वधूवेशिनी मिनी सलज्ज भाव से मेरे पास आकर खड़ी हो गयी।

उसको देखकर पहले तो काबुलीवाला सकपका गया, अपनी पुरानी बातचीत नहीं जमा पाया। अन्त में हँसकर बोला, ''मुन्नी, तू ससुराल जाएगी?''

मिनी अब ससुराल का अर्थ समझती थी, इस समय वह पहले के समान उत्तर नहीं दे सकी—रहमत का प्रश्न सुनकर लज्जा से लाल होकर मुँह फेरकर खड़ी हो गयी। काबुलीवाले से मिनी की जिस दिन पहले भेंट हुई थी, मुझे उस दिन की बात याद हो आयी। मन न जाने कैसे व्यथित हो उठा!

मिनी के चले जाने पर गहरी साँस लेकर रहमत ज़मीन पर बैठ गया। अचानक उसकी समझ में साफ़ आ गया, इस बीच उसकी पुत्री भी इसी तरह बड़ी हो गयी होगी। उसके साथ भी अब नया परिचय करना होगा। वह उसे बिलकुल पहले जैसी नहीं मिलेगी। इन आठ वर्षों में उस पर क्या बीती होगी, यह भी भला कौन जानता है! सवेरे के समय शरत्कालीन स्निग्ध सूर्य की किरणों में शहनाई बजने लगी, रहमत कलकत्ता की किसी गली में बैठकर अफ़गानिस्तान के किसी मरु-पर्वत का दृश्य देखने लगा।

मैंने एक नोट निकालकर उसे दिया। कहा, ''रहमत, तुम अपनी लड़की के पास अपने देश लौट जाओ; तुम्हारा मिलन-सुख मेरी मिनी का कल्याण करे।''

इन रुपयों का दान करने के कारण हिसाब में से उत्सव-समारोह की तैयारियों में से दो-एक चीज़ों की कटौती करनी पड़ी। जैसा सोचा था, बिजली की वैसी रोशनी नहीं की जा सकी। फ़ौजी बैंड भी नहीं आ सका। अन्त:पुर में स्त्रियाँ बड़ा असन्तोष प्रकट करने लगीं, किन्तु मंगल-आलोक से मेरा शुभ-उत्सव उज्ज्वल हो उठा।

---

1. बंगालियों में पुराने समय में विवाह के अवसर पर वधू को लाल रेशमी वस्त्र पहनाया जाता था, जिसे चेली कहते थे।

पोस्टमास्टर

पहले-पहल काम शुरू करते ही पोस्टमास्टर को उलापुर गाँव में आना पड़ा। गाँव बहुत साधारण था। पास ही एक नीली कोठी थी। इसीलिए कोठी के स्वामी ने बहुत कोशिश करके यह नया पोस्ट ऑफ़िस खुलवाया था।

हमारे पोस्टरमास्टर कलकत्ता के थे। पानी से निकालकर सूखे में डाल देने से मछली की जो दशा होती है वही दशा इस बड़े गाँव में आकर उन पोस्टमास्टर की हुई। एक अँधेरी आठचाला[1] में उनका ऑफ़िस था। पास ही काई से घिरा एक तालाब था, जिसके चारों ओर जंगल था। कोठी में गुमाश्ते वगैरह जितने भी कर्मचारी थे उन्हें अक्सर फुरसत नहीं रहती थी, न वे भले आदमियों से मिलने-जुलने योग्य ही थे।

खासतौर से कलकत्ता के बाबू ठीक तरह से मिलना-जुलना नहीं जानते। नयी जगह पहुँचकर वे या तो उद्धत हो जाते हैं या अप्रतिम। इसलिए स्थानीय लोगों से उनका मेल-जोल नहीं हो पाता। इधर काम भी ज़्यादा नहीं था। कभी-कभी एकाध कविता लिखने की कोशिश करते। उनमें इस प्रकार के भाव व्यक्त करते—दिन-भर तरु-पल्लवों का कम्पन और आकाश के बादल देखते-देखते जीवन बड़े सुख से कट जाता है, लेकिन अन्तर्यामी जानते हैं कि अगर अरबी उपन्यास का कोई दैत्य आकर एक ही रात में तरु-पल्लव-समेत इन सारे पेड़-पौधों को काटकर पक्का रास्ता तैयार कर देता और पंक्तिबद्ध अट्टालिकाओं द्वारा बादलों को दृष्टि से ओझल कर देता तो वह मृत्प्राय भद्र वंशधर नवीन जीवन-लाभ कर लेता।

पोस्टमास्टर को बहुत कम तनख्वाह मिलती थी। भोजन अपने हाथों से बनाकर खाना पड़ता और गाँव की एक मातृ-पितृ-हीन अनाथ बालिका उनका कामकाज कर देती थी। उसको थोड़ा-बहुत खाना मिल जाता। लड़की का नाम था रतन। उम्र बारह-तेरह बरस। उसके विवाह की कोई विशेष सम्भावना नहीं दिखाई देती थी।

शाम को जब गाँव की गोशाला से कुंडलाकार धुआँ उठता, झाड़ियों में झींगुर

---

1. फूस के अठपहलू छप्पर से ढँका बड़ा घर।

बोलते, दूर के गाँव में नशेबाज़ बाउलों का दल ढोल-करताल बजाकर ऊँचे स्वर में गाना छेड़ देता—जब अन्दर बरामदे में अकेले बैठे-बैठे वृक्षों का कम्पन देखकर कवि-हृदय में भी ईषत् हत्कंप होने लगता तब कमरे के कोने में एक टिमटिमाता हुआ दीया जलाकर पोस्टमास्टर आवाज़ लगाते—'रतन'।

रतन दरवाज़े पर बैठी इस आवाज़ की प्रतीक्षा करती रहती। लेकिन पहली आवाज़ पर ही अन्दर नहीं आती। वहीं से कहती, ''क्या है बाबू, किसलिए बुला रहे हो ?''

पोस्टमास्टर, ''तू क्या कर रही है ?''

रतन, ''बस चूल्हा जलाने ही जा रही हूँ रसोईघर में।''

पोस्टरमास्टर, ''रसोई का काम बाद में होगा। पहले तम्बाकू भर ला।''

थोड़ी देर में अपने गाल फुलाये चिलम में फूँक मारते-मारते रतन भीतर आती। उसके हाथ से हुक्का लेकर पोस्टमास्टर चट से पूछ बैठते, ''अच्छा रतन, तुझे अपनी माँ की याद है ?''

बड़ी लम्बी बातें हैं, बहुत-सी याद हैं, बहुत-सी याद भी नहीं। माँ की अपेक्षा पिता उसको अधिक प्यार करते थे। पिता की उसे थोड़ी-थोड़ी याद है। दिन-भर मेहनत करके उसके पिता शाम को घर लौटकर आते। भाग्य से उन्हीं में से दो-एक शामों की याद उसके मन में चित्र के समान अंकित है। उन्हीं की बात करते-करते धीरे-धीरे रतन पोस्टमास्टर के पैरों के पास ही ज़मीन पर बैठ जाती। उसे ध्यान आता, उसका एक भाई था। बहुत दिन पहले बरसात में एक दिन तालाब के किनारे दोनों ने मिलकर पेड़ की टूटी टहनी की बंसी बनाकर झूठ-मूठ मछली पकड़ने का खेल खेला था। अनेक महत्त्वपूर्ण घटनाओं की अपेक्षा इसी बात की याद उसे अधिक आती। इस तरह बातें करते-करते कभी-कभी काफ़ी रात हो जाती। अब आलस के मारे पोस्टमास्टर को खाना बनाने की इच्छा न होती। सबेरे की बासी तरकारी रहती और रतन झटपट चूल्हा जलाकर कुछ रोटियाँ सेंक लेती। उन्हीं से दोनों के रात्रि-भोजन का काम चल जाता। कभी-कभी शाम को उस बृहत् आठचाला के एक कोने में ऑफ़िस की काठ की चौकी पर बैठे-बैठे पोस्टमास्टर भी अपने घर की बात चलाते—छोटे भाई की बात, माँ और दीदी की बात। प्रवास में एकान्त कमरे में बैठकर जिन लोगों के लिए हृदय कातर हो उठता, उनकी बात। जो बातें उनके मन में बार-बार उदय होती रहतीं, पर जो नील-कोठी के गुमाश्तों के सामने किसी भी तरह नहीं उठाई जा सकती थीं, उन्हीं बातों को 'उस अनपढ़ नन्ही बालिका से कहते उन्हें बिलकुल संकोच न होता। अन्त में ऐसा हुआ कि बालिका' बातचीत करते समय उनके घरवालों को चिरपरिचितों के समान खुद भी माँ, दादा, दीदी कहने लगी। यहाँ तक कि अपने नन्हे-से हृदय-पट पर उसने उनकी काल्पनिक मूर्ति भी चित्रित कर ली थी।

एक दिन बरसात की दोपहर में बादल छँट गये थे और हल्का-सा ताप लिये सुकोमल हवा चल रही थी। धूप में नहायी घास से, पेड़-पौधों से एक प्रकार की गन्ध निकल रही थी; ऐसा लगता था मानो क्लान्त धरती का उष्ण निःश्वास अंगों को छू रहा हो और न जाने कहाँ का एक हठी पक्षी दोपहर-भर प्रकृति के दरबार में लगातार एक लय से अत्यन्त करुण स्वर में अपनी नालिश दुहरा रहा था। उस दिन पोस्टमास्टर के हाथ खाली थे। वर्षा से धुले लहलहाते चिकने, मृदुल तरु-पल्लव और धूप में चमकते—पराजित वर्षा के भग्नाशिष्ट स्तूपाकार बादल सचमुच देखने योग्य थे।

पोस्टमास्टर उन्हें देखते जाते और सोचते जाते कि इस समय यदि कोई आत्मीय अपने पास होता, हृदय के साथ एकान्त संलग्न कोई स्नेह की प्रतिमा मानव-मूर्ति। धीरे-धीरे उन्हें ऐसा लगने लगा मानो वह पक्षी भी बार-बार यही कह रहा हो, और मानो उस निर्जन में तरु-छाया में डूबी दोपहर के पल्लव-मर्मर का भी ऐसा ही अर्थ हो। न तो कोई विश्वास कर सकता, न जान पाता, लेकिन उस छोटे-से गाँव के सामान्य वेतन-भोगी उस सब-पोस्टमास्टर के मन में छुट्टी के लम्बे दिनों में, गम्भीर सुनसान दोपहर में, इसी प्रकार के भाव उदय होते रहते।

पोस्टमास्टर ने एक गहरी उसाँस भरी और फिर पुकारा, ''रतन!''

रतन उस समय अमरूद के पेड़ के नीचे पैर फैलाये कच्चा अमरूद खा रही थी। वह मालिक की आवाज़ सुनते ही तुरन्त दौड़ी हुई आई और हाँफ़ती-हाँफ़ती बोली, ''भैयाजी, आप बुला रहे थे?''

पोस्टमास्टर ने कहा, ''मैं तुझे थोड़ा-थोड़ा करके पढ़ना सिखाऊँगा।'' और फिर दोपहर-भर उसके साथ 'छोटा-अ', 'बड़ा आ' करते रहे। इस तरह कुछ दिनों में संयुक्त अक्षर भी पार कर लिये।

सावन का महीना था। लगातार वर्षा हो रही थी। गड्ढे, नाले, तालाब सब पानी से भर गये थे। रात-दिन मेंढक की टर्र-टर्र और वर्षा की आवाज़। गाँव के रास्तों में चलना-फिरना लगभग बन्द हो गया था। हाट के लिए नाव में चढ़कर जाना पड़ता।

एक दिन सवेरे से ही बादल खूब घिरे हुए थे। पोस्टमास्टर की शिष्या बड़ी देर से दरवाज़े के पास बैठी प्रतीक्षा कर रही थी, लेकिन और दिनों की तरह जब यथासमय उसकी बुलाहट न हुई तो वह खुद किताबों का थैला लिये धीरे-धीरे भीतर आयी। देखा, पोस्टमास्टर अपनी खटिया पर लेटे हुए हैं। यह सोचकर कि वे आराम कर रहे हैं, वह चुपचाप फिर बाहर जाने लगी। तभी अचानक सुनाई पड़ा, ''रतन!'' झटपट लौटकर भीतर जाकर उसने कहा, ''भैयाजी, सो रहे थे?''

पोस्टमास्टर ने कातर स्वर में कहा, ''तबीयत ठीक नहीं मालूम होती। ज़रा मेरे माथे पर हाथ रखकर तो देख!''

घोर वर्षा के समय प्रवास में इस तरह बिलकुल अकेले रहने पर रोग से पीड़ित

शरीर को कुछ सेवा पाने की इच्छा होती है। तप्त ललाट पर शंख की चूड़ियाँ पहने कोमल हाथ याद आने लगते हैं। ऐसे कठिन प्रवास में रोग की पीड़ा में यह सोचने की इच्छा होती है कि पास ही स्नेहमयी नारी के रूप में माता और दीदी बैठी हैं। और प्रवासी के मन की यह अभिलाषा व्यर्थ नहीं गयी। बालिका रतन बालिका न रही। उसने फ़ौरन माता का पद ग्रहण कर लिया। वह जाकर वैद्य को बुला लायी, यथा समय गोली खिलायी, सारी रात सिरहाने बैठी रही, अपने हाथों पथ्य तैयार किया और सैकड़ों बार पूछती रही, ''भैयाजी, अब तो कुछ आराम है न!''

बहुत दिनों बाद पोस्टमास्टर जब रोग-शय्या छोड़कर उठे तो उनका शरीर दुर्बल हो गया था। उन्होंने मन में तय किया, अब और नहीं। जैसे भी हो अब यहाँ से बदली करानी चाहिए। अपनी अस्वस्थता का उल्लेख करते हुए उन्होंने इसी समय अधिकारियों के पास बदली के लिए कलकत्ता दरख़्वास्त भेज दी।

रोगी की सेवा से छुट्टी पाकर रतन ने दरवाज़े के बाहर फिर अपने स्थान पर अधिकार जमा लिया। लेकिन अब पहले की तरह उसकी बुलाहट नहीं होती थी। वह बीच-बीच में झाँककर देखती—पोस्टमास्टर बड़े ही अनमने भाव से या तो चौकी पर बैठे रहते या खाट पर लेटे रहते। जिस समय इधर रतन बुलाहट की प्रतीक्षा में रहती, वे अधीर होकर अपनी दरख़्वास्त के उत्तर की प्रतीक्षा करते रहते। दरवाज़े के बाहर बैठी रतन ने हज़ारों बार अपना पुराना पाठ दुहराया। बाद में यदि किसी दिन सहसा उसकी बुलाहट हुई तो उस दिन कहीं उसका संयुक्त अक्षरों का ज्ञान गड़बड़ न हो जाये इसकी उसे आशंका थी। आखिर लगभग एक सप्ताह के बाद एक दिन शाम को उसकी पुकार हुई। काँपते हृदय से उसने भीतर प्रवेश किया और पूछा, ''मुझे बुलाया था भैया?''

पोस्टमास्टर ने कहा, ''रतन, मैं कल ही चला जाऊँगा।''

रतन, ''कहा चले जाओगे, भैया!''

पोस्टमास्टर, ''घर जाऊँगा।''

रतन, ''फिर कब लौटोगे?''

पोस्टमास्टर, ''अब नहीं लौटूँगा।''

रतन ने कोई बात नहीं पूछी। पोस्टमास्टर ने स्वयं ही उसे बताया कि उन्होंने बदली के लिए दरख़्वास्त दी थी, पर दरख़्वास्त नामंज़ूर हो गयी, इसीलिए वे काम छोड़कर घर वापस जा रहे हैं। बहुत देर तक दोनों में से किसी ने और कोई बात नहीं की। दीया टिमटिमाता रहा और घर के जीर्ण छप्पर को भेदकर वर्षा का पानी मिट्टी के सकोरे में टप-टप करता टपकता रहा।

बड़ी देर के बाद रतन धीरे-धीरे उठकर रसोईघर में रोटियाँ बनाने चली गयी। पर आज और दिनों की तरह उसके हाथ जल्दी-जल्दी नहीं चल रहे थे। शायद उसके मन में रह-रहकर तरह-तरह की 'आशंकाएँ उठ रही थीं। जब पोस्टमास्टर भोजन कर

चुके तब उसने पूछा, ''घर ले चलोगे ?''

पोस्टमास्टर ने हँसकर कहा, ''भला यह कैसे हो सकता है !'' किन कारणों से यह बात सम्भव न थी, बालिका को यह समझाना उन्होंने आवश्यक नहीं समझा।

रात-भर जागते और स्वप्न देखते हुए बालिका के कानों में पोस्टमास्टर के हँसी-मिश्रित स्वर गूँजते रहे, ''भला यह कैसे हो सकता है !''

सवेरे उठकर पोस्टमास्टर ने देखा कि उनके नहाने के लिए पानी पहले ही रख दिया गया है। कलकत्ता की अपनी आदत के अनुसार वे ताज़े पानी से ही स्नान करते थे। न जाने क्यों बालिका यह नहीं पूछ सकी थी कि वे सवेरे किस समय यात्रा करेंगे। बाद में कहीं तड़के ही ज़रूरत पड़ जाए, यह सोचकर रतन रात में ही नदी से उनके नहाने के लिए पानी भरकर ले आयी थी। स्नान समाप्त होते ही रतन की पुकार हुई। रतन ने चुपचाप भीतर प्रवेश किया और आदेश की प्रतीक्षा में मौन भाव से एक बार अपने मालिक की ओर देखा।

मालिक ने कहा, ''रतन, मेरी जगह जो सज्जन आयेंगे उन्हें कह जाऊँगा। वे मेरी ही तरह तेरी देख-भाल करेंगे। मेरे चले जाने से तुझे चिंता करने की ज़रूरत नहीं।'' इसमें कोई सन्देह नहीं कि ये बातें अत्यन्त स्नेहपूर्ण और दयार्द्र हृदय से निकली थीं, किन्तु नारी के हृदय को कौन समझ सकता है ! रतन इसके पहले बहुत बार अपने मालिक के हाथों अपना तिरस्कार चुपचाप सहन कर चुकी थी, लेकिन इस कोमल बात को सहन न कर पायी। उसका हृदय एकाएक उमड़ आया और उसने रोते-रोते कहा, ''नहीं, नहीं। तुम्हें किसी से कुछ कहने की ज़रूरत नहीं है, मैं रहना नहीं चाहती।''

पोस्टमास्टर ने रतन का ऐसा व्यवहार पहले कभी नहीं देखा था, इसलिए वे अवाक् रह गये।

नया पोस्टमास्टर आया। उसको सारा चार्ज सौंप देने के बाद पुराने पोस्टमास्टर चलने को तैयार हुए। चलते-चलते रतन को बुलाकर बोले, ''रतन, तुझे मैं कभी भी कुछ नहीं दे सका, आज जाते समय कुछ दिये जा रहा हूँ, इससे कुछ दिन तेरा काम चल जाएगा।''

तनख्वाह में जो रुपये मिले थे उनमें से राह-खर्च के लिए कुछ बचा लेने के बाद उन्होंने बाक़ी रुपये जेब से निकाले। यह देखकर रतन धूल में लोटकर उनके पैरों से लिपटकर बोली, ''भैया, मैं तुम्हारे पैरों पड़ती हूँ, मेरे लिए किसी को कोई चिंता करने की ज़रूरत नहीं।'' और यह कहते-कहते वह तुरन्त वहाँ से भाग गयी।

भूतपूर्व पोस्टमास्टर दीर्घ नि:श्वास लेकर हाथ में बैग लटकाये, कन्धे पर छाता रखे, कुली के सिर पर नीली-सफ़ेद धारियों से चित्रित टीन की पेटी रखवाकर धीरे-धीरे नाव की ओर चल पड़े।

जब वे नौका पर सवार हो गये और नाव चल पड़ी, वर्षा से उमड़ी नदी धरती की छलछलाती अश्रु-धारा के समान चारों ओर छलछल करने लगी, तब वे अपने हृदय में एक तीव्र व्यथा अनुभव करने लगे। एक साधारण ग्रामीण बालिका के करुण मुख का चित्र मानो विश्व-व्यापी बृहत् अव्यक्त मर्म-व्यथा प्रकट करने लग गया।

एक बार बड़े ज़ोर से उनकी इच्छा हुई कि लौट जाएँ और जगत् की गोद से वंचित उस अनाथिनी को साथ ले चलें। लेकिन तब तक पाल में हवा भर गयी थी, वर्षा का प्रवाह और भी तेज़ हो गया था। गाँव को पार करने पर नदी किनारे का श्मशान दिखाई दे रहा था और नदी की धारा के साथ बढ़ते हुए पथिक के उदास हृदय में यह उदित हो रहा था—''जीवन में न जाने कितना वियोग है, कितना मरण है, लौटने से क्या लाभ! संसार में कौन किसका है?''

लेकिन रतन के हृदय में किसी भी सत्य का उदय नहीं हुआ। वह उस पोस्ट ऑफ़िस के चारों ओर चुपचाप आँसू बहाती चक्कर काटती रही। शायद उसके मन में हल्की-सी आशा जीवित थी कि हो सकता है, भैया लौट आयें। आशा के इसी बन्धन में बँधी वह किसी भी तरह दूर नहीं जा पा रही थी।

हाय रे बुद्धिहीन मानव-हृदय! तेरी भ्रान्ति किसी भी तरह नहीं मिटती। युक्ति-शास्त्र का तर्क बड़ी देर बाद मस्तिष्क में प्रवेश करता है। प्रबल-से-प्रबल प्रमाण पर भी अविश्वास करके, मिथ्या आशा को अपनी दोनों बाँहों से जकड़कर तू भरसक छाती से चिपकाये रहता है। अन्त में एक दिन सारी नाड़ियाँ काटकर, हृदय का सारा रक्त सोखकर वह निकल भागती है। तब होश आते ही मन किसी दूसरी भ्रान्ति के जाल में बँध जाने के लिए व्याकुल हो उठता है।

तोता

एक

एक तोता था। वह बड़ा मूर्ख था। गाता तो था, पर शास्त्र नहीं पढ़ता था। उछलता था, फुदकता था, उड़ता था, पर यह नहीं जानता था कि क़ायदा-क़ानून किसे कहते हैं।

राजा बोले, ''ऐसा तोता किस काम का ? इससे लाभ तो कोई नहीं, हानि ज़रूर है। जंगल के फल खा जाता है, जिससे राजा-मण्डी के फल बाज़ार में टोटा पड़ जाता है।''

मंत्री को बुलाकर कहा, ''इस तोते को शिक्षा दो!''

दो

तोते को शिक्षा देने का काम राजा के भानजे को मिला।

पण्डितों की बैठक हुई। विषय था, 'उक्त जीव की अविद्या का कारण क्या है ?'' बड़ा गहरा विचार हुआ।

तय पाया गया, तोता अपना घोंसला साधारण खर-पात से बनाता है। ऐसे आवास में विद्या नहीं आती। इसलिए सबसे पहले तो यह आवश्यक है कि इसके लिए कोई बढ़िया-सा पिंजरा बना दिया जाए।

राज-पण्डितों को दक्षिणा मिली और वे प्रसन्न होकर अपने-अपने घर गये।

तीन

सुनार बुलाया गया। वह सोने का पिंजरा तैयार करने में जुट पड़ा। पिंजरा ऐसा अनोखा बना कि उसे देखने के लिए देश-विदेश के लोग टूट पड़े। कोई कहता, ''शिक्षा की तो इति हो गयी!'' कोई कहता, ''शिक्षा न भी हो तो क्या, पिंजरा तो बना। इस तोते का भी क्या नसीब है!''

सुनार को थैलियाँ भर-भरकर इनाम मिला। वह उसी घड़ी अपने घर की ओर रवाना हो गया।

पण्डितजी तोते को विद्या पढ़ाने बैठे। नस लेकर बोले, ''यह काम इन थोड़ी-सी पोथियों का नहीं है।''

राजा के भानजे ने सुना। उन्होंने उसी समय पोथी लिखने वालों को बुलवाया। पोथियों की नक़ल होने लगी। नक़लों की और नक़लें की गईं। नक़लों के पहाड़ लग गये। जिसने भी देखा, उसने यही कहा कि, ''शाबाश! इतनी विद्या को धरने को जगह भी नहीं रहेगी!''

नक़लनवीसों को लद्दू बैलों पर लाद-लादकर इनाम दिये गये। वे अपने-अपने घर की ओर दौड़ पड़े। उनकी दुनिया में तंगी का नामो-निशान भी बाक़ी न रहा।

दामी पिंजरे की देख-रेख में राजा के भानजे बहुत व्यस्त रहने लगे। इतने व्यस्त कि व्यस्तता की कोई सीमा न रही। मरम्मत के काम भी लगे ही रहते। फिर झाड़-पोंछ और पॉलिश की धूम भी मची ही रहती थी। जो भी देखता, यही कहता, उन्नति हो रही है।''

इन कामों पर अनेक-अनेक लोग लगाये गये और उनके कामों की देख-रेख करने पर और भी अनेक-अनेक लोग लगे। सब महीने-महीने मोटे-मोटे वेतन ले-लेकर बड़े-बड़े सन्दूक भरने लगे।

वे और उनके चचेरे-ममेरे मौसेरे भाई-बंद बड़े प्रसन्न हुए और बड़े-बड़े कोठों-बालाख़ानों में मोटे-मोटे गद्दे बिछाकर बैठ गये।

चार

संसार में और-और अभाव तो अनेक हैं, पर निन्दकों की कोई कमी नहीं है। एक ढूँढ़ो हज़ार मिलते है। वे बोले, ''पिंजरे की तो उन्नति हो रही है, पर तोते की खोज-ख़बर लेने वाला कोई नहीं है!''

बात राजा के कानों में पड़ी। उन्होंने भानजे को बुलाया और कहा, ''क्यों भानजे साहब, यह कैसी बात सुनाई पड़ रही है?''

भानजे ने कहा, ''महाराज, अगर सच-सच बात सुनना चाहते हो तो सुनारों को बुलाइये, पण्डितों को बुलाइये, नक़लनवीसों को बुलाइये, मरम्मत करने वालों को और मरम्मत की देख-भाल करने वालों को बुलाइये। निन्दकों को हलवे-माँड़े में हिस्सा नहीं मिलता, इसीलिए वे ऐसी बातें करते हैं।''

जवाब सुनकर राजा ने पूरे मामले को भली-भाँति और साफ़-साफ़ तौर से समझ लिया। भानजे के गले में तत्काल सोने के हार पहनाये गये।

पाँच

राजा का मन हुआ कि एक बार चलकर अपनी आँखों से यह देखें कि शिक्षा कैसे धूमधड़ाके से और कैसी बगटुट तेज़ी के साथ चल रही है। सो, एक दिन वह अपने मुसाहबों मुँहलगों, मित्रों और मंत्रियों के साथ आप ही शिक्षा-शाला में आ धमके।

उनके पहुँचते ही ड्योढ़ी के पास शंख, घड़ियाल, ढोल, तासे, खुदरक, नगाड़े, तुरहियाँ, भेरियाँ, दमामे, काँसे, बाँसुरिया, झाल, करताल, मृदंग, जगझम्प आदि-आदि आप ही आप बज उठे। पण्डित गले फाड़-फाड़कर और चुटिया फड़का-फड़काकर मंत्र-पाठ करने लगे। मिस्त्री, मज़दूर, सुनार, नक़लनवीस, देख-भाल करने वाले और उन सभी के ममेरे, चचेरे, मौसेरे भाई जय-जयकार करने लगे।

भानजा बोला, ''महाराज, देख रहे हैं न?''

महाराज ने कहा, ''आश्चर्य! शब्द तो कोई कम नहीं हो रहा!''

भानजा बोला, ''शब्द ही क्यों, इसके पीछे अर्थ भी कोई कम नहीं!''

राजा प्रसन्न होकर लौट पड़े। ड्योढ़ी को पार करके हाथी पर सवार होने ही वाले थे कि पास के झुरमुट में छिपा बैठा निन्दक बोल उठा, ''महाराज आपने तोते को देखा भी है?''

राजा चौंके। बोले, ''अरे हाँ! यह तो मैं भूल ही गया था! तोते को तो देखा ही नहीं!''

लौटकर पण्डित से बोले, ''मुझे यह देखना है कि तोते को तुम पढ़ाते किस ढंग से हो।''

पढ़ाने का ढंग उन्हें दिखाया गया। देखकर उनकी खुशी का ठिकाना न रहा। पढ़ाने का ढंग तोते की तुलना में इतना बड़ा था कि तोता दिखाई ही नहीं पड़ता था। राजा ने सोचा, 'अब तोते को देखने की ज़रूरत ही क्या है? उसे देखे बिना भी काम चल सकता है! राजा ने इतना तो अच्छी तरह समझ लिया कि बंदोबस्त में कहीं कोई भूल-चूक नहीं है। पिंजरे में दाना-पानी तो नहीं था, थी सिर्फ़ शिक्षा। यानी ढेर की ढेर पोथियों के ढेर के ढेर पन्ने फाड़-फाड़कर क़लम की नोंक से तोते के मुँह में घुसेड़े जाते थे। गाना तो बन्द हो ही गया था, चीख़ने-चिल्लाने के लिए भी कोई गुंजाइश नहीं छोड़ी गयी थी। तोते का मुँह ठसाठस भरकर बिलकुल बन्द हो गया था। देखने वाले के रोंगटे खड़े हो जाते।

अब दुबारा जब राजा हाथी पर चढ़ने लगे तो उन्होंने कानउमेठू सरदार को ताकीद कर दी कि ''निन्दक के कान अच्छी तरह उमेठ देना!''

छह

तोता दिन पर दिन इस भद्र रीति के अनुसार अधमरा होता गया। अभिभावकों ने समझा कि प्रगति काफ़ी आशाजनक हो रही है। फिर भी पक्षी-स्वभाव के एक स्वाभाविक दोष से तोते का पिंड अब भी छूट नहीं पाया था। सुबह होते ही वह उजाले की ओर टुकुर-टुकुर निहारने लगता था और बड़ी ही अन्याय-भरी रीति से अपने डैने फड़फड़ाने लगता था। इतना ही नहीं, किसी-किसी दिन तो ऐसा भी देखा गया कि वह अपनी बीमार चोंचों से पिंजरे की सलाखें काटने में जुटा हुआ है।

कोतवाल गरजा, ''वह कैसी बेअदबी है!''

फ़ौरन लुहार हाज़िर हुआ। आग, भाथी और हथौड़ा लेकर। वह धम्माधम्म लोहा-पिटाई हुई कि कुछ न पूछिये! लोहे की साँकल तैयार की गयी और तोते के डैने भी काट दिये गये।

राजा के सम्बन्धियों ने हाँड़ी-जैसे मुँह लटका कर और सिर हिलाकर कहा, ''इस राज्य के पक्षी सिर्फ़ बेवकूफ़ ही नहीं, नमकहराम भी हैं।''

और तब, पण्डितों ने एक हाथ में क़लम और दूसरे हाथ में बरछा ले-लेकर वह कांड रचाया, जिसे शिक्षा कहते हैं।

लुहार की लुहसार बेहद फैल गयी और लुहारिन के अंगों पर सोने के गहने शोभने लगे और कोतवाल की चतुराई देखकर राजा ने उसे सिरोपा अता किया।

सात

तोता मर गया। कब मरा, इसका निश्चय कोई भी नहीं कर सकता।

कमबख़्त निन्दक ने अफ़वाह फैलायी कि ''तोता मर गया!''

राजा ने भानजे को बुलवाया और कहा, ''भानजे साहब यह कैसी बात सुनी जा रही है?''

भानजे ने कहा, ''महाराज, तोते की शिक्षा पूरी हो गयी है!''

राजा ने पूछा, ''अब भी वह उछलता-फुदकता है?''

भानजा बोला, ''अजी, राम कहिये!''

''अब भी उड़ता है?''

''ना:, क़तई नहीं!''

''अब भी गाता है?''

''नहीं तो!''

''दाना न मिलने पर अब भी चिल्लाता है?''

''ना!''

राजा ने कहा, ''एक बार तोते को लाना तो सही, देखूँगा ज़रा!''

तोता लाया गया। साथ में कोतवाल आये, प्यादे आये, घुड़सवार आये!

राजा ने तोते की चुटकी से दबाया। तोते ने न हाँ की, न हूँ की। हाँ, उसके पेट में पोथियों के सूखे पत्ते खड़खड़ाने ज़रूर लगे।

बाहर नव-वसन्त की दक्षिणी बयार में नव-पल्लवों ने अपनी गहरी उसाँसों से मुकुलित वन के आकाश को आकुल कर दिया।

अनधिकार प्रवेश

एक दिन प्रात:काल की बात है कि दो बालक राह-किनारे खड़े तर्क कर रहे थे। एक बालक ने दूसरे बालक से विषम-साहस के एक काम के बारे में बाज़ी बदी थी। विवाद का विषय यह था कि ठाकुरबाड़ी के माधवी-लता-कुंज से फूल तोड़ लाना संभव है कि नहीं। एक बालक ने कहा, ''मैं तो ज़रूर ला सकता हूँ।'' और दूसरे बालक का कहना था कि, ''तुम हरगिज़ नहीं ला सकते!''

सुनने में तो यह काम बड़ा ही सरल-सहज जान पड़ता है। फिर क्या बात थी कि करने में यह काम उतना सरल नहीं था? इस प्रश्न का उत्तर देने के लिए आवश्यक है कि इससे सम्बन्धित वृत्तान्त का विवरण कुछ और विस्तार के साथ प्रस्तुत किया जाय।

मन्दिर राधानाथ जी का था और उसकी अधिकारिणी स्वर्गीय माधवचन्द्र तर्कवाचस्पति की विधवा पत्नी जयकाली देवी थीं।

जयकाली का आकार दीर्घ, शरीर दृढ़, नासिका तीक्ष्ण और बुद्धि प्रखर थी। उनके पतिदेव के जीवन-काल में एक बार परिस्थिति ऐसी हो गयी थी कि इस देवोत्तर सम्पत्ति के नष्ट हो जाने की आशंका उत्पन्न हो गयी थी। उस समय जयकाली ने सारा बाक़ी-बक़ाया देना अदा करके, हद-चौहद्दी पक्की करके और लम्बे अरसे से बेदख़ल जायदाद को दख़ल या क़ब्ज़े में लाकर सारा मामला साफ़-सूफ़ कर दिया था। किसी की यह मजाल नहीं थी कि जयकाली को उनके प्राप्य धन की एक कानी कौड़ी से भी वंचित कर सके।

स्त्री होने पर भी उनकी प्रकृति में पौरुष का अंश इतने प्रचुर परिमाण में था कि उनका यथार्थ संगी कोई भी नहीं हो सका था। स्त्रियाँ उनसे भय खाती थीं। पर निन्दा, ओछी बात, रोना-धोना या नाक बजाना उन्हें तनिक भी सहन नहीं होता था। पुरुष भी उनसे डरे-डरे रहते थे। कारण यह था कि चण्डी-मण्डप की बैठकबाज़ी में ग्रामवासी भद्र-पुरुषों का जो अगाध आलस्य व्यक्त होता था, उसे वह एक प्रकार की नीरव घृणापूर्ण तीक्ष्ण कटाक्ष से कुछ इतना धिक्कार सकती थीं कि उनका धिक्कार

आलसियों की स्थूल जड़ता को भेदकर सीधे अन्तर में उतर पड़ता था।

प्रबल घृणा करने एवं उस घृणा को प्रबलतापूर्वक प्रकट करने की असाधारण क्षमता इस प्रौढ़ा विधवा में थी। विचार-निर्णय से जिसे अपराधी मान लेतीं, उसे वाणी और मौन से, भाव और भंगिमा से बिलकुल जलाकर भस्म कर डालना ही उनका स्वभाव था।

उनके हाथ गाँव के समस्त हर्ष-विषाद में, आपद्-सम्पद् में और क्रिया-कर्म में निरलस रूप से व्यस्त रहते थे। हर कहीं अति-सहज भाव से और अनायास ही अपने गौरव के स्थान पर अधिकार कर लिया करती थीं। जहाँ कहीं भी उपस्थित होतीं वहाँ उनके अपने अथवा किसी अन्य उपस्थित व्यक्ति के मन में इस सम्बन्ध में रत्ती भर भी सन्देह नहीं रहता था कि सबके प्रधान के पद पर तो वही हैं।

रोगी की सेवा में वह सिद्धहस्त थीं, पर रोगी उनसे इतना भय खाता कि कोई यम से भी क्या डरेगा! पथ्य या नियम का लेश-मात्र भी उल्लंघन होने पर उनका क्रोधानल रोगी को रोग के ताप की अपेक्षा कहीं अधिक उत्तप्त कर डालता था।

यह दीर्घाकृति कठिन-स्वभाव विधवा गाँव के मस्तक पर विधाता के कठोर नियम-दण्ड की भाँति सदा उद्यत रहती थीं। किसी को यह भी साहस नहीं हो सकता था कि वह उनका आदर करे अथवा उनकी अवहेलना करे।

विधवा निस्संतान थीं। उनके घर में उनके दो मातृ-पितृहीन भतीजे पाले-पोसे जा रहे थे। यह तो कोई नहीं कह सकता था कि पुरुष अभिभावक के अभाव में इन बालकों पर किसी प्रकार का शासन नहीं था अथवा स्नेहान्ध फूफ़ी-माँ के लाड़-दुलार के कारण वे बिगड़े जा रहे थे। बड़ा भतीजा अठारह वर्ष का हो गया था। जब-तब उसके विवाह के प्रस्ताव भी आने लगे थे। परिणय-बन्धन के सम्बन्ध में उस बालक का अपना चित्त भी उदासीन नहीं था। परन्तु फूफी-माँ ने उसकी इस प्रिय-वासना को एक दिन के लिए भी कोई प्रश्रय नहीं दिया। वह कठिन हृदयतापूर्वक कहती थीं कि नलिन पहले उपार्जन करना आरम्भ कर ले तो पीछे घर में बहू लायेगा। फूफ़ी-माँ के मुख से निकले इस कठोर वाक्य से पड़ोसिनों के हृदय विदीर्ण हो जाते।

ठाकुरबाड़ी जयकाली का सबसे अधिक प्यारा धन था। उसके लिए उनके यत्नों का कोई अन्त न था। ठाकुरजी के सेवन, मज्जन-अशन-वसन-शयन आदि में तिल भर त्रुटि भी कदापि नहीं हो सकती थी। पूजा-कार्य में नियुक्त दोनों ब्राह्मण देवता की अपेक्षा इस एक मानवी-ठकुरानी से कहीं अधिक भयभीत रहते थे। पहले एक समय ऐसा भी था कि देवता के नाम पर उत्सर्ग किया हुआ पूरा नैवैद्य देवता को मिल नहीं पाता था। परन्तु जयकाली के शासन-काल में पुजापे के शत-प्रतिशत अंश ठाकुरजी के भोग में ही लगते थे।

विधवा के यत्न से ठाकुरबाड़ी का प्रांगण स्वच्छता के कारण चमचमाता रहता

था। कहीं एक तिनका तक भी पड़ा नहीं पाया जा सकता था। एक पार्श्व में मंच का अवलम्बन-करके माधवी-लता का वितान फैला था। उसके किसी शुष्क पत्र के झरते ही जयकाली उसे उठाकर बाहर डाल आती थीं। ठाकुरबाड़ी की परम्परागत परिपाटी से परखी जाने वाली परिच्छन्नता एवं पवित्रता में रंच मात्र का व्याघात भी विधवा के लिए नितान्त असहनीय था। पहले तो टोले के लड़के लुका-छुपी खेलने के उपलक्ष्य में इस प्रांगण में प्रवेश करके इसके किसी प्रान्त-भाग में आश्रय ग्रहण किया करते थे और कभी-कभी टोले की बकरियों के पठरू भी पैठ कर माधवी लता के वल्कलांश का थोड़ा-बहुत भक्षण कर जाया करते थे। परन्तु जयकाली के काल में न तो लड़कों को यह सुयोग मिल पाता था न छागल-शिशुओं को ही। पर्व-दिवसों के अतिरिक्त कभी भी बालकों को मन्दिर के प्रांगण में प्रवेश का अवसर नहीं मिल पाता था और छागल-शिशु भी दण्ड-प्रहार का आघात मात्र खाकर सिंहद्वार के पास से ही तीव्र स्वरों में अपनी अजा-जननी का आह्वान करते हुए लौट जाने को विवश हो जाते थे।

परम-आत्मीय व्यक्ति भी यदि अनाचारी हो तो उसे देवालय के प्रांगण में प्रवेश करने के अधिकार से सर्वथा वंचित रहना पड़ता था। जयकाली के एक बावर्ची-कर-पक्व-कुक्कुट-मांस-लोलुप भगिनी-पति महोदय आत्मीय-सन्दर्शन के उपलक्ष्य में, ग्राम में उपस्थित होकर मन्दिर के प्रांगण में प्रवेश का उपक्रम कर रहे थे कि जयकाली ने शीघ्रतापूर्वक तीव्र आपत्ति प्रकट की थी, जिसके कारण उनके लिए अपनी सहोदरा भगिनी तक से सम्बन्ध-विच्छेद की सम्भावना उपस्थित हो गयी थी। इस देवालय के सम्बन्ध में विधवा की इतनी अतिरिक्त एवं अनावश्यक सतर्कता थी कि सर्वसाधारण के निकट तो वह बहुत-कुछ आडम्बर-सी प्रतीत होती थी।

अन्यत्र तो जयकाली सर्वत्र ही कठिन-कठोर थीं, उन्नत-मस्तक थीं, स्वतंत्र-निर्बन्ध थीं, परन्तु केवल इस मन्दिर के सम्मुख उन्होंने सम्पूर्ण रूप से आत्मसमर्पण कर दिया था। मन्दिर में प्रतिष्ठित विग्रह के प्रति वह एकान्त-भाव से जननी, पत्नी, दासी आदि सब-कुछ थीं, उसके सम्बन्ध में वे सदैव सतर्क, सुकोमल, सुन्दर एवं सम्पूर्णतः अवनम्र थीं। प्रस्तर-निर्मित यह मन्दिर तथा इसमें प्रतिष्ठित प्रस्तर-प्रतिमा ये दो वस्तुएँ ही ऐसी थीं जो उनके निगूढ़ नारी-स्वभाव की एकमात्र चरितार्थता का विषय थीं। यही दो वस्तुएँ उनके स्वामी और संतान के स्थान पर थीं और यही दो उनका समस्त संसार थीं।

इसी से पाठक समझ लेंगे कि जिस बालक ने मन्दिर-प्रांगण से माधवी-मंजरी का आहरण करने की प्रतिज्ञा की थी, उसका साहस भी भीम रहा होगा। वह बालक और कोई नहीं, जयकाली का कनिष्ठ भ्रातुष्पुत्र नलिन था। वह अपनी फूफी-माँ को बड़ी अच्छी तरह जानता था, तथापि उसकी दुर्दान्त प्रकृति किसी प्रकार के भी शासन के वशवर्ती नहीं होती थी। जहाँ कहीं भी विपद् की सम्भावना होती, वहाँ उसे एक

विचित्र आकर्षण महसूस होता और जहाँ कहीं भी शासन या प्रतिबन्ध होता, वहाँ उल्लंघन करने के लिए उसका चित्त चंचल हो उठता। जनश्रुति है कि अपने बालकाल में उसकी फ़ूफ़ी-माँ का स्वभाव भी ठीक ऐसा ही था।

उस समय जयकाली मातृ-स्नेह-मिश्रित भक्तिपूर्वक ठाकुरजी पर अपनी दृष्टि निबद्ध किये दालान में बैठी अनन्य-अभिनिविष्ट मन से माला जप रही थीं।

बालक पीछे से अशब्द-पदसंचारपूर्वक आकर माधवी-लता-वितान तले खड़ा हो गया। उसने देखा कि निम्नतर शाखाओं के फूल तो पूजा के निमित्त तोड़े जाकर निश्शेष हो चुके हैं। गत्यन्तर न देख उसने अत्यन्त धीरे-धीरे और बहुत ही सावधानीपूर्वक लता मंच पर आरोहण किया। उच्चतर प्रशाखाओं पर विकचोन्मुख कलिकाएँ देखकर उन्हें तोड़ने के लिए ज्यों ही उसने अपने शरीर एवं बाहु को प्रसारित किया, त्यों ही उस प्रबल प्रयास के भार से माधवी लता का जीर्ण मंच चरमराता हुआ टूट पड़ा। मंचाश्रित लता एवं बालक दोनों एक साथ भूमिसात् हुए।

जयकाली हड़बड़ाकर दौड़ी आयीं। उन्होंने अपने भ्रातृष्पुत्र की कीर्ति का अवलोकन किया। बलपूर्वक उसकी भुजा पकड़ के उसे ज़मीन से उठाया। आघात तो उसे यथेष्ट लगा था, किन्तु उस आघात को दण्ड नहीं माना जा सकता था, क्योंकि वह तो ज्ञान-संज्ञा-हीन जड़ का आघात था। अतएव मंच-पतित बालक की व्यथित देह पर जयकाली का ज्ञान-संज्ञा-युक्त शासन-दण्ड मुहुमुहुः बलपूर्वक वर्षित होने लगा। बालक ने बिन्दु-मात्र भी अश्रुपात किये बिना ही उनके दण्ड को नीरवतापूर्वक सहन किया। इस पर उसकी फ़ूफ़ी-माँ ने उसे घसीट कर घर में अवरुद्ध कर दिया। उसके उस दिन के सायंकालिक आहार का निषेध कर दिया गया।

आहार-निषेध का समाचार सुनकर दासी मोक्षदा ने कातर कण्ठ एवं जल-छल नेत्र से बालक को क्षमा-दान करने का अनुरोध किया। परन्तु जयकाली का हृदय विगलित नहीं हुआ। उस घर में ऐसा दुस्साहसी व्यक्ति कोई नहीं था, जो ठकुरानी को सूचना-वंचित रखकर गुप्त रूप से उस क्षुधित बालक के लिए खाद्य की व्यवस्था कर देता।

विधवा माधवी-मंच के पुन: संस्कार के लिए श्रमिक बुलाने का आदेश देकर पुनर्वार माला लेकर दालान में आ बैठी। कुछ समय बीत जाने के बाद मोक्षदा अत्यन्त भयभीत हो उनके निकट गयी और बोली, ''ठकुरानी-माँ, छोटे बाबू भूख के मारे बिलख रहे हैं, उन्हें थोड़ा-सा दूध ला दूँ?''

जयकाली ने अविचलित मुख-मुद्रा से कहा, ''नहीं!'' मोक्षदा लौट गयी। अदूरवर्ती कुटीर-गृह से नलिन का करुण क्रन्दन क्रम-क्रम से बढ़ता हुआ क्रोध के गर्जन के रूप में परिणत हो उठा—पर गर्जन-पर्व भी समाप्त हुआ और अन्त में, बहुत देर के पश्चात् उसकी कातरता का परिश्रान्त उच्छ्वास रह-रहकर जप-निरता फ़ूफ़ी

माँ के कर्ण-कुहरों में पहुँच-पहुँचकर ध्वनित होने लगा।

नलिन का आर्त्त कण्ठ परिश्रान्त एवं मौन-प्राय हो चला था कि किसी और निकटवर्ती जीव की भीत एवं कातर ध्वनि कर्ण-गोचर होने लगी तथा उसके संग-संग ही धावमान मनुष्यों का दूरवर्ती चीत्कार-शब्द उसके साथ मिश्रित होकर मन्दिर के सम्मुखवर्ती मार्ग पर एक तुमुल कोलाहल के रूप में उत्थित हो उठा।

सहसा मन्दिर-प्रांगण में कोई पद-शब्द सुनाई पड़ा। पीछे मुड़कर जयकाली ने देखा कि भू-पर्यस्त माधवी-लता आन्दोलित हो रही है।

उसने रोष-पूर्ण कण्ठ से पुकारा, ''नलिन!''

कोई उत्तर नहीं मिला। जयकाली ने समझा कि दुर्दम नलिन किसी उपाय से बन्दीशाला से पलायन करके मुझे चिढ़ाने आया है।

यही सोचकर वह अत्यन्त कठिन मुद्रा बनाकर एवं अधर के ऊपर ओष्ठ को अत्यन्त कठिन रूप से दाबकर प्रांगण में उतर आयीं।

लता-कुंज के निकट आकर पुनर्वार पुकारा, ''नलिन!''

उत्तर प्राप्त नहीं हुआ। उन्होंने माधवी की शाखा को उठाकर देखा कि एक अत्यन्त ही मलिन शूकर ने प्राण-भय से भीत होकर घन-पल्लव के अन्तराल में आश्रय लिया है।

लता-वितान इष्टक-निर्मित प्राचीर से परिवेष्ठित वह प्रांगण जो वृन्दा-विपिन का संक्षिप्त प्रतिरूप हो, जिसकी विकसित कुसुम मंजरी का सौरभ गोपिका-वृन्द के सुरभित निःश्वास का स्मरण कराता रहता हो एवं कालिन्दी-तीरवर्ती सुख-विहार के सौन्दर्य-स्वप्न को जाग्रत करता रहता हो, विधवा जयकाली की उस प्राणाधिक प्रयत्नों से ललित सुपवित्र नन्दन-भूमि में अकस्मात् यह कैसा वीभत्स काण्ड घटित हो गया!

पुजारी ब्राह्मण लाठी लेकर उस मल-मलिन पशु को भगाने दौड़ा।

जयकाली तत्क्षण नीचे उतर आयीं, पुजारी के शूकर-ताड़न कर्म का निषेध किया एवं भीतर से मन्दिर-प्रांगण का द्वार अवरुद्ध कर दिया।

लेकिन कुछ ही देर बाद, सुरा-पान-मत्त डोमदल मन्दिर के द्वार पर उपस्थित होकर अपने बलि-पशु के लिए चीत्कार करने लगा।

रुद्ध द्वार के पीछे खड़ी होकर जयकाली ने कहा, ''लौट जाओ बेटो, लौट जाओ। मेरे मन्दिर को अपवित्र मत कर बैठना।''

डोमों का दल लौट गया। वे लोग प्रायः प्रत्यक्ष देखकर भी इस बात पर विश्वास नहीं कर सके कि जयकाली ठकुरानी अपने राधानाथ जी के मन्दिर में उस अशुचि जन्तु को आश्रय दे सकती हैं।

जीवित और मृत

एक

रानीहाट के ज़मींदार बाबू शारदाशंकर के परिवार की विधवा बहू के पितृ-कुल में कोई नहीं था; एक-एक करके सब मर गये। पति-कुल में भी सचमुच अपना कहने योग्य कोई नहीं था, पति भी नहीं, पुत्र भी नहीं। जेठ का लड़का था, शारदाशंकर का छोटा पुत्र, वही उसकी आँखों का तारा था। उसके जन्म के बाद उसकी माता बहुत दिनों तक कठिन रोग से पीड़ित रहीं, इसलिए उसकी विधवा काकी कादम्बिनी ने ही उसका पालन-पोषण किया। पराये लड़के का पालन-पोषण करने पर उसके प्रति स्नेह का आकर्षण मानो और भी अधिक हो जाता है, क्योंकि उस पर कोई अधिकार नहीं होता, न उस पर कोई सामाजिक दावा रहता है, बस केवल स्नेह का अधिकार रहता है। किन्तु अकेला स्नेह समाज के सामने अपने अधिकार को तर्क द्वारा प्रमाणित नहीं कर पाता, और वह करना भी नहीं चाहता, केवल अनिश्चित प्राण-धन को दुगुनी व्याकुलता से प्यार करने लगता है। विधवा की सारी रुद्ध प्रीति से इस बालक को सींचकर श्रावण की एक रात में अकस्मात् कादम्बिनी की मृत्यु हो गयी। न जाने किस कारण सहसा उसका हृत्स्पंदन स्तब्ध हो गया—बाक़ी सारे संसार में समय की गति चलती रही, केवल उस स्नेह-कातर छोटे कोमल वृक्ष के भीतर समय की घड़ी की कल चिरकाल के लिए बन्द हो गयी।

कहीं पुलिस बखेड़ा न खड़ा कर दे इस डर से बिना विशेष आडम्बर के ज़मींदार के चार ब्राह्मण कर्मचारी मृत देह को तुरन्त दाह-संस्कार के लिए ले गये।

रानीहाट का श्मशान बस्ती से बहुत दूर था। पोखर के किनारे एक झोंपड़ी थी और उसके निकट ही एक विशाल वट वृक्ष था, विस्तृत मैदान में और कहीं कुछ नहीं था। पहले यहाँ से होकर नदी बहती थी, इस समय नदी बिलकुल सूख गयी थी। उसी शुष्क जल-धारा के एक अंश को खोदकर श्मशान के पोखर का निर्माण कर लिया गया था। वर्तमान निवासी उस पोखर को ही पुण्य-स्रोतस्विनी का प्रतिनिधि स्वरूप मानते थे।

मृत देह को झोंपड़ी में रखकर चिता के लिए लकड़ी आने की प्रतीक्षा में चारों जने बैठे रहे। समय इतना लम्बा मालूम होने लगा कि अधीर होकर उनमें से निताई और गुरुचरण तो यह देखने के लिए चल दिये कि लकड़ी आने में इतनी देर क्यों हो रही है और विधु तथा वनमाली मृत देह की रक्षा करते बैठे रहे।

सावन की अँधेरी रात थी। सघन बादल छाये हुए थे, आकाश में एक भी तारा नहीं दिखता था। अँधेरी झोंपड़ी में दोनों चुपचाप बैठे रहे। एक ही चादर में दियासलाई और बत्ती बँधी हुई थी। वर्षा ऋतु की दियासलाई बहुत प्रयत्न करने पर भी नहीं जली—जो लालटेन साथ थी, वह भी बुझ गयी।

बहुत देर चुप बैठे रहने के बाद एक ने कहा, ''भाई, एक चिलम तम्बाकू का प्रबन्ध होता तो बड़ी सुविधा होती। जल्दी-जल्दी में कुछ भी नहीं ला सके।''

दूसरे ने कहा, ''मैं झट से एक सपाटे में सब-कुछ इकट्ठा करके ला सकता हूँ।''

वनमाली के भागने के अभिप्राय को ताड़कर विधु ने कहा, ''अरे बाप! और मैं क्या यहाँ अकेला बैठा रहूँगा ?''

फिर बातचीत भी बन्द हो गयी। पाँच मिनट एक घंटे के समान लगने लगे। जो जने लकड़ी लेने गये थे उनको ये लोग मन-ही-मन गाली देने लगे— ''वे कहीं खूब आराम से बैठे बातें करते हुए तम्बाकू पी रहे होंगे।'' धीरे-धीरे यह सन्देह उनके मन में दृढ़ होने लगा।

कहीं कोई आहट नहीं—पोखर के किनारे से झिल्लियों और मेंढकों की अविरल पुकार सुनाई पड़ रही थी। इतने में प्रतीत हुआ जैसे खाट थोड़ी-सी हिली, और मृत देह ने करवट बदली।

विधु और वनमाली राम नाम जपते-जपते काँपने लगे। हठात् झोंपड़ी में दीर्घ नि:श्वास लेने की आवाज़ सुनाई पड़ी। विधु और वनमाली पलक झपकते झोंपड़ी से झपटकर बाहर निकले और गाँव की ओर दौड़े।

लगभग डेढ़ कोस रास्ता पार कर उन्होंने देखा, उनके बाक़ी दो साथी हाथ में लालटेन लिये चले आ रहे हैं। वे वास्तव में तम्बाकू पीने ही गये थे, लकड़ी का उन्हें कोई पता नहीं था, तो भी उन्होंने समाचार दिया की पेड़ काटकर लकड़ी की चीरी जा रही है—जल्दी ही पहुँच जाएगी। तब विधु और वनमाली ने झोंपड़ी की सारी घटना का वर्णन किया। निताई और गुरुचरण ने अविश्वास करते हुए उसे उड़ा दिया, और कर्तव्य त्यागकर भाग आने के लिए उन दोनों पर अत्यन्त क्रुद्ध हुए और डाँटने-फटकारने लगे।

अविलम्ब चारों व्यक्ति उस झोंपड़ी में उपस्थित हुए। भीतर घुसकर देखा—मृत देह नहीं है, खाट सूनी पड़ी है।

वे परस्पर एक-दूसरे का मुँह देखते रह गये। शायद शृंगाल ले गये हों? किन्तु आच्छादन वस्त्र तक नहीं था। खोजते-खोजते बाहर जाकर देखा, झोंपड़ी के द्वार के पास थोड़ी कीचड़ जमी थी, उस पर किसी स्त्री के छोटे पैरों के ताज़े चिह्न थे।

शारदाशंकर सहज आदमी नहीं थे, उनसे भूत की यह कहानी कहने पर सहसा कोई शुभ फल मिलेगा, ऐसी सम्भावना नहीं थी। इसलिए चारों व्यक्तियों ने खूब सलाह करके निश्चय किया कि यही ख़बर देना ठीक होगा कि दाह-कार्य पूरा कर दिया है।

भोर में जो लोग लकड़ी लेकर आये उन्हें ख़बर मिली कि देर होती देखकर पहले ही कार्य सम्पन्न कर दिया गया, झोंपड़ी में लकड़ी मौजूद थीं। इस विषय में किसी को भी सहज ही सन्देह उत्पन्न नहीं हो सकता—क्योंकि मृत देह ऐसी कोई बहुमूल्य सम्पत्ति नहीं है, जिसे धोखा देकर कोई चुरा ले जाएगा।

दो

सभी जानते हैं, जीवन का जब कोई लक्षण नहीं मिलता तक भी कई बार जीवन प्रच्छन्न रूप में बना रहता है, और समयानुकूल फिर मृतवत् देह में उसका कार्य आरम्भ होता है। कादम्बिनी भी मरी नहीं थी—सहसा न जाने किस कारण से उसके जीवन की गति बन्द हो गयी थी।

जब उसकी चेतना लौटी तो देखा, चारों ओर निविड़ अन्धकार था। हमेशा की आदत के अनुसार जहाँ होती थी, उसे लगा यह वह जगह नहीं है। एक बार पुकारा ''दीदी''!—अँधेरी झोंपड़ी में किसी ने उत्तर नहीं दिया। भयभीत होकर उठ बैठी, उसे उस मृत्युशय्या की बात याद आयी! एकाएक छाती में हुई पीड़ा—साँस रुकने की बात। उसकी बड़ी जिठानी कमरे के कोने में बैठी चूल्हे पर बच्चे के लिए दूध गरम कर रही थी—कादम्बिनी खड़ी न रह सकी और पछाड़ खाकर बिछौने पर गिर पड़ी—रुँधे गले से पुकारा, ''दीदी, एक बार बच्चे को ले आओ, मेरा मन न जाने कैसा हो रहा है।'' उसके बाद सब-कुछ काला पड़ गया—जैसे किसी लिखी हुई पुस्तिका पर दवात की पूरी स्याही उलट गयी हो। कादम्बिनी की सारी स्मृति एवं चेतना, विश्व-ग्रन्थ के समस्त अक्षर एक मुहूर्त में एकाकार हो गये। बच्चे ने उसको अन्तिम बार अपने उस मोटे प्यार-भरे स्वर में 'काकी' कहकर पुकारा था या नहीं, उसकी अनन्त मरण-यात्रा के पथ के लिए चिरपरिचित पृथ्वी से यह अंतिम स्नेह पाथेय-मात्र इकट्ठा करके लाया था या नहीं, विधवा को यह भी याद नहीं आ रहा था।

पहले तो लगा, यमलोक कदाचित् इसी प्रकार चिर-निर्जन और चिरान्धकारपूर्ण है। वहाँ कुछ भी देखने को नहीं है, सुनने को नहीं है, काम करने को नहीं है। केवल सदा इसी प्रकार जागते हुए बैठे रहना पड़ेगा।

उसके पश्चात् जब मुक्त द्वार से एकाएक वर्षा-काल की ठंडी हवा का झोंका आया और बरसाती मेंढकों की पुकार कानों में पड़ी, तब क्षण-भर में इस लघु जीवन की आशैशव समस्त-वर्षा की स्मृति घनीभूत होकर उसके मन में उदित हुई और वह पृथ्वी के निकट स्पर्श का अनुभव कर सकी। एक बार बिजली चमकी; सामने के पोखर, वट वृक्ष, विस्तृत मैदान, और सुदूर की तरु-श्रेणी पर अचानक उसकी दृष्टि पड़ी। उसे याद आया कि पुण्यतिथियों के अवसर पर बीच-बीच में आकर उसने इस पोखर में स्नान किया था और यह भी याद आया कि उस समय श्मशान में मृत देह को देखकर मृत्यु कैसी भयानक प्रतीत होती थी।

पहले तो मन में आया कि घर लौटना चाहिए! किन्तु साथ ही सोचा, 'मैं तो जीवित नहीं हूँ, मुझे वे घर में क्यों घुसने देंगे? वहाँ तो अमंगल माना जाएगा। मैं जीव-जगत् से निर्वासित होकर आयी हूँ—मैं अपनी ही प्रेतात्मा हूँ।'

यदि यह सही नहीं है तो इस अर्धरात्रि में शारदाशंकर के सुरक्षित अन्तःपुर से इस दुर्गम श्मशान में आयी कैसे? यदि उसकी अंत्येष्टि क्रिया अभी समाप्त नहीं हुई है तो दाह-क्रिया करने वाले आदमी गये कहाँ? शारदाशंकर के आलोकित घर में मृत्यु के अन्तिम क्षण उसे याद आये और उसके बाद ही इस बहुदूरवर्ती जन-शून्य अँधेरे श्मशान में अपने को अकेली देखकर उसने अनुभव किया, 'मैं इस पृथ्वी के जन-समाज की अब कोई नहीं—मैं अतिभीषण, अकल्याणकारिणी; मैं अपनी ही प्रेतात्मा हूँ।'

मन में यह बात आते ही लगा, जैसे उसके चारों ओर से विश्व-नियमों के समस्त बन्धन टूट गये हैं। जैसे उसमें अद्भुत शक्ति हो, उसे असीम स्वाधीनता हो— वह जहाँ चाहे जा सकती है। इस अभूतपूर्व नूतन विचार के आविर्भाव से वह उन्मत्त की भाँति प्रबल वायु के झोंके के समान झोंपड़ी से बाहर निकलकर अन्धकारपूर्ण श्मशान को रौंदती हुई चल पड़ी—मन में लज्जा, भय, चिन्ता का लेश-मात्र न रहा।

चलते-चलते पैर थकने लग गये, देह दुर्बल लगने लगी; एक मैदान पार करते न करते दूसरा आ जाता था। बीच-बीच में धान के खेत पार करने पड़ते या फिर कहीं-कहीं घुटनों तक पानी भरा मिलता। जब भोर का प्रकाश कुछ-कुछ दिखाई देने लगा तब जाकर थोड़ी दूर पर बस्ती के बाँस के झाड़ों से दो-एक पक्षियों की चहचहाहट सुनाई दी।

तब उसे न जाने कैसा लगने लगा! जगत् और जीते-जागते लोगों के साथ इस समय उसका कैसा नया सम्पर्क स्थापित हो चुका था, यह वह तनिक भी नहीं जानती थी। जब तक मैदान में थी, श्मशान में थी, श्रावण-रजनी के अँधेरे में थी, तब तक वह जैसे निर्भय थी, जैसे अपने राज्य में थी। दिन के प्रकाश में लोगों की बस्ती उसे अत्यन्त भयंकर स्थान लगने लगी थी। मनुष्य भूत से डरता है, भूत भी मनुष्य से डरता है; मृत्यु-नदी के अलग-अलग किनारे पर उनका वास है।

तीन

कपड़ों में कीचड़ लपेटे, अद्भुत भावों में डूबी और रात्रि-जागरण के कारण पागल के समान कादम्बिनी के चेहरे की जो दशा हो गयी थी उसे देखकर यह सम्भव था कि लोग डर जाते और लड़के शायद दूर भागकर उस पर ढेले फेंकने लगते। सौभाग्य से उसे सबसे पहले इस अवस्था में एक सज्जन पथिक ने देखा।

उसने आकर कहा, ''बेटी, तुम भले परिवार की बहू लगती हो, तुम भला इस अवस्था में अकेली कहाँ जा रही हो ?''

पहले तो कादम्बिनी कोई उत्तर न देकर ताकती रह गयी। सहसा कुछ भी नहीं सोच पायी। वह संसार में है, वह भद्र कुलवधू-जैसी दीखती है, गाँव के रास्ते में पथिक उससे प्रश्न पूछ रहा है, ये सारी बातें उसे कल्पनातीत लगीं।

पथिक ने उससे फिर कहा, ''चलो बेटी, मैं तुम्हें घर पहुँचा दूँ—तुम्हारा घर कहाँ है, मुझे बताओ !''

कादम्बिनी सोचने लगी। ससुराल लौटने की बात वह मन में ला भी नहीं सकती थी, पिता का घर था नहीं—तभी उसे बचपन की सहेली याद आयी।

यद्यपि सहेली योगमाया का साथ बचपन में ही छूट गया था, फिर भी कभी-कभी चिट्ठी-पत्री आती-जाती रहती थी कभी-कभी बाक़ायदा प्रेम-कलह छिड़ जाता। कादम्बिनी जताना चाहती थी कि उसी का स्नेह प्रबल है, योगमाया जताना चाहती कि कादम्बिनी उसके स्नेह का यथोचित प्रतिदान नहीं देती। यदि किसी सुयोग से वे एक बार मिल सकें तो फिर वे क्षण-भर के लिए एक-दूसरे को आँख की ओट नहीं करेंगी, इस विषय में उन दोनों में से किसी को भी कोई सन्देह नहीं था।

कादम्बिनी ने उन सज्जन से कहा, ''निशिन्दापुर में श्रीपति बाबू के घर जाना है।'' पथिक कलकत्ता जा रहे थे; निशिन्दापुर पास नहीं था, पर फिर भी उनके मार्ग में पड़ता था। उन्होंने स्वयं बन्दोबस्त करके कादम्बिनी को श्रीपतिचरण बाबू के घर पहुँचा दिया।

दोनों सखियों का मिलन हुआ। पहले पहचानने में कुछ देर हुई, फिर दोनों के नेत्रों के सामने बचपन का चित्र धीरे-धीरे परिपुष्ट हो उठा।

योगमाया ने कहा, ''वाह-वाह, मेरा भाग्य कितना अच्छा है! फिर से तुम्हारे दर्शन कर सकूँगी, इसकी तो मैं कल्पना भी नहीं कर सकती थी। लेकिन बहन, तुम आयीं कैसे ? तुम्हारी ससुराल के लोगों ने क्या तुम्हें छोड़ दिया।''

कादम्बिनी चुप लगा गयी। अंत में बोली, ''बहन ससुराल की बात मुझसे मत पूछो! मुझे दासी की भाँति घर के कोने में जगह दे दो, मैं तुम लोगों का काम-काज कर दिया करूँगी।''

योगमाया बोली, ''वाह री, यह खूब कही; दासी की तरह क्यों रहोगी? तुम मेरी सहेली हो, तुम मेरी...'' इत्यादि।

इसी समय श्रीपति ने कमरे में प्रवेश किया। कादम्बिनी कुछ देर उनके मुँह की ओर तकती रही, फिर धीरे-धीरे कमरे से बाहर निकल गयी—सिर पर पल्ला ठीक कर लेने का, या किसी प्रकार के संकोच या संभ्रम का कोई लक्षण नहीं दिखाई पड़ा।

बाद में श्रीपति कहीं उसी की सहेली के विरुद्ध कुछ सोच न बैठें, इसी संभावना से विकल होकर योगमाया ने अनेक प्रकार से उनको समझाना शुरू किया। किन्तु समझाना इतना कम पड़ा और श्रीमति ने योगमाया के सारे प्रस्तावों का इतनी आसानी से अनुमोदन किया कि योगमाया मन-ही-मन विशेष संतुष्ट न हो सकी।

कादम्बिनी सहेली के घर आ तो गयी, पर सहेली के साथ हिल-मिल नहीं सकी—बीच में मृत्यु की दीवार थी। अपने बारे में निरन्तर कोई सन्देह एवं चेतना बनी रहने पर दूसरे के साथ घुला-मिला नहीं जा सकता। कादम्बिनी योगमाया के मुँह की ओर देखती और न जाने क्या सोचती। सोचती, 'अपने पति और अपनी घर-गृहस्थी लिये वह मानो बहुत दूर किसी दूसरे लोक में हो। स्नेह-ममता और समस्त कर्तव्य लिये हुए वह मानो धरती की निवासिनी हो, और मैं मानो कोई शून्य छाया। यह जैसे अस्तित्व के देश में हो, और मैं जैसे किसी अनन्त में।'

योगमाया को भी न जाने कैसा-कैसा लगा, कुछ भी नहीं समझ पायी। स्त्री की जाति रहस्य नहीं रह सकती; क्योंकि अनिश्चित को लेकर कवित्व किया जा सकता है, वीरत्व प्रदर्शित किया जा सकता है, पाण्डित्य दिखाया जा सकता है, किन्तु घर-गृहस्थी नहीं चलाई जा सकती। इसी कारण स्त्री जाति जिसको समझ नहीं सकती, या तो वह उसके अस्तित्व का विलोप करके उसके साथ कोई संपर्क ही नहीं रखती या फिर उसको अपने हाथ से नया रूप देकर उसे अपने व्यवहार के योग्य वस्तु गढ़ लेती है—यदि दोनों में से एक भी नहीं कर पाती, फिर उसके ऊपर वह भीषण क्रोध करती रहती है।

कादम्बिनी जितनी ही दुर्बोध होने लगी, योगमाया उसके ऊपर उतनी ही क्रोधित होने लगी। उसने सोचा, 'सिर पर यह क्या मुसीबत आ पड़ी।'

तिस पर एक और भी आफ़त थी। कादम्बिनी स्वयं अपने से डरती थी। वह अपने सामीप्य से स्वयं किसी प्रकार भी नहीं भाग पाती थी। जो भूत से डरते हैं उन्हें अपने अतीत का डर सताया करता है—जहाँ दृष्टि नहीं जा पाती वहीं का भय लगता है। लेकिन कादम्बिनी को अपने से ही सबसे अधिक डर लगता था, बाहर का उसे कोई भय नहीं था।

इसीलिए निर्जन दोपहरी में वह कभी-कभी कमरे में अकेली चीख उठती और संध्या समय दीये के उजाले में अपनी छाया देखकर उसका शरीर थर-थर काँपने लग जाता।

उसका यह डर देखकर घर के सभी जनों के मन में न जाने कैसा एक भय समा गया। नौकर-चाकर, दास-दासियाँ यहाँ तक कि योगमाया को भी जब-तब जहाँ-तहाँ भूत दिखाई पड़ने लगा।

एक दिन ऐसा हुआ कि अचानक आधी रात को कादम्बिनी रोती हुई सोने के कमरे में से बाहर निकली और योगमाया के कमरे के द्वार पर आकर बोली, ''दीदी, दीदी, तुम्हारे पैरों पड़ती हूँ। तुम मुझे अकेली मत छोड़ा करो!''

योगमाया को एक ओर डर लगा, तो दूसरी ओर क्रोध भी आया। उसकी इच्छा हुई कादम्बिनी को उसी क्षण निकाल दे। श्रीपति ने दयापूर्वक जैसे-तैसे उसको शांत करके पास के कमरे में स्थान दिया।

दूसरे दिन असमय श्रीपति को अंत:पुर में तलब किया गया। योगमाया ने उनको अचानक डाँटना-फटकारना आरंभ किया, ''क्यों जी तुम कैसे आदमी हो! एक औरत अपनी ससुराल छोड़कर तुम्हारे घर में आकर डट गयी है, महीना होने को आया, फिर भी टलने का नाम नहीं लेती और तुम्हारे मुँह से विरोध का एक शब्द भी नहीं सुनाई पड़ा। तुम्हारे मन में क्या है साफ़-साफ़ कहो न! पुरुषों की तो जात ही ऐसी होती है।''

वास्तव में, साधारणत: स्त्री पर पुरुषों का एक तर्कहीन पक्षपात रहता है। और इसके लिए स्त्रियाँ ही उनको अधिक अपराधी ठहराती हैं। नि:सहाय किन्तु सुन्दर कादम्बिनी के प्रति उनकी करुणा यथोचित मात्रा से कुछ अधिक थी, इस बात के विरोध में श्रीपति योगमाया की देह छूकर सौगंध खाने को भी तैयार थे। फिर भी, उनके व्यवहार से उसका प्रमाण मिल ही जाता।

वे सोचते, 'इसकी ससुराल के लोग ज़रूर इस पुत्रहीना विधवा के प्रति अन्याय, अत्याचार करते होंगे, तभी तो किसी भी प्रकार सहन न कर सकने पर ही वहाँ से भागकर कादम्बिनी ने मेरा आश्रय लिया है। जब उसके माँ या बाप कोई है ही नहीं तब इसे मैं कैसे त्याग दूँ!' इसी कारण वे किसी प्रकार की खोज-खबर लेने की ओर से उदासीन थे और इस अप्रीतिकर विषय पर प्रश्न करके कादम्बिनी को व्यथित करने की भी उनकी इच्छा नहीं होती थी।

हारकर उनकी पत्नी उनकी निष्क्रिय कर्तव्य-बुद्धि पर नाना प्रकार से आघात करने लगी। कादम्बिनी की ससुराल में समाचार भिजवाना उनके घर की शांतिरक्षा के लिए अत्यन्त आवश्यक है, यह वे अच्छी तरह समझ गये। अंत में उन्होंने निश्चय किया, अचानक चिट्ठी लिख भेजने का परिणाम शायद अच्छा न भी हो, अतएव स्वयं रानीहाट जाकर पता लगाने के बाद अपना कर्तव्य तय करेंगे।

श्रीपति तो चले गये, इधर योगमाया ने आकर कादम्बिनी से कहा, ''बहन, तुम्हारा यहाँ पर अब और टिके रहना अच्छा नहीं दिखता। लोग क्या कहेंगे?''

गंभीरता से योगमाया के मुँह की ओर देखकर कादम्बिनी बोली, ''लोगों से मुझे क्या लेना-देना है ?''

योगमाया सुनकर अवाक् रह गयी। जरा झल्लाकर बोली, ''तुम्हें भले न हो, हमें तो लेना-देना है। हम पराये घर की बहू को क्या कहकर टिकाये रहें ?''

कादम्बिनी ने कहा, ''मेरी ससुराल है ही कहाँ ?''

योगमाया ने सोचा, 'मर गये, न जाने क्या कह रही है मुँहजली !'

कादम्बिनी धीरे-धीरे बोली, ''मैं क्या कोई तुम लोगों की हूँ ? मैं क्या इस जगत् की हूँ ? तुम लोग हँसते हो, रोते हो, प्यार करते हो, सब अपने में मगन हो, मैं...तो बस देखती रहती हूँ। तुम लोग मनुष्य हो, और मैं हूँ छाया। समझ नहीं आता भगवान् ने मुझे तुम लोगों के इस जगत् में क्यों ला रखा है ? तुम लोगों को भी डर लगा रहता है कि कहीं मैं तुम लोगों के हँसी-खेल में अमंगल न ले आऊँ—मैं भी समझ नहीं पाती कि तुम लोगों के साथ मेरा क्या संबंध है। किन्तु ईश्वर ने जब हमारे लिए कोई दूसरा स्थान बनाया ही नहीं, तब चाहे बात-बात में बंधन टूटता रहे फिर भी तुम्हीं लोगों के आस-पास चक्कर काटती रहती हूँ।''

उसने ये बातें कुछ इस ढंग से देखते हुए कहीं कि योगमाया जैसे-तैसे मोटे तौर पर कुछ तो समझ पायी किन्तु असल बात वह भी समझ नहीं पायी और कोई जवाब भी नहीं दे सकी। दुबारा प्रश्न भी नहीं कर सकी। वह अत्यंत भयग्रस्त होकर गंभीर भाव से चली गयी।

चार

जब रात के लगभग दस बज रहे थे तब श्रीपति रानीहाट होकर लौटे। मूसलाधार वर्षा में धरती डूबी जा रही थी। उसकी निरंतर झर-झर ध्वनि से ऐसा प्रतीत होता था कि वह वर्षा समाप्त नहीं होगी, आज रात-भर चलती रहेगी।

योगमाया ने पूछा, ''क्या हुआ ?''

श्रीपति ने कहा, ''ढेरों बातें हैं, फिर होंगी।'' कहकर उन्होंने कपड़े बदलकर भोजन किया और हुक्का पीकर सोने चले गये। मुद्रा अत्यन्त चिन्तित थी।

योगमाया बहुत देर से कौतूहल दबाये हुए थी। बिस्तर पर पहुँचते ही उसने पूछा, ''क्या सुन आये, बताओ !''

श्रीपति ने कहा, ''तुमने ज़रूर एक भूल की है।''

सुनते ही योगमाया मन-ही-मन कुछ नाराज़ हुई। औरतें कभी भूल नहीं करतीं; यदि करें भी तो किसी बुद्धिमान पुरुष के लिए उसका उल्लेख करना उचित नहीं है। उसे अपने ही सिर पर ले लेना बुद्धिमानी है। योगमाया ने थोड़ा गर्म होकर कहा, ''कैसी, सुनूँ तो !''

श्रीपति ने कहा, ''तुमने जिस स्त्री को अपने घर में स्थान दिया है वह तुम्हारी सखी कादम्बिनी नहीं है।''

ऐसी बात सुनकर सहज ही क्रोध आ सकता है—विशेष रूप से अपने पति के मुँह से सुनने पर तो कहना ही क्या। योगमाया ने कहा, ''अपनी सहेली को मैं नहीं पहचानती, तुमसे पहचान करवा लेनी होगी—खूब कही!''

श्रीपति ने समझाया, ''यहाँ बात की खूबी को लेकर किसी प्रकार का तर्क नहीं हो रहा है, प्रमाण देखना होगा। तुम्हारी सहेली कादम्बिनी मर गयी है इसमें कोई सन्देह नहीं।''

योगमाया ने कहा, ''लो, और सुनो! तुम ज़रूर कोई बखेड़ा खड़ा कर आये हो। न जाने कहाँ-के-कहाँ पहुँचे और क्या-का-क्या सुन आये, भला कोई ठिकाना है! तुम्हें खुद वहाँ जाने के लिए किसने कहा था, एक चिट्ठी लिख देते, सब बात साफ़ हो जाती।''

अपनी कर्म-कुशलता के प्रति स्त्री के ऐसे विश्वासाभाव से श्रीपति अत्यन्त खिन्न होकर विस्तारपूर्वक सब प्रमाणों का उल्लेख करने लगे, किन्तु कोई फल नहीं निकला। उभय पक्ष के हाँ-ना करते-करते आधी रात हो गयी।

यद्यपि कादम्बिनी को उसी क्षण घर से बाहर निकाल देने के विषय में पति-पत्नी किसी में मतभेद नहीं था—क्योंकि, श्रीपति का विश्वास था कि उनके अतिथि ने छद्म परिचय देकर उनकी स्त्री को इतने दिन तक धोखे में रखा है, और योगमाया का विश्वास था कि वह कुल-त्यागिनी है—तथापि प्रस्तुत तर्क के सम्बन्ध में दोनों में से कोई भी हार मानने को तैयार न था।

धीरे-धीरे दोनों की आवाज़ चढ़ने लगी। वे भूल गये कि बग़ल के ही कमरे में कादम्बिनी सो रही है।

एक ने कहा, ''अच्छी आफ़त में पड़ गये! मैं अपने कानों से सुन आया हूँ।''

दूसरे ने दृढ़ स्वर में कहा, ''तो क्या तुम्हारे कहने से मान लूँ, मैं अपनी आँखों देख रही हूँ।''

अन्त में योगमाया ने पूछा, ''कादम्बिनी कब मरी थी, बताओ तो!''

उसने सोचा कि कादम्बिनी की किसी चिट्ठी की तारीख़ से इस बात का विरोध दिखाकर श्रीपति के भ्रम को प्रमाणित कर देगी।

श्रीपति ने जिस तारीख़ की बात कही, दोनों ने हिसाब करके देखा कि वह तारीख़ जिस दिन संध्या-समय कादम्बिनी उनके घर आयी थी, ठीक उसके पहले दिन पड़ती थी। सुनते ही योगमाया का हृदय सहसा काँप उठा, श्रीपति को भी न जाने कैसा लगने लगा!

इतने में उनके कमरे का द्वार खुल गया, चौमासे की हवा के एक झोंके से दीया भक् से बुझ गया। पलक झपकते ही बाहर का अँधेरा सारे कमरे में ऊपर से नीचे तक भर गया। कादम्बिनी एकाएक कमरे के भीतर आ खड़ी हुई। उस समय ढाई पहर रात बीत चुकी थी, बाहर लगातार वर्षा हो रही थी।

कादम्बिनी ने कहा, ''बहन, मैं तुम्हारी वही कादम्बिनी हूँ, किन्तु अब मैं जीवित नहीं हूँ। मैं मर चुकी हूँ।''

योगमाया भय से चीख पड़ी। श्रीपति की बोलती बन्द हो गयी।

''लेकिन मैंने मरने के अलावा तुम लोगों की दृष्टि में और क्या अपराध किया है। मेरे लिए न तो इस लोक में स्थान है, न परलोक में—हाय! तो फिर मैं कहाँ जाऊँ?''

ज़ोर से चीख़कर वह मानो उस घोर वर्षा की रात में सोते हुए विधाता को जगाकर पूछ उठी, ''हाय! तो फिर मैं कहाँ जाऊँ?''

यह कहकर मूर्छित दम्पति को अँधेरे कमरे में छोड़कर कादम्बिनी विश्व में अपना स्थान खोजने निकल पड़ी।

पाँच

कादम्बिनी किस प्रकार वापस रानीहाट, पहुँची यह कहना कठिन है। किन्तु पहले किसी को भी दिखाई नहीं पड़ी। उसने सारा दिन बिना खाये-पिये एक टूटे मन्दिर के खण्डहर में बिताया।

वर्षा ऋतु की अकाल संध्या जब अत्यन्त सघन हो गयी और आसन्न दुर्योग की आशंका से गाँव के लोगों ने घबराकर अपने-अपने घरों की शरण ली, तब कादम्बिनी बाहर निकली। ससुराल के दरवाज़े पर पहुँचकर एक बार तो उसका हृदय काँप उठा, लेकिन जब वह लम्बा घूँघट निकालकर भीतर जाने लगी तो उसको दासी समझकर दरबानों ने कोई रोक-टोक नहीं की। तभी बड़े ज़ोर की वर्षा होने लगी, और हवा भी तेज़ी से चलने लगी।

उस समय घर की मालकिन शारदाशंकर की स्त्री अपनी विधवा ननद के साथ ताश खेल रही थी। नौकरानी रसोईघर में थी और बीमार मुन्ना ज्वर उतर जाने पर सोने के कमरे में बिछौने पर सो रहा था। कादम्बिनी सबकी आँख बचाकर उसी कमरे में प्रविष्ट हुई। वह क्या सोचकर ससुराल आयी थी पता नहीं, वह स्वयं भी नहीं जानती थी, बस इतना जानती थी कि एक बार आकर मुन्ने को एक नज़र देख लेने की इच्छा थी। उसके बाद कहाँ जाएगी, क्या होगा, यह तो उसने सोचा भी नहीं था।

दिन के उजाले में उसने देखा, रुग्ण, क्षीणकाय मुन्ना मुट्ठी बाँधे सोया हुआ है। देखते ही उसका उत्तप्त हृदय मानो तृषातुर हो उठा—उसकी सारी बलाएँ लेकर उसको

एक बार छाती से लगाये बिना क्या रहा जा सकता है! और, फिर उसे याद आया, ''मैं रही नहीं, अब इसको देखने वाला कौन है। इसकी माँ को संगत अच्छी लगती है, गप-शप अच्छी लगती है, खेल-तमाशा अच्छा लगता है, इतने दिन तक इसका भार मुझे सौंपकर वे निश्चिंत थीं लड़के के पालन-पोषण का कोई झंझट उन्हें नहीं उठाना पड़ा। अब इसकी उस प्रकार देख-भाल कौन करेगा?''

तभी मुन्ना अचानक करवट बदलकर अर्धनिद्रित अवस्था में बोल पड़ा, ''काकी, पानी दो।'' हाय! मैं वारी! मेरे लाल, तू अपनी काकी को अब भी नहीं भूला! झटपट सुराही से पानी लेकर मुन्ने को छाती से चिपटाकर कादम्बिनी ने उसे पानी पिलाया।

जब तक वह नींद के झोंके में रहा, अपनी आदत के अनुसार काकी के हाथ से पानी पीने में मुन्ने को कोई आश्चर्य नहीं हुआ। अन्त में कादम्बिनी ने जब अपनी बहुत दिनों की आकांक्षा पूरी करने के लिए उसका मुँह चूमकर उसे फिर लिटा दिया, तो उसकी नींद खुल गयी और उसने काकी से लिपटकर पूछा, ''काकी, तू मर गयी थी न?''

काकी बोली, ''हाँ, बेटा!''

''तू फिर मुन्ने के पास लौट आयी है? अब तो नहीं मरेगी?''

उसका उत्तर देने के पहले ही हल्ला मच गया—नौकरानी कटोरी में साबूदाना लिए कमरे में घुसी थी, अकस्मात् कटोरी फेंककर ''मैया री!'' पुकारती हुई वह पछाड़ खाकर गिर पड़ी।

यह सब देखकर मुन्ने के मन में भय का संचार होने लगा—वह रोते-रोते बोला, ''काकी, तू जा!''

बहुत दिनों बाद आज कादम्बिनी को अनुभव हुआ कि वह मरी नहीं है—वही पुराना घर-द्वार, वही सब-कुछ, वही मुन्ना, वही स्नेह, उसके लिए ज्यों-के-त्यों जीवित हैं, बीच में कोई विच्छेद, कोई व्यवधान उत्पन्न नहीं हुआ। सहेली के घर जाकर उसे अनुभव हुआ था कि बाल्यकाल की वह सखी मर चुकी है, पर मुन्ने के कमरे में आकर उसने अनुभव किया कि मुन्ने की काकी तनिक भी नहीं मरी है।

उसने विकल होकर कहा, ''दीदी, मुझे देखकर तुम लोग डर क्यों रही हो? ये देखो, मैं तो आज भी उसी तरह तुम्हारी हूँ।''

मालकिन ज्यादा देर खड़ी नहीं रह सकीं, मूर्च्छित होकर गिर पड़ीं। बहन से समाचार पाकर शारदाशंकर बाबू स्वयं अन्त:पुर में आकर उपस्थित हुए; हाथ जोड़कर उन्होंने कादम्बिनी से कहा, ''छोटी बहू, यह क्या तुम्हारे लिए उचित है? सतीश मेरे कुल का इकलौता लड़का है, उसको तुम नज़र क्यों लगा रही हो? हम क्या कोई

पराये हैं ? तुम्हारे जाने के बाद से वह दिनों-दिन सूखता जा रहा है, बीमारी जाने का नाम नहीं ली, बस रात-दिन 'काकी-काकी' रटता रहता है । तुमने जब संसार से विदा ले ली है तो अब यह माया-बन्धन भी तोड़ डालो—हम तुम्हारा यथोचित संस्कार करेंगे ।''

कादम्बिनी अब और अधिक नहीं सह सकी, ज़ोर से बोल उठी, ''अरे, मैं मरी नहीं हूँ, मरी नहीं हूँ । मैं तुम लोगों को कैसे समझाऊँ कि मैं मरी नहीं । ये देखो, मैं जीवित हूँ ।''

यह कहकर वह धरती पर पड़ी काँसे की कटोरी उठाकर माथे पर मारने लगी, माथे से रक्त फूटकर बहने लगा ।

वह फिर बोली, ''ये देखो, मैं जीवित हूँ ।''

शारदाशंकर मूर्तिवत् खड़े रहे; मुन्ना डर के मारे पिता को पुकारने लगा; दोनों मूर्च्छित स्त्रियाँ ज़मीन पर पड़ी रहीं ।

तब कादम्बिनी, ''अरे ! मैं मरी नहीं हूँ रे, नहीं मरी रे, नहीं मरी—'' चीखती हुई कमरे से बाहर निकल कर सीढ़ियों से उतरती हुई अन्त:पुर की पुष्करिणी में कूद पड़ी । ऊपर के कमरे से शारदाशंकर ने छपाक् की आवाज़ सुनी ।

सारी रात वर्षा होती रही, अगले दिन सवेरे भी वर्षा होती रही, दोपहर को भी वर्षा रुकने के कोई आसार दिखाई नहीं दिये । कादम्बिनी ने मरकर प्रमाणित कर दिया कि वह मरी नहीं थी ।

आधी रात में

"**डॉ**क्टर! डॉक्टर!''
''परेशान कर डाला! इतनी रात गये—''

आँखें खोलकर देखा, अपने दक्षिणाचरण बाबू थे। हड़बड़ाकर उठकर टूटी पीठ की चौकी घसीटकर उन्हें बैठने को दी और उद्विग्न भाव से मुँह की ओर देखा। घड़ी देखी, रात के ढाई बजे थे।

दक्षिणाचरण बाबू ने विवर्ण मुख, विस्फारित नेत्रों से कहा, ''आज रात को फिर वही उपद्रव मच गया है—तुम्हारी औषधि कुछ काम नहीं आयी।''

मैंने कुछ संकोच के साथ कहा, ''मालूम होता है, आपने शराब की मात्रा फिर बढ़ा दी है।''

दक्षिणाचरण बाबू ने अत्यन्त खीझकर कहा, ''यह तुम्हारा भारी भ्रम है। शराब की बात नहीं; आद्योपान्त विवरण सुने बिना तुम असली कारण का अनुमान नहीं कर पाओगे।''

आले में मिट्टी के तेल की छोटी-सी ढिबरी मंद-मंद जल रही थी, मैंने उसे उकसा दिया; प्रकाश थोड़ा जगमगा उठा और बहुत-सा धुआँ निकलने लगा। धोती का छोर देह के ऊपर खींचकर अखबार बिछे चीड़ के खोखे पर बैठ गया। दक्षिणाचरण बाबू कहने लगे—

मेरी पत्नी जैसी गृहिणी मिलना बड़ा कठिन है। किन्तु तब मेरी अवस्था ज्यादा नहीं थी, सहज ही रसाधिक्य हो गया था, तिस पर काव्य-शास्त्र का अच्छी तरह अध्ययन किया था, इससे निरे गृहिणीपन से मन नहीं भर पाता था। कालिदास का यह श्लोक प्राय: मन में उभर आता—

गृहिणी सचिव: सखी मिथ:
प्रियशिष्या ललिते कलाविधौ।

किन्तु मेरी पत्नी पर ललित कलाविधि का कोई उपदेश नहीं चल पाता था और यदि सखीभाव से प्रथम-सम्भाषण करता तो वे हँसकर उड़ा देतीं। गंगा के प्रवाह से जिस

प्रकार इन्द्र का ऐरावत परास्त हो गया था। वैसे ही उनकी हँसी के सामने बड़े-बड़े काव्यों के टुकड़े और प्यार के अच्छे-अच्छे सम्भाषण क्षण-भर में ही खिसककर बह जाते। हँसने की उनमें अपूर्व क्षमता थी।

उसके बाद, आज लगभग चार बरस हुए मुझे भयंकर रोग ने धर दबोचा। होंठों पर दाने निकल आये। ज्वर-विकार हुआ, मरने की-सी हालत हो गयी। बचने की कोई भी आशा नहीं थी। एक दिन ऐसा हुआ कि डॉक्टर भी जवाब दे गया। तभी मेरे एक आत्मीय ने कहीं से एक ब्रह्मचारी को ला उपस्थित किया; उसने गाय के घी के साथ एक जड़ी पीसकर मुझे खिला दी। चाहे औषधि के गुण से हो या भाग्य के फेर से, उस बार मैं बच गया।

बीमारी के समय मेरी स्त्री ने दिन-रात एक क्षण भी विश्राम नहीं किया। उन कई-एक दिनों में एक अबला स्त्री ने, मनुष्य की सामान्य शक्ति के सहारे प्राणपण से व्याकुलता के साथ द्वार पर आये हुए यमदूतों से अनवरत युद्ध किया। अपने सम्पूर्ण प्रेम, समस्त हृदय, सारी सेवा से उसने मेरे इस अयोग्य प्राण को स्वयं मानो दुधमुँहे शिशु समान दोनों हाथों में छिपाकर ढँक लिया था। आहार नहीं, नींद नहीं, संसार में और किसी का कोई ध्यान न रहा।

यम तो पराजित बाघ के समान मुझे अपने चंगुल से छोड़कर चले गये, किन्तु जाते-जाते मेरी स्त्री पर एक प्रबल पंजा मार गये।

मेरी स्त्री उस समय गर्भवती थीं, कुछ समय बाद उन्होंने एक मृत संतान को जन्म दिया। उसके बाद से ही उसके नाना प्रकार के जटिल रोगों का सूत्रपात हुआ। तब मैंने उनकी सेवा आरम्भ कर दी। उससे वे बहुत व्याकुल हो उठीं। कहने लगीं, ''अरे! क्या करते हो! लोग क्या कहेंगे! इस प्रकार दिन-रात तुम मेरे कमरे में मत आया-जाया करो।''

स्वयं पंखे की हवा खाने के बहाने यदि रात को ज्वर के समय मैं पंखा झलने चला जाता तो भारी छीना-झपटी मच जाती। किसी दिन उनकी शुश्रूषा के कारण यदि मेरे नियमित भोजन के समय में दस मिनट की देर हो जाती, वह भी नाना प्रकार के अनुनय, अनुरोध, अनुयोग का कारण बन जाती। थोड़ी-सी भी सेवा करने पर लाभ के बदले हानि होने लगती। वे कहतीं, ''पुरुषों का इतना अति करना अच्छा नहीं है।''

हमारे बरानगर के उस घर को, मेरा ख़याल है तुमने देखा है। घर के सामने ही बगीचा है और बगीचे के सामने गंगा बहती है। हमारे सोने के कमरे के नीचे ही दक्षिण की ओर मेहंदी की बाड़ लगाकर कुछ ज़मीन घेरकर मेरी पत्नी ने अपने मनपसन्द बगीचे का एक टुकड़ा तैयार किया था। सम्पूर्ण बगीचे में वही भाग अत्यन्त सीधा-सादा और एकदम देशी था। अर्थात् उसमें गन्ध की अपेक्षा वर्ण की बहार, फूल की तुलना में पत्तों का वैचित्र्य नहीं था, और गमलों में लगाये छोटे पौधे के समीप

कमची के सहारे काग़ज़ की बनी लैटिन में लिखे नाम की जय-ध्वजा नहीं उड़ती थी। बेला, जूही, गुलाब, गन्धराज, कनेर और रजनीगंधा का ही प्रादुर्भाव कुछ अधिक था। एक विशाल मौलश्री वृक्ष के नीचे सफ़ेद संगमरमर पत्थर का एक चबूतरा बना था। स्वस्थ रहने पर वे स्वयं खड़ी होकर दोनों समय उसको धोकर साफ़ करवाती थीं। ग्रीष्मकाल में काम से छुट्टी पाने पर सन्ध्या समय वही उनके बैठने का स्थान था। वहाँ से गंगा दिखती थीं, किन्तु गंगा से कोठी की छोटी नौका में बैठे बाबू लोग उनको नहीं देख पाते थे।

बहुत दिन तक चारपाई पर पड़े-पड़े एक दिन चैत्र में शुक्लपक्ष की सन्ध्या को उन्होंने कहा, ''घर में बन्द रहने से मेरा प्राण न जाने कैसा हो रहा है, आज एक बार अपने उस बगीचे में जाकर बैठूँगी।''

मैंने उनको बहुत सँभालकर पकड़े हुए धीरे-धीरे ले जाकर उसी मौलश्री वृक्ष के नीचे बनी पत्थर की वेदी पर लिटा दिया। यों तो मैं अपनी जाँघ पर ही उनका सिर रख सकता था, किन्तु मैं जानता था कि वे उसे विचित्र-सा समझेंगी, इसलिए एक तकिया लाकर उनके सिर के नीचे रख दिया।

मौलश्री के दो-एक खिले हुए फूल झर रहे थे और शाखाओं के बीच से छायांकित ज्योत्स्ना उनके क्षीण मुख के ऊपर आ पड़ी। चारों ओर शान्ति और नि:स्तब्धता थी; उस सघन गन्धपूर्ण छायान्धकार में एक ओर चुपचाप बैठकर उनके मुख की ओर देखकर मेरी आँखों में पानी भर आया।

मैंने धीरे-धीरे बहुत समीप पहुँचकर अपने हाथों से उनका एक उत्तप्त जीर्ण हाथ पकड़ लिया। इस पर उन्होंने कोई आपत्ति नहीं की। कुछ देर तक इसी प्रकार चुप बैठे-बैठे मेरा हृदय न जाने कैसा उद्वेलित हो उठा! मैं बोल उठा, ''तुम्हारे प्रेम को मैं कभी नहीं भूलूँगा।''

तभी समझा, इस बात के कहने की कोई आवश्यकता नहीं थी। मेरी पत्नी हँस पड़ी। उस हँसी में लज्जा थी, सुख था और थोड़ा-सा अविश्वास था; और उसमें काफ़ी मात्रा में परिहास की तीव्रता भी थी। प्रतिवादस्वरूप कोई बात न कहकर उन्होंने केवल अपनी उसी हँसी से ही व्यक्त किया, ''किसी दिन भूलोगे नहीं, यह कभी संभव नहीं और मैं इसकी प्रत्याशा भी नहीं करती।''

इस सुमिष्ट सुतीक्ष्ण हँसी के भय से ही मैंने कभी अपनी पत्नी के साथ अच्छी तरह प्रेमालाप करने का साहस नहीं किया। उनके सामने न रहने पर जो अनेक बातें मन में आतीं उनके सामने जाते ही वे अत्यन्त व्यर्थ सी लगने लगतीं। छपे अक्षरों में जो बातें पढ़ने पर नेत्रों से आँसुओं की धारा बहने लगती है उनको मुँह से कहते हुए क्यों हँसी आती है, यह मैं आज तक नहीं समझ सका।

बातचीत में तो वाद-प्रतिवाद चल जाता है, किन्तु हँसी के ऊपर तर्क नहीं

चलता, इसलिए चुप होकर रह जाना पड़ा। ज्योत्स्ना उज्ज्वलतर हो उठी, एक कोयल बार-बार कुहू-कुहू करती हुई चंचल हो गयी। मैं बैठा-बैठा सोचने लगा, 'ऐसी ज्योत्स्ना-रात्रि में भी क्या पिकवधू बधिर हो गयी है ?'

बहुत चिकित्सा करने पर भी मेरी पत्नी का रोग शान्त होने के कोई लक्षण नहीं दिखे। डॉक्टर ने कहा, ''एक बार जलवायु परिवर्तन करके देखना अच्छा होगा।'' मैं पत्नी को लेकर इलाहाबाद चला गया।

इतना कहकर दक्षिणा बाबू सहसा चौंककर चुप हो गये। संदेहपूर्ण भाव से मेरे मुख की ओर देखा, उसके बाद दोनों हाथों से सिर थामकर सोचने लगे। मैं भी चुप बैठा रहा। ताक में कैरोसिन की ढिबरी टिमटिमाकर जलने लगी और नि:स्तब्ध कमरे में मच्छरों की भिनभिनाहट स्पष्ट रूप से सुनायी दे रही थी। हठात् मौन तोड़कर दक्षिणा बाबू ने कहना शुरू किया—

वहाँ हैरान डॉक्टर पत्नी की चिकित्सा करने लगे।

अन्त में बहुत दिनों तक स्थिति में कोई अन्तर होते न देखकर डॉक्टर ने भी कह दिया, मैं भी समझ गया और मेरी पत्नी भी समझ गयी कि उनका रोग अच्छा होने वाला नहीं है। उनको सदा रुग्ण रहकर ही जीवन काटना पड़ेगा।

तब एक दिन मेरी पत्नी ने मुझसे कहा, ''जब न तो व्याधि ही दूर होती है और न मेरे मरने की ही कोई आशा है तब और कितने दिन इस जीवन-मृत को लिये काटोगे! तुम दूसरा विवाह करो।''

यह मानो केवल एक युक्तिपूर्ण और समझदारी की बात थी—इसमें कोई भारी महत्त्व, वीरत्व या कुछ असामान्य था, ऐसा लेश-मात्र भी उनका भाव नहीं था।

अब मेरे हँसने की बारी थी। किन्तु मुझमें क्या उस प्रकार हँसने की क्षमता है ! मैं उपन्यास के प्रधान नायक के समान गम्भीर और सगर्व भाव से कहने लगा, ''जितने दिन इस शरीर में प्राण हैं...''

वे टोककर बोलीं, ''बस! बस और अधिक मत बोलो! तुम्हारी बात सुनकर तो मैं दंग रह जाती हूँ।''

पराजय स्वीकार न करते हुए मैं बोला, ''इस जीवन में और किसी से प्रेम नहीं कर सकूँगा।''

सुनकर मेरी पत्नी ज़ोर से हँस पड़ी। तब मुझे परास्त होना पड़ा।

मैं नहीं जानता कि उस समय कभी अपने-आपसे भी स्पष्ट स्वीकार किया था या नहीं; किन्तु इस समय मैं समझ रहा हूँ कि उस आरोग्य-आशाहीन सेवा-कार्य से मैं मन-ही-मन थक गया था। उस काम में चूक करूँगा, ऐसी कल्पना भी मेरे मन में नहीं थी; अतएव, चिर जीवन इस चिररुग्ण को लेकर बिताना होगा, यह कल्पना भी मुझे पीड़ाजनक प्रतीत हुई। हाय! यौवन की प्रथम बेला में जब सामने देखा था तब

प्रेम की कुहक में, सुख के आश्वासन में, सौंदर्य की मरीचिका में मुझे अपना समस्त भावी जीवन खिलता हुआ दिखाई दिया था, अब आज से लेकर अन्त तक केवल आशाहीन, सुदीर्घ, प्यासी मरुभूमि।

मेरी सेवा में वह आन्तरिक थकान उन्होंने अवश्य ही देख ली थी। उस समय मैं नहीं जानता था, किन्तु अब जरा भी संदेह नहीं है कि वे मुझ संयुक्ताक्षरहीन 'शिशु शिक्षा' के प्रथम भाग के समान बहुत ही आसानी से समझ लेती थीं। इसीलिए जब उपन्यास का नायक बनकर मैं गम्भीर मुद्रा में उनके पास कवित्व प्रदर्शित करने जाता तो वे बड़े अकृत्रिम स्नेह, किन्तु अनिवार्य कौतुक के साथ हँस उठतीं। मेरे अपने अगोचर अन्तर की सब बातों को भी वे अन्तर्यामी के समान जानती थीं, इस बात को सोचकर आज भी लज्जा से मर जाने की इच्छा होती है।

डॉक्टर हारान हमारे स्वजातीय थे। उनके घर प्राय: मेरा निमंत्रण रहता। कुछ दिनों के आने-जाने के बाद डॉक्टर ने अपनी कन्या के साथ मेरा परिचय करा दिया। कन्या अविवाहित थी, उसकी उम्र पन्द्रह वर्ष की रही होगी। डॉक्टर ने कहा कि उनको मन के अनुकूल पात्र नहीं मिला इसलिए उन्होंने उसका विवाह नहीं किया। किन्तु, बाहर के लोगों से अफ़वाह सुनता—कन्या के कुल में दोष था।

किन्तु, और कोई दोष नहीं था। जैसी सुन्दर थी वैसी ही सुशिक्षिता। इस कारण कभी-कभी एकाध दिन उनके साथ नाना विषयों पर आलोचना करते-करते घर लौटते मुझे रात हो जाती, पत्नी को औषधि देने का समय निकल जाता। वे जानती थीं कि मैं डॉक्टर के घर गया हूँ, किन्तु उन्होंने एक भी दिन विलम्ब के कारण के विषय में प्रश्न तक नहीं किया।

मरुभूमि में फिर एक बार मरीचिका दिखायी देने लगी। तृष्णा जब गले तक आ गयी थी तभी आँखों के सामने लबालब स्वच्छ जल कलकल, छलछल करने लगा। इस स्थिति में मन को प्राणपण से रोकने पर भी मोड़ नहीं सका।

रोगी का कमरा मुझे पहले से दुगुना निरानंद लगने लगा। तब सेवा करने और औषधि खिलाने का नियम, सब प्राय: भंग होने लगा।

डॉक्टर हारान बीच-बीच में मुझसे प्राय: कहते रहते, जिनका रोग अच्छा होने की कोई सम्भावना नहीं है, उनका मरना ही भला है, क्योंकि जीवित रहने से उनको स्वयं भी सुख नहीं मिलता, और दूसरों को भी दु:ख होता है। साधारण रूप से ऐसी बात कहने में कोई दोष नहीं तथापि मेरी स्त्री को लक्ष्य करके इस प्रकार के प्रसंग का उठाना उनके लिए उचित न था। किन्तु, मनुष्य के जीवन-मरण के विषय में डॉक्टरों के मन ऐसे अनुभूति-शून्य होते हैं कि वे ठीक प्रकार से हमारे मन की हालत नहीं समझ सकते।

सहसा एक दिन बग़ल के कमरे से सुना, मेरी पत्नी हारान बाबू से कह रही थीं, ''डॉक्टर, फ़िजूल में इतनी औषधियाँ खिला-खिलाकर औषधालय का क़र्ज क्यों

बढ़ा रहे हो ? जब मेरी जान ही एक लाइलाज बीमारी है तब कोई ऐसी दवा दो कि यह जान ही निकल जाये और जान छूटे।''

डॉक्टर ने कहा, ''छि: ! ऐसी बातें न करें।''

यह सुनकर मेरे हृदय को एकबारगी बड़ा आघात पहुँचा। डॉक्टर के चले जाने पर मैं अपनी स्त्री के कमरे में जाकर उनकी चारपाई के सिरहाने बैठ गया, उनके माथे पर धीरे-धीरे हाथ फेरने लगा। वे बोलीं, ''यह कमरा बड़ा गर्म है, तुम बाहर जाओ। तुम्हारे टहलने जाने का समय हो गया है। थोड़ा टहले बिना रात को तुम्हें भूख नहीं लगेगी।''

टहलने जाने का अर्थ था, डॉक्टर के घर जाना। मैंने ही उनको समझाया था कि भूख लगने के लिए थोड़ा टहल लेना विशेष आवश्यक है। आज मैं निश्चयपूर्वक कह सकता हूँ, वे प्रतिदिन की मेरी इस छलना को समझती थीं। मैं भी निर्बोध था जो सोचता था कि ये निर्बोध हैं।

यह कहकर दक्षिणाचरण बाबू हथेली पर सिर टिकाये बहुत देर तक मौन बैठे रहे। अन्त में बोले, ''मुझे एक गिलास पानी ला दो!'' पानी पीकर कहने लगे—

एक दिन डॉक्टर बाबू की पुत्री मनोरमा ने मेरी पत्नी को देखने के लिए आने की इच्छा प्रकट की। पता नहीं क्यों, उनका यह प्रस्ताव मुझे अच्छा नहीं लगा। किन्तु प्रतिवाद करने का कोई कारण नहीं था। वे एक दिन संध्या को मेरे घर आ उपस्थित हुईं।

उस दिन मेरी पत्नी की पीड़ा अन्य दिनों की अपेक्षा कुछ बढ़ गयी थी। जिस दिन उनका कष्ट बढ़ता उस दिन वे अत्यन्त स्थिर और चुपचाप रहतीं; केवल बीच-बीच में मुट्ठियाँ बँध जातीं और मुँह नीला हो जाता, इसी से उनकी पीड़ा का अनुमान होता। कमरे में कोई आहट नहीं थी, मैं बिस्तर के किनारे चुपचाप बैठा था। उस दिन टहलने जाने का मुझसे अनुरोध करें, इतनी सामर्थ्य उनमें नहीं थी या हो सकता है मन-ही-मन उनकी यह इच्छा रही हो कि अत्यधिक कष्ट के समय में मैं उनके पास रहूँ। चौंध न लगे, इससे कैरोसिन की बत्ती दरवाज़े के पास थी। कमरा अँधेरा और नि:स्तब्ध था। केवल कभी-कभी पीड़ा के कुछ शान्त होने पर मेरी पत्नी का दीर्घ नि:श्वास सुनाई पड़ता था।

इस समय मनोरमा कमरे के दरवाज़े पर आ खड़ी हुई। उलटी ओर से बत्ती का प्रकाश आकर मुख पर पड़ा। प्रकाश से चौंधिया जाने के मारे कमरे में कुछ भी न देख पाने के कारण वे कुछ क्षणों तक दरवाज़े के पास खड़ी इधर-उधर करने लगीं।

मेरी स्त्री ने चौंककर मेरा हाथ पकड़कर पूछा, ''वह कौन है ?'' अपनी उस दुर्बल अवस्था में सहसा अपरिचित व्यक्ति को देखकर उन्होंने डरकर मुझसे दो-तीन बार अस्पष्ट स्वर में प्रश्न किया, ''कौन है ! वह कौन है जी !''

न जाने मेरी कैसी दुर्बुद्धि हुई कि मैंने पहले ही कह दिया, ''मैं नहीं जानता।'' कहते ही मानो किसी ने मुझे चाबुक मारा। दूसरे क्षण मैं बोला, ''ओह अपने डॉक्टर बाबू की लड़की!''

पत्नी ने एक बार मेरे मुख की ओर देखा, मैं उनके मुख की ओर नहीं देख सका। दूसरे ही क्षण उन्होंने क्षीण स्वर में अभ्यागत से कहा, ''आप आइये!'' मुझसे बोलीं, ''उजाला करो।''

मनोरमा कमरे में आकर बैठ गयीं। उनके साथ मरीज़ की थोड़ी-बहुत बातचीत चलने लगी। इसी समय डॉक्टर बाबू आ उपस्थित हुए।

वे अपने औषधालय से दो शीशी औषधि साथ ले आये थे। उन शीशियों को बाहर निकालते हुए वे मेरी पत्नी से बोले, ''यह नीली शीशी मालिश करने के लिए है और यह खाने के लिए। देखिए, दोनों को मिलाइएगा नहीं, यह औषधि भयंकर विष है।''

मुझे भी एक बार सावधान करते हुए दोनों दवाइयों को चारपाई के पास मेज पर रख दिया। विदा लेते समय डॉक्टर ने अपनी पुत्री को बुलाया।

मनोरमा ने कहा, ''पिताजी, मैं यहाँ रह जाऊँ? साथ में कोई महिला नहीं है, इनकी सेवा कौन करेगा?''

मेरी स्त्री व्याकुल हो उठीं। बोली, ''नहीं-नहीं, आप कष्ट न कीजिए! पुरानी नौकरानी है, वह माँ की भाँति मेरी सेवा करती है।''

डॉक्टर हँसते हुए बोले, ''ये लक्ष्मी-स्वरूपा है, चिरकाल से दूसरों की सेवा करती आ रही है, दूसरे की सेवा सहन नहीं कर सकती।''

पुत्री को लेकर जाने की तैयारी कर ही रहे थे कि उसी समय मेरी स्त्री बोली, ''डॉक्टर बाबू, ये इस बन्द कमरे में बहुत समय से बैठे हैं, इनको थोड़ी देर बाहर घुमाकर ला सकते हैं?''

डॉक्टर बाबू ने मुझसे कहा, ''चलिए न, आपको नदी के किनारे थोड़ा घुमा लायें।''

मैं तनिक आपत्ति प्रकट करने के बाद शीघ्र ही राज़ी हो गया। डॉक्टर बाबू ने चलते समय दवाइयों की दोनों शीशियों के बारे में फिर मेरी पत्नी को सावधान कर दिया।

उस दिन मैंने डॉक्टर के घर ही भोजन किया। लौटने में रात हो गयी। आकर देखा मेरी स्त्री छटपटा रही थी। मैंने पाश्चाताप से पीड़ित होकर पूछा, ''क्या तुम्हारी तकलीफ़ बढ़ गयी है?''

वे उत्तर न दे सकीं। चुपचाप मेरे मुख की ओर देखने लगीं। उस समय उनका गला रुँध गया था।

मैं तुरन्त रात में ही डॉक्टर को बुला लाया।

डॉक्टर आकर पहले तो बहुत देर तक कुछ समझ ही न सके। अन्त में उन्होंने पूछा, ''क्या तकलीफ़ बढ़ गयी है ? एक बार दवा की मालिश करके क्यों न देखा जाए।''

यह कहते हुए उन्होंने टेबिल से शीशी उठाकर देखी, वह खाली थी।

मेरी पत्नी से पूछा, ''क्या आपने ग़लती से यह दवा खायी है ?''

मेरी पत्नी ने गर्दन हिलाकर चुपचाप बताया, ''हाँ।''

डॉक्टर तुरन्त अपने घर से पम्प लाने के लिए गाड़ी में दौड़े। मैं अर्ध-मूर्च्छित-सा पत्नी के बिस्तर पर पड़ गया।

उस समय, जिस प्रकार माता पीड़ित शिशु को सान्त्वना देती है उसी प्रकार उन्होंने मेरे सिर को अपने वक्ष:स्थल के पास खींचकर हाथों के स्पर्श द्वारा मुझे अपने मन की बात समझाने की चेष्टा की। केवल अपने उस करुण स्पर्श के द्वारा ही वे मुझसे बार-बार कहने लगीं, ''दु:खी मत होना, अच्छा ही हुआ, तुम सुखी रहोगे, यही सोचकर मैं सुख से मर रही हूँ।''

जब डॉक्टर लौटे तो जीवन के साथ-साथ मेरी स्त्री की सारी यंत्रणाओं का भी अवसान हो गया था।

दक्षिणाचरण फिर से एक बार पानी पीकर बोले, ''ओह! बड़ी गरमी है!'' यह कहते हुए तेज़ी से बाहर निकलकर बरामदे में दो-चार बार टहलने के बाद फिर आ बैठे। अच्छी तरह स्पष्ट हो गया, वे कहना नहीं चाहते थे किन्तु मानो मैंने जादू से उनसे बात निकलवा ली हो। फिर आरम्भ किया—

मनोरमा से विवाह करके घर लौट आया।

मनोरमा ने अपने पिता की सम्मति के अनुसार मुझसे विवाह किया, किन्तु जब मैं उससे प्रेम की बात कहता, प्रेमालाप करके उसके हृदय पर अधिकार करने की चेष्टा करता, तो वह हँसती नहीं, गम्भीर बनी रहती। उसके मन में कहाँ किस जगह क्या खटका लग गया था। मैं कैसे समझता ?

इन्हीं दिनों मेरी शराब पीने की लत बहुत बढ़ गयी।

एक दिन शरद् के आरम्भ में संध्या को मनोरमा के साथ अपने बरानगर के बाग़ में टहल रहा था। घोर अन्धकार हो आया था। घोंसलों में पक्षियों के पंख फड़फड़ाने तक की आहट नहीं थी, केवल घूमने के रास्ते के दोनों किनारे घनी छाया से ढँके झाऊ के पेड़ हवा से सर-सर करते काँप रहे थे।

थकान का अनुभव करती हुई मनोरमा उसी मौलश्री वृक्ष के नीचे शुभ्र पत्थर की वेदी पर आकर अपने हाथों के ऊपर सिर रखकर लेट गयी। मैं भी पास आकर बैठ गया।

वहाँ और भी घना अंधकार था; आकाश का जो भाग दिखाई दे रहा था, वह पूरी तरह तारों से भरा था; वृक्षों के तले झींगुरों की ध्वनि मानो अनन्त गगन के वक्ष से च्युत निःशब्दता पर ध्वनि की एक पतली किनारी बुन रही हो।

उस दिन भी शाम को मैंने कुछ शराब पी थी, मन खूब तरलावस्था में था। अन्धकार जब आँखों को सहन हो गया तब वृक्षों की छाया के नीचे पाण्डु वर्ण वाली उस शिथिल-आँचल श्रान्त काय रमणी की अस्पष्ट मूर्ति ने मेरे मन में एक अनिवार्य आवेग का संचार कर दिया। मुझे लगा, वह मानो कोई छाया हो, मैं उसे मानो किसी भी तरह अपनी बाँहों में बाँध नहीं सकूँगा।

इसी समय अँधेरे झाऊ वृक्षों की चोटियों पर जैसे आग जल उठी हो; उसके पश्चात् कृष्ण पक्ष के क्षीण हरिद्रावर्ण चाँद ने धीरे-धीरे वृक्षों के ऊपर आकाश में आरोहण किया। सफ़ेद पत्थर पर सफ़ेद साड़ी पहने उसी थकी लेटी रमणी के मुख पर ज्योत्स्ना आकर पड़ी। मैं और न सह सका। पास आकर हाथों में उसका हाथ लेकर बोला, ''मनोरमा, तुम मेरा विश्वास नहीं करतीं, पर मैं तुमसे प्रेम करता हूँ। मैं तुमको कभी नहीं भूल सकता।''

बात कहते ही मैं चौंक उठा। याद आया; ठीक यही बात मैंने कभी किसी और से भी कही थी। और तभी मौलश्री की शाखाओं के ऊपर होती हुई झाऊ वृक्ष की चोटी पर से होती हुई कृष्ण पक्ष के पीतवर्ण खण्डित चाँद के नीचे से, गंगा के पूर्वी किनारे से लेकर गंगा के सुदूर पश्चिमी किनारे तक हा-हा-हा-हा—करती एक हँसी अत्यन्त तीव्र वेग से प्रवाहित हो उठी। वह मर्मभेदी हँसी थी या अभ्रभेदी हाहाकार था, कह नहीं सकता। मैं उसी क्षण मूर्च्छित होकर पत्थर की वेदी से नीचे गिर पड़ा।

मूर्च्छा भंग होने पर देखा, अपने कमरे में बिस्तर पर लेटा हूँ। पत्नी ने पूछा, ''तुम्हें अचानक यह क्या हुआ?''

मैंने काँपते हुए कहा, ''तुमने सुना नहीं, समस्त आकाश को परिपूर्ण करती हुई एक हा-हा करती हँसी ध्वनित हुई थी?''

पत्नी ने हँसकर कहा, ''वह हँसी थोड़े ही थी। पंक्ति बाँधकर पक्षियों का एक बहुत बड़ा झुण्ड उड़ा था, उन्हीं के पंखों का शब्द सुनाई दिया था। तुम इतने से ही डर जाते हो?''

दिन के समय मैं स्पष्ट समझ गया कि वह सचमुच पक्षियों के झुण्ड के उड़ने का ही शब्द था। इस ऋतु में उत्तर दिशा से हंस-श्रेणी नदी के कछार में चारा चुगने के लिए आती है, किन्तु संध्या हो जाने पर यह विश्वास टिक नहीं पाता था। उस समय लगता, मानो चारों ओर समस्त अन्धकार को भरती हुई सघन हँसी जमा हो गयी हो, किसी सामान्य बहाने से ही अचानक आकाशव्यापी अन्धकार को विदीर्ण करके ध्वनित हो उठेगी। अन्त में ऐसा हुआ कि संध्या के बाद, मनोरमा से मुझे कोई भी बात कहने का साहस न होता।

तब मैं बरानगर के अपने घर को त्यागकर मनोरमा को साथ लेकर नौका पर बाहर निकल पड़ा। अगहन के महीने में नदी की हवा से सारा भय भाग गया। कुछ दिनों बड़े सुख में रहा। चारों ओर के सौन्दर्य से आकर्षित होकर—मनोरमा भी मानो बहुत दिनों बाद मेरे लिए अपने हृदय का रुद्ध द्वार धीरे-धीरे खोलने लगी।

गंगा पार कर, खड़ पार कर अंत में हम पद्मा में आ पहुँचे। भयंकरी पद्मा उस समय हेमन्त ऋतु की विवरलीन भुजंगिनी के समान कृश निर्जीव-सी लम्बी शीतनिद्रा में मग्न थी। उत्तर की ओर जन-तृण-शून्य दिगन्त प्रसारित बालुकापूर्ण कछार धू-धू कर रहा था और दक्षिण के ऊँचे किनारे पर गाँवों के आमों के बगीचे इस राक्षसी नदी के मुख के अत्यन्त समीप हाथ जोड़े खड़े काँप रहे थे। बीच-बीच में पद्मा निद्रा के आवेश में करवट बदलती और विदीर्ण तट-भूमि छपाक से टूट-टूटकर गिर पड़ती। यहाँ घूमने की सुविधा देखकर नौका बाँध दी।

एक दिन घूमते हुए हम दोनों बहुत दूर चले गये। सूर्यास्त की स्वर्णच्छाया विलीन होते ही शुक्ल पक्ष का निर्मल चन्द्रालोक देखते-देखते खिल उठा। उस अन्तहीन शुभ्र बालू के कछार पर जब अजस्र, मुक्त, उच्छ्वसित ज्योत्स्ना एकदम आकाश की सीमाओं तक प्रसारित हो गयी तब लगा मानो जन-शून्य चन्द्रालोक के असीम स्वप्न-राज्य में केवल हम दो व्यक्ति ही भ्रमण कर रहे हों। एक लाल शाल मनोरमा के सिर से उतरता उसके मुख को वेष्टित करते हुए उसके शरीर को ढँके हुए था। नि:स्तब्धता जब गहरी हो गयी, केवल सीमाहीन, दिशाहीन शुभ्रता और शून्यता के अतिरिक्त जब और कुछ भी न रहा तब मनोरमा ने धीरे-धीरे हाथ बढ़ाकर ज़ोर से मेरा हाथ पकड़ लिया। अत्यन्त पास आकर वह मानो अपना सम्पूर्ण तन-मन-जीवन-यौवन मेरे ऊपर डालकर एकदम निर्भय होकर खड़ी हो गयी। मैंने पुलकित-उद्वेलित हृदय से सोचा, 'कमरे के भीतर क्या भला यथेष्ट प्रेम किया जा सकता है। यदि ऐसा अनावृत मुक्त अनन्त आकाश न हो तो क्या कहीं दो व्यक्ति बँध सकते हैं?' उस समय लगा—हमारे न घर है, न द्वार है, न कहीं लौटना है। बस हम इसी प्रकार हाथ-में-हाथ लिए अगम्य मार्ग में उद्देश्यहीन भ्रमण करते हुए चन्द्रालोकित शून्यता पर पैर धरते मुक्त भाव से चलते रहेंगे।

इसी प्रकार चलते-चलते एक जगह पहुँचकर देखा, थोड़ी दूर पर बालुका-राशि के बीच एक जलाशय-सा बन गया है, पद्मा के उतर जाने पर उसमें पानी जमा रह गया था।

उस मरुबालुकावेष्ठित निस्तरंग, गाढ़ निद्रामग्न, निश्चल जल पर विस्तृत ज्योत्स्ना की रेखा मूर्च्छित भाव से पड़ी थी। उसी स्थान पर आ हम दोनों व्यक्ति खड़े हो गये—मनोरमा ने न जाने क्या सोचकर मेरे मुख की ओर देखा, अचानक उसके

सिर पर से शाल खिसक गया। मैंने ज्योत्स्ना से खिला हुआ उसका वह मुँह उठाकर चूम लिया।

उसी समय उन जनमानव-शून्य निःसंग मरुभूमि के गंभीर स्वर में न जाने कौन तीन बार बोल उठा, ''कौन है ? कौन है ? कौन है ?''

मैं चौंक पड़ा, मेरी पत्नी भी काँप उठी। किन्तु दूसरे ही क्षण हम दोनों ही समझ गये यह शब्द मनुष्य का नहीं था, अमानवीय भी नहीं था। कछार में विहार करने वाले जलचर पक्षी की आवाज़ थी। इतनी रात को अचानक अपने निरापद निभृत निवास के समीप जनसमागम देखकर वह चौंक उठा था।

भय से चौंककर हम दोनों झटपट नौका में लौट आये। रात को आकर बिस्तर पर लेट गये। थकी होने के कारण मनोरमा शीघ्र ही सो गयी। उस समय अन्धकार में न जाने कौन मेरी मसहरी के पास खड़ा होकर सुसुप्त मनोरमा की ओर एक लम्बी जीर्ण अस्थि-पिंजर-मात्र अंगुली दिखाकर मानो मेरे कान में बिलकुल चुपचाप अस्फुट स्वर में बारम्बार पूछने लगी, ''कौन है ? कौन है ? वह कौन है जी ?''

झटपट उठकर दियासलाई घिसकर बत्ती जलायी उसी क्षण वह छायामूर्ति विलीन हो गयी। मेरी मसहरी को कँपाकर, नौका को डगमगाकर, मेरे स्वेद-सने शरीर के रक्त को बर्फ़ करके हा-हा-हा-हा-हा-हा करती हुई एक हँसी अन्धकार रात्रि में बहती हुई चली गयी। पद्मा को पार कर, पद्मा के कछार को पार कर, उसके तटवर्ती समस्त सुप्त देश, ग्राम, नगर पार कर—मानो वह चिरकाल से देश-देशान्तर, लोक-लोकान्तर को पार करती क्रमशः क्षीण, क्षीणतर, क्षीणतम होकर असीम सुदूर की ओर चली जा रही थी, धीरे-धीरे वह मानो जन्म-मृत्यु के देश को पीछे छोड़ गयी, क्रमशः वह मानो सुई के अग्रभाग के समान क्षीणतम हो आयी। मैंने इतना क्षीण स्वर पहले कभी नहीं सुना, कल्पना भी नहीं की, मानो मेरे दिमाग़ में अनन्त आकाश हो और वह शब्द कितनी ही दूर क्यों न जा रहा हो, किसी भी प्रकार मेरे मस्तिष्क की सीमा छोड़ नहीं पा रहा हो, अन्त में जब नितान्त असह्य हो गया तब सोचा, 'बत्ती बुझाये बिना सो नहीं पाऊँगा।' जैसे ही रोशनी बुझाकर लेटा, वैसे ही मेरी मसहरी के पास, मेरे कान के समीप, अँधेरे में वह अवरुद्ध स्वर फिर बोल उठा, ''कौन है ? कौन है ? वह कौन है जी ?'' मेरे हृदय का रक्त भी उसी पर ताल देता हुआ क्रमशः ध्वनित होने लगा, ''कौन है, कौन है, वह कौन है जी ?'' ''कौन है ? कौन है ?, कौन है जी ?'' उसी गहरी रात में निःस्तब्ध नौका में मेरी गोलाकार घड़ी भी सजीव होकर अपनी घण्टे की सुई को मनोरमा की ओर घुमाकर शेल्फ़ के ऊपर से ताल मिलाकर बोलने लगी, ''कौन है ! कौन है, वह कौन है जी ! कौन है, कौन है, वह कौन है जी !''

कहते-कहते दक्षिणा बाबू का रंग फीका पड़ गया, उनका गला रुँध आया। मैंने उनको सहारा देते हुए कहा, ''थोड़ा पानी पीजिए !'' इसी समय सहसा मेरी कैरोसिन

की बत्ती लुप-लुप करती बुझ गयी। अचानक देखा, बाहर प्रकाश हो गया है। कौआ बोल उठा। दहिंगल पक्षी सिसकारी भरने लगा। मेरे घर के सामने वाले रास्ते पर भैंसा-गाड़ी का चरमर-चरमर शब्द होने लगा। दक्षिणा बाबू के मुख की मुद्रा अब बिलकुल बदल गयी। अब भय का कोई चिन्ह न रहा। रात्रि की कुहक में काल्पनिक शंका की मत्तता में मुझसे जो इतनी बातें कह डालीं उसके लिए वे अत्यन्त लज्जित और मेरे ऊपर मन-ही-मन क्रोधित हो उठे। शिष्टाचार-प्रदर्शक शब्द के बिना ही वे अकस्मात् उठकर द्रुतगति से चले गये।

उसी दिन आधी रात में फिर मेरे दरवाज़े पर खटखटाहट हुई, ''डॉक्टर! डॉक्टर!''

क्षुधित पाषाण

एक

मैं और मेरे सम्बन्धी पूजा की छुट्टी में देश-भ्रमण समाप्त करके कलकत्ता लौट रहे थे, तभी रेलगाड़ी में उन बाबू से भेंट हुई। उनकी वेशभूषा देखकर शुरू में उन्हें पश्चिमी प्रान्त का मुसलमान समझने का भ्रम हुआ था। उनकी बातचीत सुनकर और भी चक्कर में पड़ गया। वे दुनिया-भर के विषयों पर इस प्रकार बातें करने लगे मानो विधाता उनके साथ परामर्श करने के बाद ही सारा काम-काज करते हैं। संसार में भीतर-ही-भीतर भाँति-भाँति की जो नाना अश्रुतपूर्व गूढ़ घटनाएँ घटित हो रही थीं—रूसी कितने आगे बढ़ गये हैं, अंग्रेज़ों का क्या-क्या गुप्त अभिप्राय है, देशी राजाओं में कैसी खिचड़ी पक रही है, इन सबसे बेखबर हम पूर्णत: निश्चिंत थे। हमारे नवपरिचित वक्ता ने कुछ हँसकर कहा : There happen more things in heaven and earth, Horatio, then are reported in your newspapers. (होरेशियो, स्वर्ग और पृथ्वी पर तुम्हारे समाचार-पत्रों में छपने वाली बातों की अपेक्षा कहीं अधिक घटनाएँ घटती हैं)।

हम पहली ही बार घर से बाहर निकले थे अतएव इस व्यक्ति का रंग-ढंग देखकर अवाक् रह गये। वह ज़रा-ज़रा सी बात पर कभी विज्ञान की चर्चा करता, वेद की व्याख्या करता और कभी अचानक फ़ारसी के बैंतों की आवृत्ति करता, विज्ञान, वेद और फ़ारसी भाषा पर हमारा कोई अधिकार न होने के कारण उनके प्रति हमारी भक्ति क्रमश: बढ़ने लगी। यही नहीं, मेरे थियोसोफ़िस्ट होने के बारे में इसका दृढ़ विश्वास हो गया कि अपने इस सहयात्री से किसी अलौकिक कार्य का कुछ-न-कुछ सम्बन्ध है, कोई अद्भुत मैगनेटिज़्म या कोई दैवी-शक्ति, अथवा सूक्ष्म शरीर, या ऐसी ही कोई एक चीज़। वे इस असामान्य व्यक्ति की साधारण-से-साधारण बात भी भक्ति-विह्वल होकर मुग्ध धाव से सुन रहे थे और चुपचाप नोट करते जा रहे थे; मुझे उनके भाव से लगा कि वे असामान्य व्यक्ति भी मन-ही-मन यह समझ गये थे और कुछ खुश भी हुए थे।

जब गाड़ी जंक्शन पर पहुँचकर रुकी, तो हम दूसरी गाड़ी की प्रतीक्षा में वेटिंग रूम में इकट्ठे हुए। उस समय रात के साढ़े दस बजे थे। सुनने में आया कि रास्ते में कुछ बाधा आ जाने के कारण गाड़ी बहुत देर से आएगी। इस बीच मैंने मेज़ के ऊपर बिछौना फैलाकर सोने का निश्चय किया, तभी उन असामान्य व्यक्ति ने निम्नलिखित कहानी छेड़ दी। उस रात मुझे फिर नींद नहीं आयी।

राज्य-संचालन के सिलसिले में दो-एक बातों में मतभेद होने के कारण मैं जूनागढ़ की नौकरी छोड़कर जब हैदराबाद के निज़ाम की सरकारी नौकरी में आया तब शुरू में मुझे उम्र में छोटा और मज़बूत आदमी देखकर बरीच में रुई का महसूल वसूल करने पर नियुक्त किया गया।

बरीच बड़ी ही रमणीय जगह थी। निर्जन पहाड़ के नीचे बड़े-बड़े वनों के भीतर से होकर शुस्ता नदी (संस्कृत शब्द स्वच्छतोया का अपभ्रंश) उपलमुखरित पथ में निपुणा नर्तकी के समान पग-पग पर लहराती, बल खाती, द्रुतगति से नाचती चली गयी थी। ठीक उसी नदी के किनारे पत्थर के बने डेढ़ सौ सीढ़ियों के अत्युच्च घाट पर सफ़ेद पत्थर का एक एकाकी प्रासाद पर्वत की तराई में खड़ा था—आस-पास कहीं कोई बस्ती न थी। बरीच के रुई के हाट एवं ग्राम यहाँ से दूर थे।

प्राय: ढाई सौ वर्ष पूर्व द्वितीय शाह महमूद ने भोग-विलास के लिए इस निर्जन स्थान में प्रासाद का निर्माण कराया था। उस समय स्नानागार के फ़व्वारे के मुख से गुलाब-सुगंधित जल-धारा छूटती रहती और उस सीकर-शीतल निभृत कक्ष में संगमरमर-जटित स्निग्ध शिलासन पर बैठकर अपने कोमल नग्न पदपल्लवों को जलाशय की निर्मल जलराशि में फैलाये फ़ारस देश की तरुण रमणियाँ स्नान के पूर्व केश बिखेरे सितार गोद में लिए द्राक्षावन की ग़ज़लें गाती रहतीं।

अब वह फ़व्वारा क्रीड़ा नहीं करता था, न वह गीत था। सफ़ेद पत्थर पर शुभ्र चरणों का सुन्दर आघात नहीं पड़ता था—अब तो वह इस जैसे निर्जनता पीड़ित संगिनीहीन महसूल-कलैक्टर का अति बृहत् एवं अति शून्य निवास-स्थान था। किन्तु दफ़्तर के वृद्ध क्लर्क क़रीम ख़ाँ ने मुझे इस प्रासाद में रहने को बारम्बार मना किया था। कहा था, ''इच्छा हो तो दिन में रहें, पर यहाँ रात्रि न बितायें।'' मैंने उसकी बात हँसी में उड़ा दी। नौकरों ने कहा कि वे संध्यापर्यंत काम करेंगे, किन्तु रात में यहाँ न रहेंगे। मैंने कहा, ''तथास्तु।'' इस घर की ऐसी बदनामी थी कि रात के समय चोर भी यहाँ आने का साहस नहीं करते थे।

पहले-पहल आने पर इस परित्यक्त पाषाण-प्रासाद की जन-शून्यता मेरे हृदय को मानो किसी भयंकर भार के समान दबाये रहती। मैं यथाशक्ति बाहर रहकर निरन्तर काम-काज करने के बाद रात को क्लान्त देह से घर लौटकर सो जाता।

पर अभी एक सप्ताह भी नहीं बीता था कि इस मकान का एक अपूर्व नशा

क्रमश: आक्रमण करके मुझे घेरने लगा। अपनी उस अवस्था का वर्णन करना भी कठिन है और लोगों को उसका विश्वास दिलाना भी मुश्किल है। सारा घर मानो एक सजीव पदार्थ की भाँति मुझे अपने जठरस्थ मोह रस से धीरे-धीरे जीर्ण करने लगा।

शायद इस घर में पदार्पण करते ही इस प्रक्रिया का आरम्भ हो गया था, किन्तु मैंने जिस दिन सचेत होकर पहली बार इसके सूत्रपात का अनुभव किया, उस दिन की बात मुझे अच्छी तरह याद है।

ग्रीष्म-काल के आरम्भ में उस समय बाज़ार नरम था, हाथ में कोई काम नहीं था। सूर्यास्त के कुछ पहले मैं नदी-किनारे घाट की सबसे नीची सीढ़ी पर एक आरामकुर्सी लिए बैठा था। शुस्ता नदी क्षीण हो गयी थी; दूसरे किनारे पर विस्तृत बालुका-तट अपराह्न की आभा से रंगीन हो उठा था; इस पार घाट की सीढ़ियों के नीचे उथले स्वच्छ जल में बटियाँ झिलमिला रही थीं। उस दिन कहीं भी हवा नहीं थी। समीप के पर्वत पर वनतुलसी, पोदीना, और सौंफ़ के जंगल से उड़ती तीखी सुगन्ध ने शांत आकाश को आक्रान्त कर रखा था।

सूर्यदेव जब गिरि-शिखर के अन्तराल में अवतीर्ण हो गये तभी दिन की नाट्यशाला पर एक दीर्घ छाया-यवनिका पड़ गयी; पर्वत का व्यवधान होने के कारण यहाँ सूर्यास्त के समय प्रकाश और अन्धकार का सम्मिलन बहुत देर स्थायी नहीं रहता। 'घोड़े पर बैठकर ज़रा घूम-फिर आऊँ,' यह सोचकर अब उठूँ, तब उठूँ कर रहा था कि सीढ़ी पर पैरों की आहट सुनाई पड़ी। पीछे फिरकर देखा, कोई नहीं था।

इन्द्रिय-भ्रम समझकर लौटकर दुबारा बैठते ही एकाएक बहुत-से पैरों का शब्द सुनाई पड़ा—जैसे बहुत से लोग मिलकर भाग-दौड़ करते हुए उतरते आ रहे हों। किंचित् भय के साथ एक अपूर्व रोमांच से मेरा सर्वांग परिपूर्ण हो गया। यद्यपि मेरे सामने कोई मूर्ति नहीं थी तथापि प्रत्यक्ष के समान स्पष्ट जान पड़ा कि ग्रीष्म की उस संध्या में प्रमोद-चंचल नारियों का एक दल शुस्ता के जल में स्नान करने उतरा है। यद्यपि उस संध्या-काल में नि:स्तब्ध गिरि-तट पर नदी के किनारे निर्जन प्रासाद में कहीं कोई शब्द नहीं था तथापि मैंने मानो स्पष्ट सुना कि निर्झर की शतधाराओं के समान क्रीड़ामग्न कलहास्य करती हुईं, मिलकर तेज़ी से दौड़ती हुई स्नानार्थिनियाँ मेरे पास से निकल गयी हों। मुझे मानो उन्होंने देखा भी न हो। जिस प्रकार वे मेरे निकट अदृश्य थीं, मैं भी मानो उसी प्रकार उनके निकट अदृश्य था। नदी पहले की भाँति स्थिर थी, किन्तु मुझे स्पष्ट बोध हुआ मानो स्वच्छतोया का उथला स्रोत अनेक वलयसिंचित बाहु-विक्षेपों से विक्षुब्ध हो उठा हो, हँस-हँसकर सखियाँ एक-दूसरे पर जल के छींटे मार रही हों एवं तैरती हुई रमणियों के पदाघात से जलबिन्दु-राशि मुट्ठी-भर मोतियों की भाँति आकाश में बिखरी पड़ रही हो।

मेरे वक्ष में एक प्रकार का कंपन होने लगा; वह उत्तेजना भय की, या आनंद

की, या कौतूहल की थी, ठीक नहीं कह सकता। बड़ी इच्छा होने लगी कि अच्छी तरह से देखूँ, किन्तु देखने के लिए सामने कुछ नहीं था; लगता था, अच्छी तरह कान लगाने से उनकी सारी बातचीत स्पष्ट सुनाई पड़ेगी—किन्तु एकाग्र मन से कान लगाने पर केवल जंगली झींगुरों का शब्द सुनाई देता। मुझे लगा, मानो ढाई सौ वर्षों की कृष्ण वर्ण यवनिका ठीक मेरे सामने झूल रही हो, डरते-डरते एक सिरा उठाकर भीतर नज़र डालूँ—वहाँ एक विराट सभा लगी है, किन्तु गाढ़े अंधकार में कुछ भी दिखाई नहीं दिया।

अचानक उमस को चीरती हुई हू-हू करके हवा चलने लगी—देखते-देखते शुस्ता का स्थिर जलतल अप्सरा के केश-पाश की भाँति कुंचित हो उठा, एवं संध्याच्छायाच्छन्न समस्त वनभूमि क्षण-भर में एक साथ मर्मर ध्वनि करके मानो दु:स्वप्न से जाग उठी। चाहे स्वप्न कहो या सत्य कहो, ढाई सौ वर्षों के अतीत क्षेत्र से प्रतिफलित होकर मेरे सामने जो एक अदृश्य मरीचिका अवतीर्ण हुई थी, वह पल-भर में अन्तर्धान हो गयी। जो मायामयी मुझे फलाँगती हुई देह-दीन द्रुतपदों से शब्द-हीन उच्चकलहास्य से दौड़कर शुस्ता के जल में जाकर कूद पड़ी थीं, अपने सिक्त अँचलों से बूँदें टपकातीं-टपकातीं फिर मेरी बगल से होकर नहीं निकलीं। जिस प्रकार वायु गन्ध को उड़ाकर ले जाती है, उसी प्रकार वे वसन्त के एक नि:श्वास में उड़कर चली गयीं।

उस समय मुझे बड़ी आशंका हुई कि हठात् निर्जन देखकर कहीं कविता देवी मेरे कंधे पर न आ बैठी होंगी; मैं बेचारा रुई का महसूल वसूल करके, मेहनत करके खाता हूँ, सर्वनाशिनी शायद इस बार मेरे प्राण ही लेने न आयी हों। सोचा, अच्छी तरह भोजन करना होगा; खाली पेट होने पर ही सब तरह के दु:साध्य रोग आकर घेर लेते हैं। अपने रसोइये को बुलाकर मैंने खूब घी में पकाकर गरम मसाले वगैरह और सुगन्धि डालकर बाक़ायदा मुग़लई खाना तैयार करने का हुक्म दिया।

दूसरे दिन सवेरे यहाँ सारा मामला अत्यन्त हास्यजनक प्रतीत हुआ। प्रसन्नचित्त से साहबों की भाँति सोला हैट पहनकर अपने हाथों से गाड़ी हाँककर, गड़गड़ाहट करता तहक़ीकात के अपने काम पर चला गया। उस दिन त्रैमासिक रिपोर्ट लिखने का दिन होने के कारण देर से घर लौटने की बात थी। किन्तु संध्या होते-न-होते ही मैं घर की ओर खिंचने लगा। कौन खींचने लगा, यह नहीं कह सकता; किन्तु लगा, अब और देरी करना उचित न होगा। मुझे लगा, सब बैठे हुए हैं। रिपोर्ट को अधूरा छोड़कर मैं सोला हैट लगाये संध्या-धूसर पेड़ों की सघन छाया वाले निर्जन पथ को रथचक्र-ध्वनि से चौंकाते हुए उस अंधकारपूर्ण शैलान्तवर्ती नि:स्तब्ध और विशाल प्रासाद में जाकर उपस्थित हुआ।

सीढ़ियों के ऊपर वाला सामने का कमरा बहुत बड़ा था। बड़े-बड़े खम्भों की

तीन पंक्तियों पर नक्काशीदार मेहराबों ने विस्तीर्ण छत को धारण कर रखा था। वह विशाल कमरा अपनी अपार शून्यता को लिये हुए अहर्निश ध्वनित होता रहता। उस दिन संध्या के कुछ पहले का समय था, अभी दीपक नहीं जलाये गये थे। दरवाज़ा ठेलकर मैंने ज्यों ही उस बड़े कमरे में प्रवेश किया त्यों ही मुझे लगा मानो कमरे में कोई भारी विप्लव मच गया हो—मानो सहसा सभा भंग करके चारों ओर के दरवाज़ों, खिड़कियों, कमरों, रास्तों, बरामदों से होकर न जाने कौन किस ओर भाग गया। कहीं भी कुछ न देख पाने के कारण मैं अवाक् होकर खड़ा रह गया। शरीर एक प्रकार के आवेश से रोमांचित हो उठा। मानो बहुत दिन के लुप्तप्राय केश-द्रव्य और इत्र की मृदु गन्ध मेरी नाक में आवेश करने लगी हो। उस दीपहीन जनहीन प्रकाण्ड कक्ष की प्राचीन प्रस्तर स्तम्भ-श्रेणी के बीच खड़े हुए मुझे सुनायी पड़ रही है, कहीं नुपुरों की रुनझुन, कभी ताँबे के बृहत् घंटे पर पहर बजाने का शब्द, बहुत दूर पर बजती नौबत का आलाप, वायु से दोलायमान झाड़ की स्फटिक लटकनों की ठन-ठन ध्वनि, बरामदे से पिंजरे में बंद बुलबुल का गीत, बगीचे से पालतू सारस का बोल मेरे चारों ओर किसी प्रेमलोक की रागिनी रचने लगा।

मुझे एक ऐसे मोह ने आ घेरा कि लगा मानो यह अस्पृश्य, अगम्य, अवास्तव व्यापार ही जगत् में एकमात्र सत्य हो, बाक़ी सब मिथ्या मरीचिका हो। मैं, जो हूँ अर्थात् मैं जो श्रीयुक्त अमुक हूँ, अमुक का ज्येष्ठ पुत्र हूँ, रुई का महसूल वसूल करके साढ़े चार सौ रुपये वेतन पाता हूँ, मैं मैं जो सोला हैट और ऊँचा कुर्ता पहनकर टमटम हाँककर दफ़्तर जाता हूँ, ये सारी बातें मुझे ऐसी अद्भुत सी हास्यकर, निर्मल और मिथ्या-सी लगीं कि मैं उस विशाल नि:स्तब्ध अँधेरे कमरे के बीच खड़ा हा-हा करके हँस उठा।

उसी समय मेरे मुसलमान नौकर ने हाथ में कैरोसिन का जलता हुआ लैम्प लिये घर में प्रवेश किया। मालूम नहीं, उसने मुझे पागल समझा या नहीं, किन्तु उसी क्षण मुझे याद आया कि मैं स्वर्गीय अमुकचन्द्र का ज्येष्ठ पुत्र श्रीयुक्त अमुकनाथ ही हूँ; यह भी सोचा कि जगत् के भीतर अथवा बाहर कहीं कोई अमूर्त फ़व्वारा सर्वदा झरता है या नहीं और अदृश्य अँगुली के आघात से किसी माया-सितार से कोई अनन्त रागिनी ध्वनित होती है या नहीं, यह तो हमारे महाकवि और कविवर ही बता सकते हैं, किन्तु यह बात अवश्य सत्य है कि मैं बरीच के बाज़ार में रुई का महसूल वसूल करके महीने में साढ़े चार सौ रुपये वेतन लेता हूँ। तभी मैं फिर अपने थोड़ी देर पहले के अद्भुत मोह की याद करके कैरोसिन से प्रकाशित कैम्प-टेबिल के पास समाचार-पत्र लिये विनोद से हँसने लगा।

समाचार-पत्र पढ़कर और मुग़लई खाना खाकर मैं कोने के एक छोटे-से कमरे में बत्ती बुझाकर बिस्तर पर जा लेटा। मेरे सामने वाले खुले जँगले में से अँधेरे वन-

वेष्ठित अरावली पर्वत के ऊर्ध्व देश का एक अत्युज्ज्वल नक्षत्र सहस्र कोटि योजन दूर आकाश में उस अति तुच्छ कैम्प-खाट के ऊपर श्रीयुक्त महसूल-कलेक्टर को एकटक देख रहा था—इस पर विस्मय और कौतुक अनुभव करते-करते मैं कब सो गया, कह नहीं सकता। कितनी देर सोया, यह भी नहीं जानता। सहसा एक बार सिहरकर जग पड़ा, कमरे में कोई आहट हुई हो, सो नहीं; किसी आदमी ने प्रवेश किया हो, यह भी नहीं देख सका। अंधकारपूर्ण पर्वत के ऊपर से निर्निमेष नक्षत्र अस्तमित हो गया था और कृष्णपक्ष के क्षीण चन्द्रालोक के अन्धकार संकुचित स्वभाव से मेरी खिड़की की राह प्रवेश कर गया था।

कोई भी व्यक्ति दिखायी नहीं पड़ा। तो भी मुझे स्पष्ट प्रतीत हुआ, मानो कोई मुझे धीरे-धीरे ठेल रहा हो। मेरे जाग उठते ही उसने बिना कुछ कहे मानो केवल अपनी अँगूठी-खचित पाँच उँगलियों के इशारे से मुझे अत्यन्त सावधानी से अपना अनुसरण करने का आदेश किया।

मैं बिलकुल चुपके से उठा। यद्यपि उस शतकक्ष प्रकोष्ठमय, अपार शून्यतापूर्ण, निद्रित ध्वनि एवं सजग प्रतिध्वनिपूर्ण विशाल प्रासाद में मेरे अतिरिक्त और कोई भी प्राणी न था, तथापि पग-पग पर भय लगता कि कहीं कोई जाग न पड़े। प्रासाद के अधिकांश कक्ष बंद रहते थे और उन कमरों में मैं कभी नहीं गया था।

उस रात मैं बिना आहट किये पैर रखता हुआ साँस रोके उस अदृश्य आह्वानकारिणी का अनुसरण करता किधर से होकर कहाँ जा रहा था, आज यह नहीं बता सकता। मैंने कितना सँकरा अँधेरा रास्ता, कितना लम्बा बरामदा, कितना गम्भीर नि:स्तब्ध विशाल सभागृह, कितनी रुद्धवायु सँकरी छिपी कोठरियाँ पार कीं, इसका कोई ठिकाना नहीं।

अपनी अदृश्य दूती को यद्यपि मैं आँखों से देख नहीं पा रहा था तथापि उसकी मूर्ति मेरे मन से अगोचर नहीं थी। अरब रमणी जिसकी झूलती आस्तीनों से संगमरमर के-से कठिन, सुडौल हाथ दिख रहे थे, टोपी से लेकर मुँह तक एक झीने कपड़े का पर्दा पड़ा था, कमरबंद में एक टेढ़ी कटार बँधी थी।

मुझे लगा, आज आरब्ध उपन्यास की एकाधिक सहस्र रजनियों में से एक रजनी उपन्यास-लोक से उड़कर आ गयी है। मैंने मानो अंधकारपूर्ण अर्धरात्रि में निद्रामग्न बग़दाद के आलोक-हीन सँकरे रास्ते में कोई संकट-सकुल अभिसार-यात्रा की हो।

अंत में मेरी दूती सहसा एक घने नीले परदे के सामने चौंककर खड़ी हो गयी और मानो अँगुली से नीचे की ओर संकेत किया। नीचे कुछ भी नहीं था, किन्तु भय से मेरे हृदय का रक्त जम गया। मैंने अनुभव किया, उस परदे के सामने ज़मीन पर किमखाब की पोशाक पहने एक भीषण हब्शी खोजा गोद में नंगी तलवार लिये दोनों

पैर फैलाकर ऊँघ रहा था। दूती ने धीमी गति से उसके पैर लाँघकर परदे का एक कोना पकड़कर उठाया।

भीतर के कमरे का थोड़ा-सा भाग दिखायी पड़ा, जिस पर फ़ारसी गलीचा बिछा हुआ था। तख़्त के ऊपर कौन बैठा था यह नहीं दिखाई पड़ा—केवल जाफ़रानी नीले रंग के ढीले पाजामे के नीचे ज़री की जूतियाँ पहने गुलाबी मखमल के आसन पर अलस भाव से रखे हुए दो सुन्दर चरण दिखायी दिये। मेज़ पर एक ओर एक नीलाभ स्फटिक पात्र में कुछ सेब, नाशपाती, नारंगी और बहुत-से अंगूरों के गुच्छे सजे हुए थे और उसकी बगल में दो छोटे प्याले और स्वर्णाभ मदिरा का एक काँच का पात्र अतिथि के लिए प्रतीक्षा कर रहा था। कमरे के भीतर से किसी अपूर्व धूप के मादक-से सुगन्धित धूम्र ने आकर मुझे विह्वल कर डाला।

मैं ज्यों ही काँपते हृदय से उस खोजे के फैले हुए पैरों को लाँघने चला त्योंही वह चौंक उठा, उसकी गोद से तलवार पत्थर के फ़र्श पर आवाज़ करती हुई गिर पड़ी।

सहसा एक विकट चीत्कार सुनकर चौंककर देखा, मैं अपनी उसी कैम्प-खाट पर पसीने में तर बैठा हुआ था—भोर के आलोक में कृष्णपक्ष का खण्डित चन्द्र जागरण से क्लान्त रोगी के समान पाण्डुवर्ण हो गया था—और अपना पागल मेहरअली अपने प्रतिदिन के नियमानुसार प्रातःकाल जनशून्य रास्ते पर 'हट जाओ, हट जाओ,' चिल्लाता जा रहा था।

इस प्रकार आरब्ध उपन्यास की मेरी एक रात अकस्मात् समाप्त हो गयी— किन्तु अभी तो एक कम हज़ार रातें बाक़ी थीं।

मेरे दिन रो रात का एक भारी विरोध ठन गया। दिन के समय मैं श्रान्त-क्लान्त देह से काम करने जाता और शून्य स्वप्नमयी मायाविनी रात को कोसता रहता—और फिर संध्या के बाद मुझे दिन के समय का अपना यह कर्मबद्ध अस्तित्व अत्यन्त तुच्छ, मिथ्या एवं हास्यास्पद लगने लगता।

संध्या के पश्चात् मैं विह्वलभाव से एक नशे के जाल में जकड़ जाता। मैं सैकड़ों वर्ष पहले के किसी अलिखित इतिहास का कोई अन्य अपूर्व व्यक्ति हो जाता, फिर उस समय मुझे ऊँची विलायती कमीज़ एवं चुस्त पतलून नहीं फ़बती। उस समय मैं सिर पर लाल मखमल की एक फ़ेज़ लगाकर, ढीला पाजामा, और रेशम का लम्बा चोगा पहनकर रंगीन रूमाल में इत्र लगाकर बड़े यत्न से सँवारा करता एवं सिगरेट छोड़कर गुलाबजल से भरा बहुकुण्डलायित विशाल हुक्का लेकर ऊँची विशेष गद्दीवाले बड़े दीवान पर बैठ जाता। मानो रात में होने वाले किसी अपूर्व प्रिय सम्मेलन के लिए बड़े आग्रह से तैयार हो जाता।

इसके बाद ज्यों-ज्यों अंधकार घनीभूत होता जाता त्यों-त्यों न जाने कैसी अद्भुत घटनाएँ घटती रहतीं कि मैं उनका वर्णन नहीं कर सकता। ठीक मानो किसी

चमत्कारपूर्ण कहानी के कुछ फटे हुए अंश वसन्त की आरम्भिक वायु से इस विशाल प्रासाद के विचित्र कमरों में उड़ते रहते। थोड़ी दूर तक मिलते, फिर उसके बाद बाक़ी दिखायी नहीं देते थे। मैं भी उन मँडराते विच्छिन्न अंशों का अनुसरण करता हुआ रात-भर कमरे-कमरे में चक्कर काटता रहता।

स्वप्न-खण्ड के इस आवर्त में कभी हिना की सुगन्धि, कभी सितार के शब्द, कभी सुरभि-जल-सीकर-मिश्रित वायु के झोंकों के बीच क्षण-क्षण में विद्युत-शिखा के समान एक नायिका अचानक दीख जाती। उसका जाफ़रानी रंग का पाजामा एवं कोमल विमल लाल चरणों में पहनी घुण्डीदार उठी हुई ज़री की जूतियाँ, वक्ष पर कसकर बँधी ज़री की फूलोंदार चोली, सिर पर लाल टोपी और उससे झूलती सोने की झालर ने उसके शुभ्र ललाट एवं कपोलों को घेर लिया था।

उसने मुझे पागल बना दिया। मैं उसी के अभिसार में रोज़ रात को निद्रा के पाताल-लोक में जटिल पथ-संकुल स्वप्नों की मायापुरी की गली-गली, कमरे-कमरे में चक्कर काटता रहता था।

किसी-किसी दिन संध्या के समय बड़े आईने के दोनों ओर दो बत्तियाँ जलाकर यत्नपूर्वक शहज़ादे के समान सज-धज रहा होता कि तभी अचानक देखता आईने में मेरे प्रतिबिंब के पास क्षण-भर के लिए उसी ईरानी तरुणी की छाया आ पड़ी है—और पलक झपकते ही गर्दन झुकाकर अपने गहरे, काले, विशाल नेत्रों के तारकों से सुगंभीर तीव्र आवेगमय, वेदनापूर्ण, आग्रहयुक्त कटाक्ष-पात करके, सरस, सुन्दर बिंबाधरों पर एक अस्फुट भाषा का आभास मात्र देकर लघु, ललित नृत्य द्वारा अपनी यौवन-पुष्पित देह-लता को द्रुतगति से ऊपर की ओर लहराकर मुहूर्त-भर में वेदना, वासना, विभ्रम, हास्य, कटाक्ष तथा भूषणों की चमक के स्फुलिंगों की वर्षा करके दर्पण में ही विलीन हो गयी है। गिरि-कानन की समस्त सुगंधि को लूटकर उद्दाम वायु का एक उच्छ्वास आकर मेरी दोनों बत्तियों को बुझा देता। मैं साज-सज्जा छोड़कर प्रसाधन कक्ष के पास वाली शय्या में पुलकित तन से नयन मूँदकर लेटा रहता—मेरे चारों ओर उस वायु में अरावली के उस पर्वत-कुंज के समस्त मिश्रित सौरभ में मानो प्रचुर प्रेम, अनेक चुम्बन, अनेक कोमल कर स्पर्श निभृत अंधकार को भरकर तैरते रहते, कानों के पास प्रचुर कलगुंजन सुनाई देता, मेरे माथे पर सुगन्धित निःश्वास आकर टकराते। और कोई मृदु-सौरभ रमणीय मुलायम ओढ़नी बारम्बार उड़-उड़कर मेरे कपोलों का स्पर्श करती रहती। धीरे-धीरे माने कोई मोहिनी सर्पिणी अपने मादक वेष्ठन में मेरा सर्वांग कस लेती। मैं गहरी साँस लेकर बेसुध तन से गहरी नींद में अभिभूत हो जाता।

एक दिन अपराह्न में मैंने घोड़े पर चढ़कर बाहर जाने की ठानी, न जाने कौन मुझे मना करने लगा—किन्तु उस दिन मैंने निषेध नहीं माना। काठ की एक खूँटी पर मेरा साहबी हैट और ऊँचा कुरता लटक रहा था, उसको उतारकर मैं पहनने ही वाला

था कि तभी शुस्ता नदी की बालू एवं अरावली पर्वत की सूखी पल्लव-राशि की ध्वजा फहराता एक प्रबल बवंडर अचानक मेरे उस कुरते और टोपी को उड़ाकर घुमाता-घुमाता ले चला एवं एक अत्यन्त सुमिष्ट कलहास्य उस हवा के साथ चक्कर काटता हुआ कौतूहल के एक-एक परदे पर आघात करता हुआ उच्च-से-उच्चतर सप्तक पर चढ़ता सूर्यास्त-लोक के पास पहुँचकर विलीन हो गया।

उस दिन फिर घोड़े की सवारी नहीं हुई और उसके दूसरे दिन से उस विचित्र ऊँचे कुरते और साहबी टोपी का पहनना एकदम छोड़ दिया।

उसी दिन आधी रात को बिछौने पर उठकर बैठने पर सुनायी पड़ा, मानो कोई भीतर-ही-भीतर फूट-फूटकर रो रही हो—मानो मेरी खाट के नीचे फ़र्श के नीचे, इस बृहत् प्रासाद की पाषाण भित्ति के तले किसी आर्द्र अन्धकारपूर्ण क़ब्र में से रो-रोकर कह रही हो, ''तुम मेरा उद्धार करके ले चलो—कठिन माया-पाश, गम्भीर निद्रा, निष्फल स्वप्न के सारे दरवाज़े चूर-चूरकर तुम मुझे घोड़े पर बिठाकर, अपनी छाती में भींच कर, वन के बीच से, पहाड़ के ऊपर से, नदी पार करके अपने सूर्यालोकित घर में ले चलो! मेरा उद्धार करो!''

मैं कौन हूँ? मैं कैसे उद्धार करूँगा? मैं इस घूर्णयमान परिवर्तनशील स्वप्न प्रवाह में डूबी हुई किस कामना-सुन्दरी को किनारे खींच लाऊँगा? हे दिव्यरूपिणी! तुम कब हुई थीं? कहाँ थीं? तुमने किस शीतल उत्स के किनारे, खजूर-कुंज की छाया में, किस गृह-हीना मरुवासिनी की गोद में जन्म-ग्रहण किया था? कौन बेदुई दस्यु वनलता से पुष्पलोक के समान तुम्हें मातृ-क्रोड़ से वियुक्त करके विद्युत्गामी अश्व पर बिठाकर दग्ध बालुका-राशि के पार किस राजपुरी की दासी-हाट में बेचने के लिए ले गया था? वहाँ पर किस बादशाह के भृत्य ने तुम्हारी नवविकसित सलज्जकातर यौवन-शोभा का निरीक्षण करके स्वर्ण मुद्राएँ गिनकर समुद्र पार करके, तुम्हें सोने की पालकी में बिठाकर प्रभुगृह के अन्त:पुर को तुम्हारा उपहार दिया था? कैसा विचित्र इतिहास था वहाँ का! वही सारंगी का संगीत, नूपुरों की ध्वनि और शीराज की स्वर्णमदिरा के बीच कटार की झलक, विष की ज्वाला, कटाक्ष का आघात! कैसा असीम ऐश्वर्य, कैसा अनन्त कारागार! दोनों ओर दो दासियाँ कंगनों के हीरों में बिजली चमकाती हुई चँवर डुलाती थीं। शहंशाह बादशाह शुभ्र चरणों की मणिमुक्ताजटित पादुकाओं पर लोटता था, बाहर दरवाज़े पर यमदूत के समान हब्शी देवदूत की भाँति सजकर हाथ में नंगी तलवार लिये खड़ा रहता। उसके पश्चात् उस रक्त-कलुषित ईर्ष्याफेनिल षड्यंत्र-संकुल भीषणोज्ज्वल ऐश्वर्य के प्रवाह में उतराती हुई तुम मरुभूमि की पुष्पमंजरी किस निष्ठुर मृत्यु में समा गयीं अथवा किस निष्ठुरतर महिमा-तट पर जा पड़ीं?

इसी समय वह पागल मेहरअली अकस्मात् चिल्ला उठा, ''हट जाओ, हट जाओ, सब झूठ है, सब झूठ है।''

आँख खोलकर देखा, सवेरा हो गया था, चपरासी ने डाक की चिट्ठी-पत्री लाकर मेरे हाथ में दी और रसोइए ने आकर सलाम करके पूछा कि आज किस प्रकार का भोजन तैयार करना होगा।

मैंने कहा, ''नहीं'' अब इस घर में और नहीं रहा जा सकता। उसी दिन अपना सामान उठाकर दफ़्तर के मकान में जा ठहरा। ऑफ़िस का बूढ़ा क्लर्क करीम खाँ मुझे देखकर मुस्कराया। मैं उसकी हँसी से खीझकर कोई उत्तर दिये बिना काम करने लग गया।

ज्यों-ज्यों शाम होने लगी त्यों-ही-त्यों मैं अन्यमनस्क होने लगा—लगने लगा, बस अभी तुरन्त कहीं जाना है—रुई के हिसाब की जाँच का काम अत्यंत अनावश्यक प्रतीत होने लगा, निज़ाम की निज़ामत भी मुझे कुछ महत्त्वपूर्ण प्रतीत नहीं हुई—जो कुछ वर्तमान था, जो कुछ मेरे चारों ओर चल रहा था, फिर रहा था, कार्यरत था, खा रहा था, सब-कुछ मेरे लिए अत्यन्त दीन, अर्थहीन और तुच्छ प्रतीत होने लगे।

मैं कलम पटककर बड़ी बही बन्द करके उसी क्षण टमटम पर चढ़कर भागा। देखा, टमटम ठीक गोधूलि-वेला में अपने-आप उस पाषाण-प्रासाद के द्वार के पास पहुँचकर रुक गयी। शीघ्रता से सीढ़ियाँ चढ़कर मैंने कमरे में प्रवेश किया।

आज सब-कुछ निःस्तब्ध था। अँधेरे कमरों ने मानो नाराज़ होकर मुँह फुला लिया था। पश्चात्ताप से मेरा हृदय उद्वेलित हो उठा; किन्तु किसे बताऊँ, किससे माफ़ी माँगूँ, खोज नहीं पाया। मैं उदास चित्त से अँधेरे में एक-एक कमरे में घूमने लगा। इच्छा होने लगी कि हाथ में कोई साज़ लेकर किसी को लक्ष्य करके गीत गाऊँ। कहूँ, ''हे वह्नि, जिस पतंगे ने तुमको छोड़कर भागने की चेष्टा की थी, वह फिर मरने के लिए आया है। इस बार उसे क्षमा करो, उसके दोनों पंख जला दो, भस्मसात् कर डालो।'' सहसा ऊपर से मस्तक पर आँसू की बूँदें आ पड़ीं। उस दिन अरावली पर्वत की चोटी पर घनघोर मेघ छाये हुए थे। अन्धकारपूर्ण अरण्य और शुस्ता का स्याह वर्ण जल किसी भीषण प्रतीक्षा में निश्चल हो गये थे। सहसा जल-स्थल आकाश सिहर उठे एवं अकस्मात् विद्युतदन्त-विकसित आँधी शृंखला-छिन्न उन्माद के समान पथहीन सुदूर वन के भीतर से आर्त चीत्कार करती हुई झपट पड़ी। प्रासाद के बड़े-बड़े शून्य कमरों के सारे द्वार पछाड़ खाकर तीव्र वेदना से हू-हू करके रोने लगे।

आज सारे नौकर लोग दफ़्तर के कमरे में थे, यहाँ बत्ती जलाने वाला कोई नहीं था। उस मेघाच्छन्न अमावस्या की रात में घर के भीतरी निकषकृष्ण अँधेरे में मैं स्पष्ट अनुभव करने लगा—कोई रमणी पलंग के नीचे, गलीचे के ऊपर, मुँह के बल

पड़ी कसकर बँधी मुट्ठियों से अपने बिखरे केश-जाल को खींच-खींचकर नोच डाल रही है, उसके गौर वर्ण ललाट से रक्त फूटकर निकल रहा है, कभी वह शुष्क तीव्र अट्टहासयुक्त हा-हा करके हँस पड़ती है, कभी फफक-फफककर फूट-फूटकर रोती है, दोनों हाथों से चोली फाड़कर अपनी उघड़ी हुई छाती पीट रही है। खुली खिड़की से वायु गर्जन करती हुई आ रही है, एवं मूसलाधार वर्षा ने आकर उसके सारे अंगों को अभिषिक्त कर दिया है।

सारी रात न तूफ़ान थमा, न रोना बन्द हुआ। मैं निष्फल परिताप से एक-एक कमरे में घूमता रहा। कहीं कोई नहीं था; किसको सान्त्वना देता, यह प्रचण्ड अभिमान किसका था, यह अशान्त आक्षेप कहाँ से उठ रहा था?

अचानक पागल चीख़ उठा, ''हट जाओ, हट जाओ! सब झूठ है, सब झूठ है।''

देखा, भोर हो गया था और मेहरअली इस घोर दुर्योग के दिन भी यथानियम प्रासाद की प्रदक्षिणा करके अपने अभ्यास के अनुसार चीख रहा था। अचानक मुझे लगा, शायद यह मेहरअली भी मेरे समान कभी इस महल में निवास करता रहा हो, अब पागल होकर बाहर आने पर भी पाषाण राक्षस के मोह से आकर्षित होकर प्रतिदिन प्रात:काल प्रदक्षिणा करने आता हो।

मैंने तत्क्षण उस वर्षा में ही दौड़ते हुए पागल के पास जाकर उससे पूछा, ''मेहरअली, क्या झूठ है भला?''

वह मेरी बात का कोई उत्तर दिये बिना मुझे धकेलकर अजगर के सामने चक्कर काटते हुए अजगर के ग्रास, मोहाविष्ट पक्षी के समान चीखता हुआ प्रासाद के चारों ओर घूमने लगा। प्राणपण से केवल अपने को सतर्क करने के लिए बारबार कह उठता, ''हट जाओ, हट जाओ! सब झूठ है, सब झूठ है।''

उस वर्षा और आँधी में पागल की तरह दफ़्तर जाकर और करीमखाँ को बुलाकर मैंने कहा, ''इसका क्या मतलब है, मुझे खोलकर बताओ!''

वृद्ध ने जो कुछ कहा उसका मर्मार्थ यह है, किसी समय उस प्रासाद में अनेक अतृप्त वासनाएँ, अनेक उन्मत्त संभोगों की शिखाएँ आलोड़ित होती थीं—उस सब चित्त-दाह से, उस सब निष्फल कामनाओं के अभिशाप से इस प्रासाद का प्रत्येक प्रस्तर-खंड क्षुधार्त्त, तृषार्त्त हो उठा है, जीवित मनुष्य को पाने पर वह उसको लालायित पिशाचिनी के समान खा डालना चाहता है। जिन्होंने तीन रात उस प्रासाद में वास किया है, उनमें से केवल मेहरअली पागल होकर बाहर निकला है, आज तक और कोई उसके ग्रास से नहीं बच सका है।

मैंने पूछा, ''क्या मेरे उद्धार का कोई मार्ग नहीं है?''

वृद्ध ने कहा, ''केवल एक उपाय है, जो अत्यन्त दुरूह है। वह तुम्हें बताता हूँ—किन्तु इसके पहले उस गुलबाग़ की एक ईरानी क्रीतदासी का पुराना इतिहास बताना आवश्यक है। वैसी आश्चर्यजनक और वैसी हृदय-विदारक घटना संसार में और कभी नहीं घटी।''

तभी कुलियों ने आकर ख़बर दी कि गाड़ी आ रही है। इतनी जल्दी? जल्दी-जल्दी बिस्तर-सामान बाँधते-बाँधते गाड़ी आ गयी। उस गाड़ी के फ़र्स्टक्लास में सोकर उठे एक अंग्रेज़ सज्जन खिड़की के बाहर मुख निकालकर स्टेशन का नाम पढ़ने की कोशिश कर रहे थे, हमारे सहयात्री मित्र को देखते ही—''हैलो'' कहते हुए चीख़ उठे और अपने डिब्बे में बैठा लिया। हम सैकेण्ड क्लास में चढ़े। बाबू कौन थे, पता नहीं लगा, कहानी भी पूरी नहीं सुनी जा सकी।

मैंने कहा, ''वह आदमी हम लोगों को मूर्ख समझ मज़ाक में बुद्धू बना गया? कहानी शुरू से आख़िर तक कल्पित थी।''

इस तर्क के फलस्वरूप अपने थियोसोफ़िस्ट सम्बन्धी के साथ मेरा सदा के लिए विच्छेद हो गया है।

अतिथि

एक

काँठालिया के ज़मींदार मतिलाल बाबू नौका से सपरिवार अपने घर जा रहे थे। रास्ते में दोपहर के समय नदी के किनारे की एक मण्डी के पास नौका बाँधकर भोजन बनाने का आयोजन कर ही रहे थे कि इसी बीच एक ब्राह्मण-बालक ने आकर पूछा, ''बाबू, तुम लोग कहाँ जा रहे हो ?'' सवाल करने वाले की उम्र पन्द्रह-सोलह से अधिक न होगी।

मतिलाल बाबू ने उत्तर दिया, ''काँठालिया।''

ब्राह्मण-बालक ने कहा, ''मुझे रास्ते में नन्दीगाँव उतार देंगे आप ?''

बाबू ने स्वीकृति प्रकट करते हुए पूछा, ''तुम्हारा नाम क्या है।''

ब्राह्मण-बालक ने कहा, ''मेरा नाम तारापद है।''

गौरवपूर्ण बालक देखने में बड़ा सुन्दर था। उसकी बड़ी बड़ी आँखों और मुस्कराते हुए ओष्ठाधरों पर सुललित सौकुमार्य झलक रहा था। वस्त्र के नाम पर उसके पास एक मैली धोती थी। उघड़ी हुई देह में किसी प्रकार का बाहुल्य न था, मानो किसी शिल्पी ने बड़े यत्न से निर्दोष, सुडौल रूप में गढ़ा हो। मानो वह पूर्वजन्म में तापस-बालक रहा हो और निर्मल तपस्या के प्रभाव से उसकी देह का बहुत-सा अतिरिक्त भाग क्षय होकर एक साम्मर्जित ब्राह्मण्य-श्री परिस्फुट हो उठी हो।

मतिलाल बाबू ने बड़े स्नेह से उससे कहा, ''बेटा, स्नान कर आओ, भोजनादि यहीं होगा।''

तारापद बोला, ''ठहरिए!'' और वह तत्क्षण निस्संकोच भोजन के आयोजन में सहयोग देने लगा। मतिलाल बाबू का नौकर ग़ैर बंगाली था, मछली आदि काटने में वह इतना निपुण नहीं था; तारापद ने उसका काम स्वयं लेकर थोड़े ही समय में अच्छी तरह से सम्पन्न कर दिया और दो-एक तरकारी भी बड़ी कुशलता से तैयार कर दीं। भोजन बनाने का कार्य समाप्त होने पर तारापद ने नदी में स्नान कर पोटली खोली और एक सफ़ेद वस्त्र धारण किया; काठ की एक छोटी-सी कंघी लेकर सिर के बड़े-बड़े

बाल माथे पर से हटाकर गर्दन पर डाल लिये, और स्वच्छ जनेऊ का धागा छाती पर लटकाकर नौका पर बैठे मतिलाल बाबू के पास जा पहुँचा।

मतिलाल बाबू उसे नौका के भीतर ले गये। वहाँ मतिलाल बाबू की स्त्री और उसकी नववर्षीया कन्या बैठी थी। मतिलाल बाबू की स्त्री अन्नपूर्णा इस सुन्दर बालक को देखकर स्नेह से उच्छ्वसित हो उठीं, मन-ही-मन कह उठीं, ''अहा! किसका बच्चा है, कहाँ से आया है—इसकी माँ इसे छोड़कर किस प्रकार जीती होगी ?''

यथासमय मतिलाल बाबू और इस लड़के के लिए पास-पास दो आसन डाले गये। लड़का ऐसा भोजन-प्रेमी न था, अन्नपूर्णा ने उसका अल्प आहार देखकर मन में सोचा कि लजा रहा है; उससे यह-वह खाने का बहुत अनुरोध करने लगीं, किन्तु जब वह भोजन से निवृत्त हो गया तो उसने कोई भी अनुरोध न माना। देखा गया, लड़का हर काम अपनी इच्छा के अनुसार करता, लेकिन ऐसे सहज भाव से करता कि उसमें किसी भी प्रकार की जिद या हठ का आभास न मिलता। उसके व्यवहार में लज्जा के लक्षण लेशमात्र भी दिखाई नहीं पड़े।

सबके भोजनादि के बाद अन्नपूर्णा उसको पास बिठाकर प्रश्नों द्वारा उसका इतिहास जानने में प्रवृत्त हुई। कुछ भी विस्तृत विवरण संग्रह नहीं हो सका। बस इतनी-सी बात जानी जा सकी कि लड़का सात-आठ बरस की उम्र में ही स्वेच्छा से घर छोड़कर भाग आया है।

अन्नपूर्णा ने प्रश्न किया, ''तुम्हारी माँ नहीं है ?''

तारापद ने कहा, ''है।''

अन्नपूर्णा ने पूछा, ''वे तुम्हें प्यार नहीं करतीं ?''

इसे अत्यन्त विचित्र प्रश्न समझकर हँसते हुए तारापद ने कहा, ''प्यार क्यों नहीं करेंगी ?''

अन्नपूर्णा ने प्रश्न किया, ''तो फिर तुम उन्हें छोड़ क्यों आये ?''

तारापद बोला, ''उनके और भी चार लड़के और तीन लड़कियाँ हैं।''

बालक के इस विचित्र उत्तर से व्यथित होकर अन्नपूर्णा ने कहा, '' ओ माँ, यह कैसी बात है! पाँच अँगुलियाँ हैं, तो क्या एक अँगुली त्यागी जा सकती है ?''

तारापद की उम्र कम थी, उसका इतिहास भी उसी अनुपात में संक्षिप्त था; किन्तु लड़का बिलकुल असाधारण था। वह अपने माता-पिता का चौथा पुत्र था, शैशव में ही पितृहीन हो गया था। बहु-संतान वाले घर में भी तारापद सबको अत्यन्त प्यारा था। माँ, भाई-बहन और मुहल्ले के सभी लोगों से वह अजस्र स्नेहलाभ करता। यहाँ तक कि गुरुजी भी उसे नहीं मारते थे—मारते तो भी बालक के अपने-पराये सभी उससे वेदना का अनुभव करते। ऐसी अवस्था में उसका घर छोड़ने का कोई कारण नहीं था। जो उपेक्षित रोगी लड़का हमेशा चोरी करके पेड़ों से फल और गृहस्थों से उसका चौगुना प्रतिफल पाता घूमता-फिरता वह भी अपनी परिचित ग्राम-सीमा के भीतर अपनी कष्ट

देने वाली माँ के पास पड़ा रहा, और समस्त ग्राम का दुलारा यह लड़का एक बाहरी जात्रा-दल में शामिल होकर निर्ममता से ग्राम छोड़कर भाग खड़ा हुआ।

सब लोग उसका पता लगाकर उसे गाँव लौटा लाये। उसकी माँ ने उसे छाती से लगाकर आँसुओं से आर्द्र कर दिया, उसकी बहनें रोने लगीं, उसके बड़े भाई ने पुरुष-अभिभावक का कठिन कर्तव्य पालन करने के उद्देश्य से उस पर मृदुभाव से शासन करने का यत्न करके अन्त में अनुतप्त चित्त से खूब प्रश्रय और पुरस्कार दिया। मुहल्ले की लड़कियों ने उसको घर-घर बुलाकर खूब प्यार किया और नाना प्रलोभनों से उसे वश में करने की चेष्टा की। किन्तु बन्धन, यही नहीं स्नेह का बन्धन भी उसे सहन नहीं हुआ, उसके जन्म-नक्षत्र ने उसे गृहहीन कर रखा था। वह जब भी देखता कि नदी में कोई विदेशी नौका अपनी रस्सी घिसटाती जा रही है, गाँव के विशाल पीपल के वृक्ष के तले किसी दूर देश के किसी संन्यासी ने आश्रय लिया है, अथवा बनजारे नदी के किनारे ढालू मैदान में छोटी-छोटी चटाइयाँ बाँधकर खपच्चियाँ छीलकर टोकरियाँ बनाने में लगे हैं, तब अज्ञात बाह्य पृथ्वी को स्नेहहीन स्वाधीनता के लिए उसका मन बेचैन हो उठता। लगातार दो-तीन बार भागने के बाद उसके कुटुम्बियों और गाँव के लोगों ने उसकी आशा छोड़ दी।

पहले उसने एक जात्रा-दल का साथ पकड़ा। जब अधिकारी उसको पुत्र के समान स्नेह करने लगे और जब वह दल के छोटे-बड़े सभी का प्रिय पात्र हो गया, यही नहीं, जिस घर में जात्रा होती उस घर के मालिक, विशेषकर घर का महिला वर्ग जब विशेष रूप से उसे बुलाकर उसका आदर-मान करने लगा, तब एक दिन किसी से बिना कुछ कहे वह भटककर कहाँ चला गया, इसका फिर कोई पता न चल सका।

तारापद हरिण के छौने से समान बन्धन भीरु था, और हरिण के ही समान संगीत-प्रेमी भी। जात्रा के संगीत ने ही उसे पहले घर से विरक्त किया था। संगीत का स्वर उसकी समस्त धमनियों में कम्पन पैदा कर देता और संगीत की ताल पर उसके सर्वांग में आन्दोलन उपस्थित हो जाता। जब वह बिलकुल बच्चा था तब भी वह संगीत-सभाओं में जिस प्रकार संयत गम्भीर प्रौढ़ भाव से आत्मविस्मृत होकर बैठा-बैठा झूमने लगता, उसे देखकर प्रवीण लोगों के लिए हँसी संवरण करना कठिन हो जाता। केवल संगीत ही क्यों, वृक्षों के घने पत्तों के ऊपर जब श्रावण की वृष्टि-धारा पड़ती, आकाश में मेघ गरजते, पवन अरण्य में मातृहीन दैत्यशिशु की भाँति क्रंदन करता रहता तब उसका चित्त मानो उच्छृंखल हो उठता। नि:स्तब्ध दोपहरी में, आकाश में बड़ी दूर से आती चील की पुकार, वर्षा ऋतु की संध्या में मेंढकों का कलरव, गहन रात में शृंगालों की चीत्कार-ध्वनि, सभी उसको अधीर कर देते। संगीत के इस मोह में आकृष्ट होकर एक शीघ्र ही एक पांचाली[1] दल में भर्ती हो गया। मंडली का अध्यक्ष उसे बड़े यत्न से गाना सिखाने और पांचाली छंठस्थ कराने में प्रवृत्त हुआ, और उसे

---

1. लोक-गीत गायकों का दल।

अपने वक्ष-पिंजर के पक्षी की भाँति प्रिय समझकर स्नेह करने लगा। पक्षी ने थोड़ा-बहुत गाना सीखा और एक दिन तड़के उड़कर चला गया।

अन्तिम बार वह कलाबाज़ी दिखाने वालों के दल में शामिल हुआ। जेठ के अंतिम दिनों से लेकर आषाढ़ के समाप्त होने तक इस अंचल में जगह-जगह क्रमानुसार समवेत रूप से अनुष्ठित मेले लगते। उनके उपलक्ष्य में जात्रा वालों के दो-तीन दल पांचाली गायक, कवि, नर्तकियाँ एवं अनेक प्रकार की दुकानें छोटी-छोटी नदियों, उपनदियों के रास्ते नौकाओं द्वारा एक मेले के समाप्त होने पर दूसरे मेले में घूमती रहतीं। पिछले वर्ष से कलकत्ता की एक छोटी कलाबाज़-मण्डली इस पर्यटनशील मेले के मनोरंजन में योग दे रही थी। तारापद ने पहले तो नौकारूढ़ दुकानदारों के साथ मिलकर पान की गिलौरियाँ बेचने का भार लिया। बाद में अपने स्वाभाविक कौतूहल के कारण इस कलाबाज़-दल के अद्भुत व्यायाम नैपुण्य से आकृष्ट होकर उसमें प्रवेश किया। तारापद ने अपने-आप अभ्यास करके अच्छी तरह वंशी बजाना सीख लिया था—करतब दिखाने के समय वह द्रुत ताल पर लखनवी ठुमरी के सुर में वंशी बजाता—यही उसका एकमात्र काम था।

उसका आख़िरी पलायन इसी दल से हुआ था। उसने सुना था कि नन्दीग्राम के ज़मींदार बाबू बड़ी धूमधाम से एक शौक़िया जात्रा-दल बना रहे हैं—अत: वह अपनी छोटी-सी पोटली लेकर नन्दीग्राम की जात्रा की तैयारी कर रहा था, इसी समय उसकी भेंट मतिलाल बाबू से हो गयी।

एक के बाद एक नाना दलों में शामिल होकर भी तारापद ने अपनी स्वाभाविक कल्पना-प्रवण प्रकृति के कारण किसी भी दल की विशेषता प्राप्त नहीं की थी। वह अन्त:करण से बिलकुल निर्लिप्त और मुक्त था। संसार में उसने हमेशा से ही कई बेहूदी बातें सुनीं और अनेक अशोभन दृश्य देखे, किन्तु उन्हें उसके मन में संचित होने का रत्ती-भर अवकाश न मिला। उस लड़के का ध्यान किसी ओर था ही नहीं। अन्यान्य बंधनों की भाँति किसी प्रकार का अभ्यास-बंधन भी उसके मन को बाध्य न कर सका। वह उस संसार में पंकिल जल के ऊपर शुभ्रपक्ष राजहंस की भाँति तैरता फिरता। कौतूहलवश भी वह जितनी बार डुबकी लगाता उसके पंख न तो भीग पाते थे, न मलिन हो पाते थे। इसी कारण इस गृह-त्यागी लड़के के मुख पर एक शुभ्र स्वाभाविक तारुण्य अम्लान भाव से झलकता रहता, उसकी यही मुखश्री देखकर प्रवीण दुनियादार मतिलाल बाबू ने बिना कुछ पूछे, बिना सन्देह किये बड़े प्यार से उसका आह्वान किया था।

दो

भोजन समाप्त होने पर नौका चल पड़ी। अन्नपूर्णा बड़े स्नेह से ब्राह्मण-बालक से उसके घर की बातें, उसके स्वजन कुटुम्बियों का समाचार पूछने लगीं, तारापद ने

अत्यन्त संक्षेप में उनका उत्तर देकर बाहर आकर परित्राण पाया। बाहर परिपूर्णता की अन्तिम सीमा तक भरकर वर्षा की नदी ने अपने आत्म-विस्मृत उद्दाम चांचल्य से प्रकृति-माता को मानो उद्विग्न कर दिया था। मेघ-मुक्त धूप में नदी किनारे की अर्धनिमग्न काशतृण श्रेणी एवं उसके ऊपर सरस सघन ईख के खेत और उससे भी परवर्ती प्रदेश में दूरदिगन्त चुम्बित नीलांजन-वर्ण वनरेखा, सभी कुछ मानो किसी काल्पनिक कथा की सोने की छड़ी[1] के स्पर्श से सद्य:जागृत नवीन सौंदर्य की भाँति नीरव नीलाकाश की मुग्धदृष्टि के सम्मुख परिस्फुटित हो उठा हो, सभी कुछ मानो सजीव, स्पन्दित, प्रगल्भ, प्रकाश में उद्भासित, नवीनता से मसृण और प्राचुर्य से परिपूर्ण हो।

तारापद ने नौका की छत पर पाल की छाया में जाकर आश्रय लिया। ढालू हरा मैदान, पानी से भरे पाट के खेत, गहन श्याम लहराते हुए आमन[2] धान, घाट से गाँव की ओर जाने वाले सँकरे रास्ते, सघन वन-वेष्ठित छायामय गाँव—एक के बाद एक उसकी आँखों के सामने से निकलने लगे। जल, स्थल, आकाश, चारों ओर की यह गतिशीलता, सजीवता, मुखरता, आकाश-पृथ्वी की यह व्यापकता और वैचित्र्य एवं निर्लिप्त सुदूरता, यह अत्यन्त विस्तृत, चिरस्थायी, निर्निमेष, नीरव, वाक्य-विहीन विश्व तरुण बालक के परमात्मीय थे, पर फिर भी वह इस चंचल मानव को क्षण-भर के लिए भी स्नेह-बाहुओं में बाँध रखने की कोशिश नहीं करता था। नदी के किनारे बछड़े पूँछ उठाये दौड़ रहे थे, गाँव का टट्टू-घोड़ा रस्सी से बँधे अपने अगले पैरों के बल कूदता हुआ घास चरता फिर रहा था, मछरंग पक्षी मछुआरों के जाल बाँधने के बाँस के डंडे से बड़े वेग से पानी में झप से कूदकर मछली पकड़ रहा था, लड़के पानी में खेल रहे थे, लड़कियाँ उच्च स्वर से हँसती हुई बातें करती हुई छाती तक गहरे पानी में अपना वस्त्राँचल फैलाकर दोनों हाथों से उसे धो रही थीं, आँचल कमर में खोंसे मछुआरिनें डलिया लेकर मछुआरों से मछली खरीद रही थीं, इस सबको वह चिरनूतन अश्रांत कौतूहल से बैठा देखता था, उसकी दृष्टि की पिपासा किसी भी तरह निवृत्त नहीं होती थी।

नौका की छत पर जाकर तारापद ने धीरे-धीरे खिवैया-माँझियों से बातचीत छेड़ दी। बीच-बीच में आवश्यकतानुसार वह मल्लाहों के हाथ से लग्गी लेकर खुद ही ठेलने लग जाता; माँझियों को जब तमाखू पीने की ज़रूरत पड़ती तब वह स्वयं जाकर हाल सँभाल लेता, जब जिधर हाल मोड़ना आवश्यक होता वह दक्षतापूर्वक सम्पन्न कर देता।

संध्या होने के कुछ पूर्व अन्नपूर्णा ने तारापद को बुलाकर पूछा, ''रात में तुम क्या खाते हो?''

---

1. प्रसिद्ध लोककथा है कि एक राजकुमार ने सोने की छड़ी छुआकर, सोई हुई राजकुमारी को जगा दिया था, चाँदी की छड़ी छुआने से वह सो जाती थी। सोने की छड़ी प्रेम जागृत अवस्था की प्रतीक है।

2. हेमन्तकालीन धान।

तारापद बोला, ''जो मिल जाता है वही खा लेता हूँ; रोज़ खाता भी नहीं।''

इस सुन्दर ब्राह्मण-बालक की आतिथ्य ग्रहण करने की उदासीनता अन्नपूर्णा को थोड़ी कष्टकर प्रतीत हुई। उनकी बड़ी इच्छा थी कि खिला-पिलाकर, पहना-ओढ़ाकर इस गृह-च्युत यात्री बालक को संतुष्ट करें। किन्तु किससे वह सन्तुष्ट होगा, यह वे नहीं जान सकीं। नौकरों को बुलाकर गाँव से दूध-मिठाई आदि खरीद माँगने में अन्नपूर्णा ने धूमधाम मचा दी। तारापद ने पेट-भर भोजन तो किया, किन्तु दूध नहीं पिया। मौन स्वभाव मतिलाल बाबू तक ने उससे दूध पीने का अनुरोध किया; उसने संक्षेप में कहा, ''मुझे अच्छा नहीं लगता।''

नदी पर दो-तीन दिन बीत गये। तारापद ने भोजन बनाने, सौदा खरीदने से लेकर नौका चलाने तक सब कामों में स्वेच्छा और तत्परता से योग दिया। जो भी दृश्य उसकी आँखों के सामने आता उसी ओर तारापद की कौतूहलपूर्ण दृष्टि दौड़ जाती; जो भी काम उसके हाथ लग जाता, उसी की ओर वह अपने-आप आकर्षित हो जाता। उसकी दृष्टि, उसके हाथ, उसका मन सर्वदा ही गतिशील बने रहते, इसी कारण वह इस नित्य चलायमान प्रकृति के समान सर्वदा निश्चिन्त, उदासीन रहता; किन्तु सर्वदा क्रियासक्त भी। यों तो हर मनुष्य की अपनी एक स्वतंत्र अधिष्ठान भूमि होती है, किन्तु तारापद इस अनन्त नीलाम्बरवाही विश्व-प्रवाह की एक आनन्दोज्ज्वल तरंग था—भूत-भविष्यत् के साथ उसका कोई सम्बन्ध न था, आगे बढ़ते जाना ही उसका एकमात्र काम था।

इधर बहुत दिन तक नाना सम्प्रदायों के साथ योग देने के कारण अनेक प्रकार की मनोरंजनी विद्याओं पर उसका अधिकार हो गया था। किसी भी प्रकार चिंता से आच्छन्न न रहने के कारण उसके निर्मल स्मृति-पट पर सारी बातें अद्भुत, सहज ढंग से अंकित हो जातीं। पांचाली कथकता[1], कीर्तन-गान, जात्राभिनय के लम्बे अवतरण उसे कंठस्थ थे। मतिलाल बाबू अपनी नित्य-प्रति की प्रथा के अनुसार एक दिन संध्या समय अपनी पत्नी और कन्या को *रामायण* पढ़कर सुना रहे थे, लव-कुश की कथा की भूमिका चल रही थी, तभी तारापद अपना उत्साह संवरण न कर पाने के कारण नौका की छत से उतर आया और बोला, ''किताब रहने दें। मैं लव-कुश का गीत गाता हूँ, आप सुनते चलिये!''

यह कहकर उसने लव-कुश की पांचाली शुरू कर दी। बाँसुरी के समान सुमिष्ट उन्मुक्त स्वर पर आकर झुके पड़ रहे थे। उस नदी-नीर के संध्याकाश में हास्य, करुणा एवं संगीत का एक अपूर्व रस-स्रोत प्रवाहित होने लगा। दोनों नि:स्तब्ध किनारे कौतूहलपूर्ण हो उठे, पास से जो सारी नौकाएँ गुज़र रही थीं; उनमें बैठे लोग क्षण-भर

---

1. पुराणादि पाठ और व्याख्या।

के लिए उत्कंठित होकर उसी ओर कान लगाये रहे। जब गीत समाप्त हो गया तो सभी ने व्यथित चित्त से लम्बी साँस लेकर सोचा, 'इतनी जल्दी यह क्यों समाप्त हो गया।'

सजलनयना अन्नपूर्णा की इच्छा हुई कि उस लड़के को गोद में बिठाकर छाती से लगाकर उसका माथा चूम लें। मतिलाल बाबू सोचने लगे, 'इस लड़के को यदि किसी प्रकार अपने पास रख सकूँ तो पुत्र का अभाव पूरा हो जाय।' केवल छोटी बालिका चारुशशि का अन्त:करण ईर्ष्या और विद्वेष से परिपूर्ण हो उठा।

तीन

चारुशशि अपने माता-पिता की इकलौती संतान और उनके स्नेह की एकमात्र अधिकारिणी थी। उसकी धुन और हठ की कोई सीमा न थी। खाने-पहनने, बाल बनाने के सम्बन्ध में उसका स्वतंत्र मत था, किन्तु उसके मन में तनिक भी स्थिरता नहीं थी। जिस दिन कहीं निमंत्रण होता उस दिन उसकी माँ को भय रहता कि कहीं लड़की साज-सिंगार को लेकर कोई असम्भव ज़िद न कर बैठे। यदि दैवात् कभी केश-बंधन उसके मन के अनुकूल न हुआ, तो फिर उस दिन चाहे जितनी बार बाल खोलकर, चाहे जितने प्रकार से बाँधे जाते, वह किसी तरह सन्तुष्ट न होती। और अन्त में रोना-धोना मच जाता। हर बात में यही दशा थी। पर कभी-कभी जब चित्त प्रसन्न रहता तो उसे किसी भी प्रकार की कोई आपत्ति न होती। उस समय वह प्रचुर मात्रा में स्नेह प्रकट करके अपनी माँ से लिपटकर चूमकर हँसती हुई बात करते-करते उसे एकदम परेशान कर डालती। यह छोटी बालिका एक दुर्भेद्य पहेली थी।

यह बालिका अपने दुर्बोध्य हृदय के पूरे वेग का प्रयोग करके मन-ही-मन विषम ईर्ष्या से तारापद का निरादर करने लगी। माता-पिता को भी पूरी तरह से उद्विग्न कर डाला। भोजन के समय रोदनोन्मुखी होकर भोजन के पात्र को ठेलकर फेंक देती, खाना उसको रुचिकर नहीं लगता; नौकरानी को मारती, सभी बातों में अकारण शिकायत करती रहती। जैसे-जैसे तारापद की विद्याएँ उसका एवं अन्य सबका मनोरंजन करने लगीं, वैसे-ही-वैसे मानो उसका क्रोध बढ़ने लगा। तारापद में कोई गुण है, इसे उसका मन स्वीकार करने से विमुख रहता और उसका प्रमाण जब प्रबल होने लगा तो उसके असन्तोष की मात्रा भी बढ़ गयी। तारापद ने जिस दिन लव-कुश का गीत सुनाया उस दिन अन्नपूर्णा ने सोचा, 'संगीत से वन के पशु तक वश में आ जाते हैं, आज शायद मेरी लड़की का मन पिघल गया है।' उससे पूछा, ''चारु, कैसा लगा?'' उसने कोई उत्तर दिये बिना बड़े ज़ोर से सिर हिला दिया। भाषा में इस मुद्रा का तरजुमा करने पर यह रूप होता—ज़रा भी अच्छा नहीं लगा, और न कभी अच्छा लगेगा।

चारु के मन में ईर्ष्या का उदय हुआ है, यह समझकर उसकी माँ ने चारु के सामने तारापद के प्रति स्नेह प्रकट करना कम कर दिया। संध्या के बाद जब चारु

जल्दी-जल्दी खाकर सो जाती तब अन्नपूर्णा नौका-कक्ष के दरवाज़े के पास आकर बैठतीं और मतिलाल बाबू और तारापद बाहर बैठते तो यह बड़ी तेज़ गति से दासुराय के अनुप्रासों की वर्षा करने लगा; डाँडी, मछुआरे और अन्नपूर्णा के अनुरोध पर तारापद गाना शुरू करता, उसके गाने से जब नदी के किनारे की विश्रामनिरता ग्राम-श्री संध्या के विपुल अन्धकार में मुग्ध निःस्तब्ध हो जाती और अन्नपूर्णा का कोमल हृदय स्नेह और सौंदर्य-रस से उछलने लग जाता तब सहसा चारु बिछौने से उठकर तेज़ी से आकर सरोष कहती, ''माँ, तुमने यह क्या शोर मचा रखा है! मुझे नींद नहीं आती।'' माता-पिता उसको अकेला सुलाकर तारापद को घेरकर संगीत का आनन्द ले रहे हैं, यह उसे एकदम असह्य हो उठता। इस दीप्तकृष्णनयना बालिका की स्वाभाविक उग्रता तारापद को बड़ी मनोरंजक प्रतीत होती। उसने इसे कहानी सुनाकर, गाना गाकर, वंशी बजाकर वश में करने की बहुत चेष्टा की, किन्तु किसी भी प्रकार सफल नहीं हुआ। केवल जब मध्याह्न में तारापद नदी में स्नान करने उतरता, परिपूर्ण जलराशि में अपनी गौरवर्ण सरल कमनीय देह को तैरने की अनेक प्रकार की क्रीड़ाओं में संचालित करता तरुण जल-देवता के समान शोभा पाता, तब बालिका का कौतूहल आकर्षित हुए बिना न रहता। वह इसी समय की प्रतीक्षा करती रहती, किन्तु आंतरिक इच्छा का किसी को भी पता न चलने देती, और यह अशिक्षापटु अभिनेत्री ध्यानपूर्वक ऊनी गुलूबन्द बुनने का अभ्यास करती हुई बीच-बीच में मानो अत्यन्त उपेक्षा भरी दृष्टि से तारापद की संतरण लीला देखा करती।

चार

नन्दीग्राम कब छूट गया, तारापद को पता न चला। विशाल नौका अत्यन्त मृदुमन्द गति से कभी पाल तानकर, कभी रस्सी खींचकर अनेक नदियों की शाखा-प्रशाखाओं में होकर चलने लगी; नौकारोहियों के दिन भी इन सब नदी-उपनदियों के समान, शांति-सौन्दर्यपूर्ण वैचित्र्य के बीच सहज, सौम्य गति से मृदुमिष्ट कलस्वर में प्रवाहित होने लगे। किसी को किसी प्रकार की जल्दी नहीं थी; दोपहर को स्नानाहार में बहुत समय व्यतीत होता; और इधर संध्या होते-न-होते बड़े दिखने वाले किसी गाँव के किनारे, घाट के समीप, झिल्लीमन्द्रित, खद्योतखचित वन के पास नौका बाँध दी जाती।

इस प्रकार दसेक दिन में नौका काँठालिया पहुँची। ज़मींदार के आगमन पर घर से पालकी और टट्टू-घोड़ों का समागम हुआ, और हाथ में बाँस की लाठी धारण किये सिपाही-चौकीदारों के दल के बार-बार बन्दूक की खाली आवाज़ से गाँव के उत्कण्ठित काक-समाज को 'यत्परोनास्ति' मुखर कर दिया।

इस सारे समारोह में समय लगा, इस बीच में तारापद ने तेज़ी से नौका से उतरकर एक बार सारे गाँव का चक्कर लगा डाला। किसी को दादा, किसी को काका,

किसी को दीदी, किसी को मौसी कहकर दो-तीन घंटे में सारे गाँव के साथ सौहार्द्र बन्धन स्थापित कर लिया। कहीं भी उसके लिए स्वभावत: कोई बन्धन नहीं था, इससे यह बालक ग़ज़ब की शीघ्रता और आसानी से सबके साथ परिचय कर लेता था। तारापद ने देखते-देखते थोड़े दिनों में ही गाँव के समस्त हृदयों पर अधिकार कर लिया।

इतनी आसानी से हृदय हरण करने का कारण यह था कि तारापद हरेक के साथ उसका अपना बनकर स्वाभाविक रूप से योग दे सकता था। वह किसी भी प्रकार के विशेष संस्कारों के द्वारा बँधा हुआ नहीं था, अतएव सभी अवस्थाओं में और सभी कामों में उसमें एक प्रकार की सहज प्रवीणता थी। बालकों के लिए वह बिलकुल स्वाभाविक बालक था और उनसे श्रेष्ठ और स्वतंत्र, वृद्धों के लिए वह बालक न रहता, किन्तु पुरखा भी नहीं; चरवाहों के साथ चरवाहा था फिर भी ब्राह्मण। हरेक के हर काम में वह चिरकाल के सहयोगी के समान अभ्यस्त भाव से हस्तक्षेप करता। हलवाई की दुकान पर बातें करते-करते हलवाई कह उठता, ''भैया, ज़रा बैठो तो सही ! मैं अभी आया !''—तारापद अम्लानवदन से दुकान पर बैठकर साल के पत्ते से सन्देश पर बैठी मक्खियाँ उड़ाने लग जाता। मिठाइयाँ बनाने में भी पक्का था, करघे का मर्म भी उसे थोड़ा-बहुत मालूम था, कुम्हार का चाक चलाना भी उसके लिए बिलकुल नया नहीं था।

तारापद ने सारे गाँव को वश में कर लिया, बस केवल ग्रामवसिनी बालिका की ईर्ष्या वह अभी तक नहीं जीत पाया था। यह बालिका उग्रभाव से उसके बहुत दूर निर्वासन की कामना करती थी, यही जानकर शायद तारापद इस गाँव में इतने दिन आबद्ध बना रहा।

किन्तु बालिकावस्था में भी नारी के अन्तर रहस्य का भेद जानना बहुत कठिन है, चारुशशि ने इसका प्रमाण दिया।

ब्राह्मण पुरोहिताइन की कन्या सोनामणि पाँच वर्ष की अवस्था में विधवा हो गयी थी; वह चारु की समवयस्का सहेली थी। अस्वस्थ होने के कारण वह घर लौटी सहेली से कुछ दिनों तक भेंट न कर सकी। स्वस्थ होकर जिस दिन भेंट करने आयी उस दिन प्राय: अकारण ही दोनों सहेलियों में कुछ मनोमालिन्य की नौबत आ गयी।

चारु ने अत्यन्त विस्तार से बात आरम्भ की थी। उसने सोचा था कि तारापद नामक अपने नवार्जित परम रत्न को जुटाने की बात का विस्तारपूर्वक वर्णन करे। वह अपनी सहेली के कौतूहल एवं विस्मय को सप्तम पर चढ़ा देगी। किन्तु, जब उसने सुना कि तारापद सोनामणि के लिए तनिक भी अपरिचित नहीं था, पुरोहिताइन को वह मौसी कहता है और सोनामणि उसको भाई कहकर पुकारती है, जब उसने सुना कि तारापद ने केवल बाँसुरी पर कीर्तन का सुर बजाकर माता और पुत्री का

मनोरंजन ही नहीं किया है, सोनामणि के अनुरोध से उसके लिए अपने हाथों से बाँस की एक बाँसुरी भी बना दी है, न जाने कितने दिनों से वह उसे ऊँची डाल से फल और कण्टक-शाखा से फूल तोड़कर देता रहा है तब चारु के अन्त:करण को मानो तप्तशूल बेधने लगा। चारु समझती थी कि तारापद विशेष रूप से उन्हीं का तारापद था—अत्यन्त गुप्त रूप से संरक्षणीय; अन्य साधारण जन केवल उसका थोड़ा-बहुत आभास-मात्र पायेंगे फिर भी किसी भी तरह उसका सामीप्य न पा सकेंगे, दूर से ही उसके रूप-गुण पर मुग्ध होंगे और चारुशशि को धन्यवाद देते रहेंगे। यही अद्भुत, दुर्लभ, दैवलब्ध ब्राह्मण-बालक सोनामणि के लिए सहजगम्य क्यों हुआ? हम यदि उसे इतना यत्न करके न लाते, इतने यत्न से न रखते तो सोनामणि आदि उसका दर्शन कहाँ से पातीं? सोनामणि का 'भैया'! शब्द सुनते ही उसके शरीर में आग लग गयी।

चारु जिस तारापद को मन-ही-मन विद्वेष-बाणों से जर्जर करने की चेष्टा करती रही है, उसी के एकाधिकार को लेकर इतना प्रबल उद्वेग क्यों?—किसकी सामर्थ्य है जो यह समझे!

उसी दिन किसी अन्य तुच्छ बात के सहारे सोनामणि के साथ चारु की गहरी कुट्टी हो गयी। और वह तारापद के कमरे में जाकर उसकी प्रिय वंशी लेकर उस पर कूद-कूदकर उसे कुचलती हुई निर्दयतापूर्वक तोड़ने लगी।

चारु जब प्रचण्ड रोष में इस वंशी-ध्वंस-कार्य में व्यस्त थी तभी तारापद ने कमरे में प्रवेश किया। बालिका की यह प्रलय-मूर्ति देखकर उसे आश्चर्य हुआ। बोला, ''चारु, मेरी वंशी क्यों तोड़ रही हो?'' चारु रक्त नेत्रों और लाल मुख से, ''ठीक कर रही हूँ, अच्छा कर रही हूँ!'' कहकर टूटी हुई वंशी को और दो-चार अनावश्यक लातें मारकर उच्छ्वसित कंठ से रोती हुई कमरे से बाहर चली गयी। तारापद ने वंशी उठाकर उलट-पलटकर देखी, उसमें अब कोई दम नहीं था। अकारण ही अपनी पुरानी वंशी की यह आकस्मिक दुर्गति देखकर वह अपनी हँसी न रोक सका। चारुशशि दिनोंदिन उसके परम कौतूहल का विषय बनती जा रही थी।

उसके कौतूहल का एक और क्षेत्र था, मतिलाल बाबू की लाइब्रेरी में तस्वीरों वाली अंग्रेज़ी की किताबें। बाहरी जगत् से उसका यथेष्ट परिचय हो गया था किन्तु तस्वीरों के इस जगत् में वह किसी प्रकार भी अच्छी तरह प्रवेश नहीं कर पाता था। कल्पना द्वारा वह अपने मन में बहुत-कुछ जमा लेता किन्तु उससे उसका मन किसी प्रकार तृप्त न होता।

तस्वीरों की पुस्तकों के प्रति तारापद का यह आग्रह देखकर एक दिन मतिलाल बाबू बोले, ''अंग्रेज़ी सीखोगे? तब तुम इन सारी तस्वीरों का अर्थ समझ लोगे!''

तारापद ने तुरन्त कहा, ''सीखूँगा।''

मतिलाल बाबू बड़े खुश हुए। उन्होंने गाँव के एंट्रेंस-स्कूल के हेडमास्टर

रामरतन बाबू को प्रतिदिन संध्या-समय इस लड़के को अंग्रेज़ी पढ़ाने के लिए नियुक्त कर दिया।

पाँच

तारापद अपनी प्रखर स्मरण-शक्ति एवं अखण्ड मनोयोग के साथ अंग्रेज़ी शिक्षा में प्रवृत्त हुआ। मानो वह किसी नवीन दुर्गम राज्य में भ्रमण करने निकला हो, उसने पुराने जगत् के साथ कोई संपर्क न रखा; मुहल्ले के लोग अब उसे न देख पाते; जब वह संध्या के पहले निर्जन नदी-तट पर तेज़ी से टहलते-टहलते पाठ कंठस्थ करता, तब उसका उपासक बालक-संप्रदाय दूर से खिन्नचित्त होकर सम्भ्रमपूर्वक उसका निरीक्षण करता, उसके पाठ में बाधा डालने का साहस न कर पाता।

चारु भी आजकल उसे बहुत नहीं देख पाती थी। पहले तारापद अन्त:पुर में जाकर अन्नपूर्णा की स्नेह दृष्टि के सामने बैठकर भोजन करता था—किन्तु इसके कारण कभी-कभी देर हो जाती थी। इसीलिए उसने मतिलाल बाबू से अनुरोध करके अपने भोजन की व्यवस्था बाहर ही करा ली। अन्नपूर्णा ने व्यथित होकर इस पर आपत्ति प्रकट की, किन्तु अध्ययन के प्रति बालक का उत्साह देखकर अत्यंत संतुष्ट होकर उन्होंने इस नयी व्यवस्था का अनुमोदन कर दिया।

तभी सहसा चारु भी ज़िद कर बैठी, मैं भी अंग्रेज़ी सीखूँगी। उसके माता-पिता ने अपनी कन्या के इस प्रस्ताव को पहले तो परिहास का विषय समझकर स्नेहमिश्रित हँसी उड़ायी—किन्तु कन्या ने इस प्रस्ताव के परिहास्य अंश को प्रचुर अश्रु-जल-धारा से तुरन्त पूर्ण रूप से धो डाला। अंत में इन स्नेह-दुर्बल निरुपाय अभिभावकों ने बालिका के प्रस्ताव को गंभीरता से स्वीकार कर लिया। तारापद के साथ-साथ चारु भी मास्टर से पढ़ने लग गयी।

किन्तु पढ़ना-लिखना इस अस्थिरचित्त बालिका के स्वभाव के विपरीत था। वह स्वयं तो कुछ न सीख पायी, बस तारापद की पढ़ाई में विघ्न डालने लगी। वह पिछड़ जाती, पाठ कंठस्थ न करती। किन्तु फिर भी वह किसी भी प्रकार तारापद से पीछे रहना न चाहती। तारापद के उससे आगे निकलकर नया पाठ लेने पर वह बहुत रुष्ट होती, यहाँ तक कि रोने-धोने से भी बाज़ न आती थी। तारापद के पुरानी पुस्तक समाप्त कर नयी पुस्तक खरीदने पर उसके लिए भी नयी पुस्तक खरीदनी पड़ती। तारापद छुट्टी के समय स्वयं कमरे में बैठकर लिखता और पाठ कंठस्थ करता, यह उस ईर्ष्या-परायणा बालिका से सहन न होता। वह छिपकर उसके लिखने की कॉपी में स्याही उँड़ेल देती, कलम चुराकर रख देती, यहाँ तक कि किताब में जिसका अभ्यास करना होता उस अंश को फाड़ आती। तारापद बालिका की यह सारी धृष्टता आमोदपूर्वक सहता; असह्य होने पर मारता, किन्तु किसी प्रकार भी उसका नियंत्रण नहीं कर सका।

दैवात् एक उपाय निकल आया। एक दिन बहुत खीझकर निरुपाय तारापद स्याही से रँगी अपनी लिखने की कॉपी फाड़-फेंककर गंभीर खिन्न मुद्रा में बैठा था; दरवाज़े के समीप खड़ी चारु ने सोचा, 'आज मार पड़ेगी।' किन्तु उसकी प्रत्याशा पूर्ण नहीं हुई। तारापद बिना कुछ कहे चुपचाप बैठा रहा। बालिका कमरे के भीतर-बाहर चक्कर काटने लगी। बारम्बार उसके इतने समीप से निकलती कि तारापद चाहता तो अनायास ही उसकी पीठ पर एक थप्पड़ जमा सकता था। किन्तु वह वैसा न करके गम्भीर ही बना रहा। बालिका बड़ी मुश्किल में पड़ गयी। किस प्रकार क्षमा-प्रार्थना करनी होती है, उस विद्या का उसने कभी अभ्यास न किया था, अतएव उसका अनुतप्त क्षुद्र हृदय अपने सहपाठी से क्षमा-याचना करने के लिए अत्यन्त कातर हो उठा। अंत में कोई उपाय न देखकर फटी हुई लेख-पुस्तिका का टुकड़ा लेकर तारापद के पास बैठकर खूब बड़े-बड़े अक्षरों में लिखा, 'मैं फिर कभी किताब पर स्याही नहीं फैलाऊँगी।' लिखना समाप्त करके वह उस लेख की ओर तारापद का ध्यान आकर्षित करने के लिए अनेक प्रकार की चंचलता प्रदर्शित करने लगी। यह देखकर तारापद हँसी न रोक सका—वह हँस पड़ा। इस पर बालिका लज्जा और क्रोध से अधीर होकर कमरे से भाग गयी। जिस काग़ज़ के टुकड़े पर उसने अपने हाथ से दीनता प्रकट की थी उसको अनन्त काल के लिए अनन्त जगत् से बिलकुल लोप कर पाती तो उसके हृदय का गहरा क्षोभ मिट सकता।

उधर संकुचित चित्त सोनामणि एक-दो दिन अध्ययनशाला के बाहर घूम-फिरकर, झाँककर चली गयी। सहेली चारुशशि के साथ सब बातों में उसका विशेष बंधुत्व था, किन्तु तारापद के सम्बन्ध में चारु को वह अत्यन्त भय और सन्देह से देखती। चारु जिस समय अन्त:पुर में नहीं होती, उसी समय का पता लगाकर सोनामणि संकोच करती हुई तारापद के द्वार के पास आ खड़ी होती। तारापद किताब से मुँह उठाकर सस्नेह कहता, ''क्यों सोना! क्या समाचार है ? मौसी कैसी है ?''

सोनामणि कहती, ''बहुत दिन से आये नहीं, माँ ने तुमको एक बार चलने के लिए कहा है। कमर में दर्द होने के कारण वे तुम्हें देखने नहीं आ सकतीं।''

इसी बीच शायद सहसा चारु आ उपस्थित होती। सोनामणि घबरा जाती, वह मानो छिपकर अपनी सहेली की सम्पत्ति चुराने आयी हो। चारु आवाज़ को सप्तम सुर पर चढ़ाकर, भौंह चढ़ाकर, मुँह बनाकर कहती, ''ऐ सोना, तू पढ़ने के समय हल्ला मचाने आती है, मैं अभी जाकर पिताजी से कह दूँगी।'' मानो वह स्वयं तारापद की एक प्रवीण अभिभाविका हो; उसके पढ़ने-लिखने में लेशमात्र भी बाधा न पड़े और मानो रात-दिन बस इसी पर उसकी दृष्टि रहती हो। किन्तु वह स्वयं किस अभिप्राय से असमय ही तारापद के पढ़ने के कमरे में आकर उपस्थित हुई थी, यह अन्तर्यामी से छिपा नहीं था और तारापद भी उसे अच्छी तरह जानता था। किन्तु बेचारी सोनामणि

डरकर उसी क्षण हज़ारों झूठी कैफ़ियतें देती; अंत में जब चारु घृणापूर्वक उसको मिथ्यावादिनी कहकर सम्बोधित करती तो वह लज्जित-शंकित-पराजित होकर व्यथित चित्त से लौट जाती। दयार्द्र तारापद उसको बुलाकर कहता, ''सोना, आज संध्या समय मैं तेरे घर आऊँगा, अच्छा!'' चारु सर्पिणी के समान फुफकारती हुई उठकर कहती, ''हाँ, जाओगे? तुम्हें पाठ तैयार नहीं करना है? मैं मास्टर साहब से कह दूँगी?''

चारु की इस धमकी से न डरकर तारापद एक-दो दिन संध्या के समय पुरोहितजी के घर गया था। तीसरी या चौथी बार चारु ने कोरी धमकी न देकर धीरे-धीरे एक बार बाहर से तारापद के कमरे में दरवाज़े की साँकल चढ़ाकर माँ के मसाले के बक्स का ताला लाकर लगा दिया। सारी संध्या तारापद को इसी बंदी अवस्था में रखकर भोजन के समय द्वार खोला। गुस्से के कारण तारापद कुछ बोला नहीं और बिना खाये चले जाने की तैयारी करने लगा। उस समय अनुतप्त व्याकुल बालिका हाथ जोड़कर विनयपूर्वक बारम्बार कहने लगी, ''तुम्हारे पैरों पड़ती हूँ, फिर ऐसा नहीं करूँगी। तुम्हारे पैरों पड़ती हूँ, तुम खाकर जाना!'' उससे भी जब तारापद वश में न आया तो वह अधीर होकर रोने लगी; संकट में पड़कर तारापद लौटकर भोजन करने बैठ गया।

चारु ने कितनी बार अकेले में प्रतिज्ञा की कि वह तारापद के साथ सद्व्यवहार करेगी, फिर कभी उसे एक क्षण के लिए भी परेशान न करेगी, किन्तु सोनामणि आदि अन्य पाँच जनों के बीच आ पड़ते ही न जाने कब कैसे उसका मिज़ाज बिगड़ जाता और वह किसी भी प्रकार आत्म-नियंत्रण न कर पाती। कुछ दिन जब ऊपर-ऊपर से वह भलमनसाहत बरतती तब किसी आगामी उत्कट-विप्लव के लिए तारापद सतर्कतापूर्वक प्रस्तुत हो जाता। आक्रमण हठात् किस कारण, किस दिशा से होगा, कहा नहीं जा सकता था। उसके बाद प्रचण्ड तूफ़ान, तूफ़ान के बाद प्रचुर अश्रुवारि वर्षा, उसके बाद प्रसन्न स्निग्ध शान्ति।

छह

इस तरह लगभग दो वर्ष बीत गये। इतने लम्बे समय तक तारापद कभी किसी के पास बँधकर नहीं रहा। शायद पढ़ने-लिखने में उसका मन एक अपूर्व आकर्षण में बँध गया था; लगता है, वयोवृद्धि के साथ उसकी प्रकृति में भी परिवर्तन आरम्भ हो गया था और स्थिर बैठे रहकर संसार के सुख-स्वच्छंदता का भोग करने की ओर उसका मन लग रहा था; कदाचित् उसकी सहपाठिनी बालिका का स्वाभाविक दौरात्म्य, चंचल सौंदर्य अलक्षित भाव से उसके हृदय पर बन्धन फैला रहा था।

इधर चारु की अवस्था ग्यारह पार कर गयी। मतिलाल बाबू ने खोजकर अपनी पुत्री के विवाह के लिए दो-तीन अच्छे रिश्ते जुटाये। कन्या की अवस्था विवाह के

योग्य हुई जानकर मतिलाल बाबू ने उसका अंग्रेज़ी पढ़ना और बाहर निकलना बंद कर दिया। इस आकस्मिक अवरोध पर घर के भीतर चारु ने भारी आंदोलन उपस्थित कर दिया।

तब अन्नपूर्णा ने एक दिन मतिलाल बाबू को बुलाकर कहा, ''पात्र के लिए तुम इतनी खोज क्यों करते फिर रहे हो! तारापद लड़का तो अच्छा है। और तुम्हारी लड़की भी उसको पसन्द है।''

सुनकर मतिलाल बाबू ने बड़ा विस्मय प्रकट किया। कहा, ''भला यह कभी हो सकता है? तारापद का कुल-शील कुछ भी तो ज्ञात नहीं है। मैं अपनी इकलौती लड़की को किसी अच्छे घर में देना चाहता हूँ।''

एक दिन रायडांगा के बाबुओं के घर से लोग लड़की देखने आये। वस्त्राभूषण पहनाकर चारु को बाहर लाने की चेष्टा की गयी। वह सोने के कमरे का द्वार बंद करके बैठ गयी—किसी प्रकार भी बाहर न निकली। मतिलाल बाबू ने कमरे के बाहर से बहुत अनुनय की, बहुत फटकारा, किसी प्रकार भी कोई परिणाम न निकला। अन्त में बाहर आकर रायडांगा के दूतों से बहाना बनाकर कहना पड़ा कि एकाएक कन्या बहुत बीमार हो गयी है, आज दिखाई की रस्म नहीं हो सकेगी। उन्होंने सोचा, 'लड़की में शायद कोई दोष है इसी से इस चतुराई का सहारा लिया गया है।'

तब मतिलाल बाबू विचार करने लगे, तारापद लड़का देखने-सुनने में सब तरह से अच्छा है; उसको मैं घर ही में रख सकूँगा, ऐसा होने से अपनी एकमात्र लड़की को पराये घर नहीं भेजना पड़ेगा। यह भी सोचा कि उनकी अशान्त अबोध लड़की का दुरान्तपना उनकी स्नेहपूर्ण आँखों को कितना ही क्षम्य प्रतीत हो, ससुरालवाले सहन नहीं करेंगे।

फिर पति-पत्नी ने सोच-विचारकर तारापद के घर उसके कुल का हालचाल जानने के लिए आदमी भेजा। समाचार आया कि वंश तो अच्छा है, किन्तु दरिद्र है। तब मतिलाल बाबू ने लड़के की माँ एवं भाई के पास विवाह का प्रस्ताव भेजा। उन्होंने आनन्द से उच्छ्वसित होकर सम्मति देने में मुहूर्त-भर की भी देर न की।

काँठालिया के मतिलाल बाबू और अन्नपूर्णा विवाह के मुहूर्त के बारे में विचार करने लगे, किन्तु स्वाभाविक गोपनीयताप्रिय सावधान मतिलाल बाबू ने बात को गोपनीय रखा।

चारु को बंद न रखा जा सका। वह बीच-बीच में बर्गी[1] के हंगामे के समान तारापद के पढ़ने के कमरे में जा पहुँचती। कभी रोष, कभी प्रेम, कभी विराग के द्वारा उसके अध्ययन-क्रम की निभृत शान्ति को अकस्मात् तरंगित कर देती। उससे आजकल इस निर्लिप्त मुक्तस्वभाव ब्राह्मण के मन में बीच-बीच में कुछ समय के

---

1. प्राचीन मराठा अश्वारोही लुटेरों का सैन्य दल।

लिए विद्युत्स्पंदन के समान एक अपूर्व चांचल्य का संचार हो जाता। जिस व्यक्ति का हल्का चित्त सर्वदा अक्षुण्ण अव्याहत भाव से काल-स्रोत की तरंग-शिखरी पर उतराकर सामने बह जाता वह आजकल प्राय: अन्यमनस्क होकर विचित्र दिवा-स्वप्न के जाल में उलझ जाता। वह प्राय: पढ़ना-लिखना छोड़कर मतिलाल बाबू की लाइब्रेरी में प्रवेश करके तस्वीरों वाली पुस्तकों के पन्ने पलटता रहता; उन तस्वीरों के मिश्रण से जिस कल्पनालोक की रचना होती वह पहले की अपेक्षा बहुत स्वतंत्र और अधिक रंगीन था। चारु का विचित्र आचरण देखकर वह अब पहले के समान परिहास न कर पाता, ऊधम करने पर उसको मारने की बात मन में उदय भी न होती। अपने में यह गूढ़ परिवर्तन, यह आबद्ध-आसक्त भाव उसे अपने निकट एक नूतन स्वप्न के समान लगने लगा।

श्रावण में विवाह का शुभ दिन निश्चित करके मतिलाल बाबू ने तारापद की माँ और भाइयों को बुलावा भेजा। तारापद को यह नहीं बताया। कलकत्ता के फ़ौजी बैण्ड को पेशगी देने के लिए मुख्तार को आदेश दिया और सामान की सूची भेज दी।

आकाश में वर्षा के नये बादल आ गये। गाँव की नदी इतने दिन तक सूखी पड़ी थी; बीच-बीच में केवल किसी-किसी गड्ढे में ही पानी भरा रहता था; छोटी-छोटी नौकाएँ उस पंकिल जल में डूबी पड़ी थीं और नदी की सूखी धार में बैलगाड़ियों के आवागमन से गहरी लीकें खुद गयी थीं—ऐसे समय एक दिन पिता के घर से लौटी पार्वती के समान न जाने कहाँ से द्रुतगामिनी जल-धारा कलहास्य करती हुई गाँव के शून्य वक्ष पर उपस्थित हुई—नंगे बालक-बालिकाएँ किनारे आकर ऊँचे स्वर के साथ नृत्य करने लगे, मानो वे अतृप्त आनन्द से बारम्बार जल में कूद-कूदकर नदी को आलिंगन कर पकड़ने लगे हों, कुटी में निवास करने वाली अपनी परिचित प्रिय संगिनी को देखने के लिए बाहर निकल आयी—शुष्क निर्जीव ग्राम में न जाने कहाँ से आकर एक प्रबल विपुल प्राण-हिल्लोल ने प्रवेश किया। देश-विदेश से छोटी-बड़ी लदी हुई नौकाएँ आने लगीं—बाज़ार का घाट संध्या समय विदेशी मल्लाहों के संगीत से ध्वनित हो उठा। दोनों किनारे के गाँव पूरे वर्ष अपने निभृत कोने में अपनी साधारण गृहस्थी लिये एकाकी दिन बिताते हैं, वर्षा के समय बाहरी विशाल पृथ्वी विचित्र पण्योपहार लेकर गैरिक वर्ण जलस्थ में बैठकर इन ग्राम-कन्याओं की खोज-खबर लेने आती है; इस समय जगत् के साथ आत्मीयता के गर्व से कुछ दिन के लिए उनकी लघुता नष्ट हो जाती है, सब सचल, सजग और सजीव हो उठते हैं एवं मौन नि:स्तब्ध प्रदेश में सुदूर राज्य की कलालापध्वनि आकर चारों दिशाओं को आंदोलित कर देती है।

इसी समय कुडूलकाटा में नाग बाबुओं के इलाके में विख्यात रथयात्रा का मेला लगा। ज्योत्स्ना-संध्या में तारापद ने घाट पर जाकर देखा, कोई नौका-चरखी लिये, कोई यात्रा करने वालों की मण्डली लिये, कोई बिक्री का सामान लिये प्रबल नवीन

स्रोत की धारा में तेज़ी से मेले की ओर चली जा रही है; यात्रा का दल सारंगी के साथ गीत गा रहा है, और सम पर हा-हा-हा शब्द की ध्वनि हो उठती है; पश्चिमी प्रदेश की नौका के मल्लाह केवल मृदंग और करताल लिये उन्मत्त-उत्साह से बिना संगीत के खचमच शब्द से आकाश को विदीर्ण कर रहे हैं—उद्दीपनों की सीमा नहीं थी। देखते-देखते पूर्व क्षितिज से सघन मेघराशि ने प्रकांड काला पाल तानकर आकाश के बीच में खड़ा कर दिया, चाँद ढँक गया—पूर्व की वायु वेग से बहने लगी, मेघ के पीछे मेघ दौड़ चले, नदी में जल कलकल हास्य से बढ़कर उमड़ने लगा—नदी-तीरवर्ती आन्दोलित वनश्रेणी में अंधकार पुंजीभूत हो उठा, मेंढकों ने टर्राना शुरू कर दिया, झिल्ली की ध्वनि जैसे कराँत लेकर अंधकार को चीरने लगी। सामने आज मानो समस्त जगत् की रथयात्रा हो, चक्र घूम रहा है, ध्वजा फहरा रही है, पृथ्वी काँप रही है, मेघ उड़ रहे हैं, वायु दौड़ रहा है, नदी बह रही है, नौका चल रही है, गान-स्वर गूँज रहे हैं। देखते-देखते गुरु गम्भीर ध्वनि में मेघ गरजने लगा, विद्युत् आकाश को चीर-चीरकर चकाचौंध उत्पन्न करने लगी, सुदूर अंधकार में से मूसलाधार वर्षा की गंध आने लगी। केवल नदी के एक किनारे पर एक ओर काँठालिया ग्राम अपनी कुटी के द्वार बन्द करके दीया बुझाकर चुपचाप सोने लगा।

दूसरे दिन तारापद की माता और भाई आकर काँठालिया में उतरे; उसी दिन कलकत्ता से विविध सामग्री से भरी तीन बड़ी नौकाएँ काँठालिया के ज़मींदार की कचहरी के घाट पर आकर लगीं एवं उसी दिन बहुत सवेरे सोनामणि काग़ज़ में थोड़ा अमावट एवं पत्ते के दोने में कुछ अचार लेकर डरती-डरती तारापद के पढ़ने के कमरे के द्वार पर चुपचाप आ खड़ी हुई—किन्तु उस दिन तारापद नहीं दिखाई दिया। स्नेह-प्रेम-बन्धुत्व के षड्यंत्र-बंधन उसको चारों ओर से पूरी तरह से घेरे, इसके पहले ही वह ब्राह्मण-बालक समस्त ग्राम का हृदय चुराकर एकाएक वर्षा की मेघान्धकारपूर्ण रात्रि में आसक्ति-विहीन, उदासीन जननी विश्वपृथ्वी के पास चला गया।

दुराशा

एक

दार्जिलिंग जाकर देखा, मेघ और वर्षा से दसों दिशाएँ ढँकी हुई हैं। घर से बाहर निकलने की इच्छा नहीं होती, घर में रहने पर और भी अनिच्छा बढ़ती।

होटल में सवेरे का नाश्ता समाप्त करके पैरों में मोटे बूट एवं आपाद-मस्तक मैकिन्टोश पहनकर घूमने बाहर निकला। लगातार टिप्-टिप् करके वर्षा हो रही थी एवं सर्वत्र सघन मेघों की कुज्झटिका में लगता था जैसे विधाता ने हिमालय पर्वत सहित समस्त विश्व-चित्र को रबर से घिस-घिसकर मिटा डालने की तैयारी की हो।

जनशून्य कैलकटा रोड पर एकाकी टहलते हुए सोच रहा था—'अवलम्बहीन मेघराज्य में अब अच्छा नहीं लगता,' शब्दस्पर्शरूपमयी विचित्रा धरती माता को फिर पाँच इन्द्रियों द्वारा पाँचों रूपों में ग्रहण करने के लिए प्राण आकुल हो उठे।

तभी पास ही रमणी-कण्ठ की करुण रोदन-गुंजन-ध्वनि सुनायी पड़ी। रोग-शोक संकुल संसार में रोने की आवाज़ कोई विचित्र वस्तु नहीं है, अन्यत्र अन्य समय होता तो मुड़कर भी देखता या नहीं, सन्देह है, किन्तु उस असीम मेघराज्य में उस रुदन ने सम्पूर्ण अदृश्य जगत् के एकमात्र रुदन की भाँति मेरे कानों में आकर प्रवेश किया, वह तुच्छ प्रतीत नहीं हुआ।

शब्द के सहारे पास जाकर देखा, गैरिक-वस्त्र पहने एक नारी, जिसके सिर पर स्वर्णकपिश जटाभार चूड़ा के आकार में बँधा हुआ था, मार्ग के किनारे शिलाखण्ड पर बैठी मृदुस्वर में क्रन्दन कर रही थी। वह सद्यःशोक का विलाप नहीं था, बहुत दिनों की संचित निःशब्द श्रान्ति और अवसाद आज मेघान्धकार निर्जनता के भार से फूटकर उच्छ्वसित हो पड़े थे।

मन-ही-मन सोचा, 'यह अच्छा रहा, आरम्भ मानो घर में गढ़ी हुई कहानी की ही भाँति हुआ हो, पर्वत-शिखर पर संन्यासिनी बैठी रो रही हो'—यह कभी चर्मचक्षुओं से देखूँगा, इसकी कभी आशा नहीं की थी।

लड़की किस जात की थी, तय नहीं कर पाया। आर्द्र हिन्दी भाषा में पूछा, ''तुम कौन हो! तुम्हें क्या हुआ है ?''

पहले उत्तर नहीं दिया, बादलों के बीच सजल दीप्त नेत्रों से मुझे एक बार देख लिया।

मैंने फिर कहा, ''मुझसे डरना मत। मैं भला आदमी हूँ।''

सुनकर हँसती हुई वह ठेठ हिन्दुस्तानी में बोली, ''बहुत दिन से डर-भय सब घोलकर पिये बैठी हूँ, कोई लज्जा-शर्म नहीं है। बाबू जी, एक ज़माना था कि मैं जिस ज़नानखाने में थी वहाँ मेरे सहोदर भाई को भी प्रवेश करने के लिए अनुमति लेनी पड़ती थी, आज दुनिया में किसी से मेरा कोई पर्दा नहीं।''

पहले तो थोड़ा क्रोध आया; मेरा चाल-चलन पूरा साहबी था, किन्तु यह हतभागिनी बिना किसी दुविधा के मुझे बाबूजी कहकर क्यों संबोधित कर रही है ? सोचा, 'अपना उपन्यास यहीं समाप्त करके सिगरेट का धुआँ उड़ाता हुआ नाक ऊँची किये साहबियत की रेलगाड़ी की भाँति सशब्द, सवेग, सदर्प चल पड़ूँ। पर अन्त में कौतूहल की विजय हुई। मैंने कुछ बड़प्पन का भाव दिखाते हुए टेढ़ी गर्दन करके पूछा, ''तुम्हारी कुछ सहायता कर सकता हूँ? तुम्हारी कोई प्रार्थना है ?''

उसने स्थिर भाव से मेरे मुख की ओर निहारा और क्षण-भर बाद संक्षेप में उत्तर दिया, ''मैं बन्द्राओन के नवाब गुलाम क़ादिर खाँ की बेटी हूँ।''

बन्द्राओन किस देश में है और नवाब गुलाम क़ादिर खाँ कौन है और उनकी पुत्री किस दुःख से संन्यासिनी के वेश में दार्जिलिंग की कैलकाटा रोड के किनारे बैठी रो रही थी—मैं इसका कोई सिर-पैर न जानता था, न विश्वास ही करता था, किन्तु सोचा कि रसभंग नहीं करूँगा, कहानी खूब जम रही है।

तत्क्षण अपना चेहरा अत्यन्त गंभीर बनाकर लम्बा सलाम करते हुए बोला, ''बीबी साहिबा, गुस्ताख़ी माफ़, मैं पहचान न सका।''

न पहचान सकने के युक्तिसंगत कारण थे। उनमें सर्वप्रधान कारण था, उनको पहले कभी देखा ही न था, तिस पर से कोहरा ऐसा घना था कि हाथ-को-हाथ नहीं सूझता था।

बीबी साहिबा ने भी मेरे अपराध पर ध्यान न दिया और सन्तुष्ट स्वर में दाहिने हाथ के इशारे से एक अलग शिला-खण्ड का निर्देश करते हुए मुझे अनुमति दी, ''बैठिए!''

देखा, रमणी में आदेश देने की क्षमता है। मैंने उससे उस भीगे शैवाल के ढँके कठोर असमतल शिखा-खण्ड के नीचे आसन ग्रहण करने की सम्मति पाकर एक अप्रत्याशित सम्मान प्राप्त किया। बन्द्राओन के गुलाम क़ादिर खाँ की पुत्री नूरन्निसा या मेहरुन्निसा या नूर-उल्-मुल्क ने मुझे दार्जिलिंग की कैलकाटा रोड के किनारे अपने

पास अति उच्च पंकिल आसन पर बैठने का अधिकार दिया। होटल से मैकिन्टोश पहनकर निकलते समय ऐसी सुमहत् संभावना की मुझे स्वप्न में भी आशा न थी।

हिमालय के वक्ष पर शिला-तले एकांत में पथिक नर-नारी की रहस्यालाप कहानी सुनने में सहसा सद्य: प्रणीत कदुष्ण काव्य-कथा की भाँति लगती है, पाठकों के हृदय में दूरागत निर्जन गिरिकन्दरा की निर्झर प्रपात ध्वनि एवं कालिदास रचित *मेघदूत, कुमारसंभव* के विचित्र संगीत की मर्मर ध्वनि जाग्रत हो जाती है, तथापि यह बात सबको स्वीकार करनी पड़ेगी कि बूट और मैकिन्टोश पहने कैलकाटा रोड के किनारे कर्दमासन पर एक दीनवेशधारिणी, ग़ैरबंगाली रमणी के साथ एक जगह बैठकर पूरे आत्म-गौरव का अक्षुण्ण भाव से अनुभव कर सकें, ऐसे आधुनिक बंगाली बहुत ही कम होंगे। किन्तु उस दिन दसों दिशाएँ सघन कोहरे से ढँकी हुई थीं, अत: दुनिया की आँखों से शरमाने की कोई बात नहीं थी। अनन्त मेघराज्य में केवल बन्द्राओन के नवाब गुलाम क़ादिर खाँ की पुत्री और मैं—एक नवविकसित बंगाली साहब—दोनों जने पत्थरों के ऊपर प्रलय के अन्त में बचे दो विश्व-खण्डों के समान थे; इस विसदृश सम्मेलन का गूढ़ परिहास केवल हमारे भाग्य को ज्ञात था और किसी को नहीं।

मैंने कहा, ''बीबी साहिबा, आपका यह हाल किसने किया?''

बन्द्राओन कुमारी ने अपना सिर ठोक लिया। बोली, ''यह सब कौन कराता है, सो मैं क्या जानूँ! इतने बड़े प्रस्तरमय कठिन हिमालय को साधारण भाप के मेघों में किसने छिपा दिया है!''

मैंने किसी प्रकार का दार्शनिक तर्क उठाये बिना ही सब स्वीकार कर लिया। बोला, ''सो तो है, अदृष्ट के रहस्य को कौन जाने! हम तो बस कीड़े-मकोड़े हैं।''

मैं तर्क करता, बीबी साहिबा को इतनी आसानी से छुट्टी न दे देता, किन्तु मेरी भाषा में सामर्थ्य न थी। दरबान और खानसामाओं के सम्पर्क से हिन्दी का जो अभ्यास हुआ था उससे कैलकाटा रोड के किनारे बैठकर बन्द्राओन अथवा अन्य किसी स्थान की किसी नवाबज़ादी के अदृष्टवाद अथवा स्वाधीन इच्छावाद के सम्बन्ध में स्पष्ट रूप से आलोचना करना मेरे लिए असम्भव ही होता।

बीबी साहिबा ने कहा, ''मेरे जीवन की अद्भुत कहानी आज ही समाप्त हुई है, यदि फ़रमाइश करें तो सुनाऊँ!''

मैंने अधीर होकर कहा, ''आश्चर्य है! फ़रमाइश कैसी! यदि आप अनुग्रह करें तो सुनकर श्रवण सार्थक होंगे।''

कोई यह न सोचे, मैंने ठीक ये ही बातें इसी प्रकार हिन्दुस्तानी भाषा में कही थीं, कहने की इच्छा तो थी, किन्तु सामर्थ्य नहीं थी। बीबी साहिबा जब बात कर रही थीं तब मुझे लग रहा था मानो शिशिर-स्नात स्वर्णशीर्ष स्निग्धश्यामल शस्य क्षेत्र के ऊपर प्रभात की मन्दमधुर वायु लहरा रही हो, उनके शब्द-शब्द में कैसी सहज नम्रता, कैसा

सौन्दर्य, वाक्यों का कैसा अविच्छिन्न प्रवाह था! और मैं अत्यन्त संक्षेप में टूटे-फूटे ढंग से किसी बर्बर की तरह सीधा-सादा उत्तर दे रहा था। भाषा की वैसी सुसम्पूर्ण, अविच्छिन्न, सहज शिष्टता मैंने कभी जानी ही नहीं थी। बीबी साहिबा से बात करते समय ही मैंने पहली बार पग-पग पर अपने आचरण की दीनता अनुभव की।

वे बोलीं, ''मेरे पितृ-कुल में दिल्ली के सम्राट्-वंश का रक्त प्रवाहित था, उसी कुल-गौरव की रक्षा के विचार से मेरे लिए उपयुक्त पात्र मिलना दु:साध्य हो गया था। लखनऊ के नवाब के साथ मेरे विवाह का प्रस्ताव आया था, पिता इधर-उधर कर रहे थे, तभी दाँत से कारतूस काटने की बात पर सिपाहियों के साथ सरकार बहादुर की लड़ाई छिड़ गयी। तोपों के धुएँ से हिन्दुस्तान में अँधेरा छा गया।''

स्त्री के कण्ठ से, विशेषकर सम्भ्रांत महिला के मुख से हिन्दुस्तानी कभी नहीं सुनी थी, सुनकर स्पष्ट समझ गया कि यह भाषा अमीरों की भाषा है—यह जिन दिनों की भाषा थी वे दिन आज नहीं रहे, आज रेलवे-टेलिग्राफ़ कामों की भीड़ और आभिजात्य के लोप के कारण सभी मानो तुच्छ, विकलांग और श्रीहीन हो गया है। नवाबज़ादी की बोली सुनते ही उस अंग्रेज़-रचित आधुनिक शैलनगरी दार्जिलिंग के सघन कुंझटिका-जाल में मेरे मन के नेत्रों के सामने मुग़ल-सम्राटों की मानसपुरी मानो जादू के बल से साकार हो उठी—सफ़ेद पत्थरों के बने बड़े-बड़े अभ्रभेदी प्रासादों की श्रेणी, मार्ग में लम्बी पूँछ वाले घोड़ों की पीठ पर सजी मसनदें, हाथियों की पीठ पर सोने की झालर से सजे हौदे, पुरवासियों के सिरों पर नाना वर्णों के उष्णीष, ऊन के, रेशम के, मलमल के ढीले-ढाले कुरते-पायजामे, कमरबंदों में बाँकी तलवारें, ज़रीदार जूतों की मुड़ी हुई नोकें, पर्याप्त अवकाश, लम्बी पोशाक और अत्यधिक शिष्टाचार।

नवाबज़ादी ने कहा, ''हमारा क़िला यमुना के किनारे था। हमारी फ़ौज का सेनापति एक हिन्दू ब्राह्मण था। उसका नाम था केशरलाल।''

रमणी ने इस केशरलाल शब्द पर अपने नारी-कण्ठ का समस्त संगीत मानो एक ही क्षण में पूरा-का-पूरा उँड़ेल दिया हो। मैं धरती पर छड़ी टेककर हिल-डुलकर उकड़ूँ होकर बैठ गया।

''केशरलाल कट्टर हिन्दू था। मैं प्रतिदिन प्रात:काल उठकर अन्त:पुर के गवाक्ष से देखती, केशरलाल यमुना-जल में आवक्ष निमग्न होकर प्रदक्षिणा करते हुए हाथ जोड़कर ऊर्ध्वमुख हो नवोदित सूर्य को जलांजलि प्रदान करता। फिर गीले कपड़े पहने घाट पर बैठकर एकाग्रचित्त से जप समाप्त कर स्पष्ट कण्ठ से भैरवराग में भजन गाता हुआ घर लौटता।

''मैं मुसलमान बालिका थी, किन्तु कभी स्वधर्म की चर्चा नहीं सुनी थी और स्वधर्मानुसार उपासना-विधि भी नहीं जानती थी; उन दिनों विलास, मद्य-पान और स्वेच्छाचार के कारण हमारे पुरुषों का धर्म-बन्धन शिथिल हो गया था एवं अन्त:पुर

के प्रमोद-भवनों में भी धर्म सजीव नहीं था।

''कदाचित् विधाता ने मुझे स्वाभाविक रूप से धर्म-पिपासा प्रदान की थी। अथवा कोई और गूढ़ कारण था या नहीं, मैं नहीं कह सकती, किन्तु प्रतिदिन प्रशान्त-प्रभात में नवोन्मेषित अरुणालोक में निस्तरंग नील यमुना के निर्जन श्वेत सोपान-तट पर केशरलाल की पूजार्चना के दृश्य से मेरा सद्यसुप्तोत्थित अन्तःकरण एक अव्यक्त भक्ति-माधुर्य से परिप्लावित हो जाता।

''नियम-संयत शुद्धाचार वाले ब्राह्मण केशरलाल का गौरवर्ण, जीवंत, सुन्दर देह धूम-रहित ज्योति-शिखा के समान प्रतीत होती; ब्राह्मण का पुण्य-माहात्म्य इस मुसलमान बालिका के अविकसित हृदय को अपूर्व श्रद्धाभाव से विनम्र कर देता।

''मेरी एक हिन्दू बाँदी थी, वह प्रतिदिन प्रणाम करके केशरलाल की पद-धूलि ले आती, देखकर मुझे आनंद भी होता, ईर्ष्या भी होती। क्रिया-कर्म और पर्वों के अवसर पर वह बन्दिनी बीच-बीच में ब्राह्मण-भोजन कराकर दक्षिणा दिया करती। मैं अपनी ओर से उसे आर्थिक सहायता देकर कहती, ''तू केशरलाल को नहीं न्यौतेगी ?'' वह जीभ काटकर कहती, 'केशरलाल जी किसी का अन्न या दान ग्रहण नहीं करते।'

''इस प्रकार प्रत्यक्ष या परोक्ष किसी भी रूप में केशरलाल को भक्ति-भाव न दिखा सकने के कारण मेरा चित्त जैसे क्षुब्ध क्षुधातुर बना रहता।

''हमारे पूर्वपुरुषों में किसी ने बलपूर्वक एक ब्राह्मण-कन्या से विवाह किया था, मैं अन्तःपुर के कोने में बैठकर अपनी धमनियों में उसी के पुण्यरक्त के प्रवाह का अनुभव करती और उसी रक्त-सूत्र द्वारा केशरलाल के साथ एक ऐक्य सम्बन्ध की कल्पना करके थोड़ी-बहुत तृप्ति का अनुभव करती।

''अपनी हिन्दू दासी से मैं हिन्दू-धर्म के समस्त आचार-व्यवहार, देवी-देवताओं की सारी आश्चर्यजनक कथाएँ, *रामायण-महाभारत* का सारा अपूर्व इतिहास विस्तार से सुनती; सुनकर उस अन्तःपुर के एक भाग में बैठे-बैठे हिन्दू-जगत का एक अतुलनीय दृश्य मेरे मन में उद्घाटित हो जाता। मूर्ति-प्रतिमाएँ, शंख-घंटाध्वनि, स्वर्ण-शिखर-मंडित देवालय, धूप का धुआँ, अगर-चन्दन-मिश्रित पुष्पराशि की सुगन्ध, योगी-संन्यासियों की अलौकिक क्षमता, ब्राह्मणों का अलौकिक माहात्म्य, मनुष्य के छद्म-वेश में देवताओं की विचित्र लीला, सब मिलकर मेरे लिए एक अत्यन्त प्राचीन, अति विस्तृत, अति सुदूर, अप्राकृत मायालोक का सृजन कर देते, मेरा चित्त मानो कोटर-वंचित क्षुद्र पक्षी की भाँति सन्ध्या के समय किसी विशाल प्राचीन प्रासाद के कक्ष-कक्ष में उड़ता-डोलता। हिन्दू-जगत मेरे बालिका हृदय के लिए एक परमरमणीय परी-देश का राज्य था।

''तभी कम्पनी बहादुर के साथ सिपाहियों की लड़ाई छिड़ गयी। हमारे

बन्द्राओन के छोटे-से क़िले में भी विप्लव की तरंग जाग उठी।

''केशरलाल बोला, 'अब गो-भक्षक गोरे लोगों को आर्यावर्त से दूर भगाकर एक बार फिर हिन्दुस्तान में राजपद के लिए हिन्दू-मुसलमानों में जुए की बाज़ी जमानी पड़ेगी।'

''मेरे पिता गुलाम क़ादिर खाँ बड़े सयाने थे। उन्होंने अंग्रेज जाति को किसी एक विशेष सम्बन्ध-सूचक सम्बोधन से अभिहित करके कहा, 'वे असम्भव को सम्भव कर सकते हैं, हिन्दुस्तान के लोग उनसे पार नहीं पा सकेंगे! मैं किसी अनिश्चित प्रत्याशा में अपना यह छोटा-सा किला खोना नहीं चाहता, मैं कम्पनी बहादुर से नहीं लड़ूँगा।'

''जिस समय सारे हिन्दुस्तान के समस्त हिन्दू-मुसलमानों का खून खौल उठा था, उस समय मेरे पिता की वणिक् की-सी इस सतर्कता के प्रति हम सभी के मन में धिक्कार का भाव आ गया। मेरी बेगम-माताएँ तक हिल गयीं।

''तभी फ़ौज लिये सशस्त्र केशरलाल आकर मेरे पिता से बोले, 'नवाब साहिब, यदि आप हमारे पक्ष में योग नहीं देंगे तो जब तक लड़ाई चलेगी तब तक आपको बन्दी बनाकर आपके किले का आधिपत्य-भार मैं ग्रहण करूँगा।' पिता बोले, 'इस सब हंगामे की कोई ज़रूरत नहीं है, मैं तुम्हारे पक्ष में रहूँगा।' केशरलाल बोले, 'ख़जाने में से कुछ धन निकालना है।'

''पिता ने विशेष कुछ नहीं दिया, कहा, 'जब जितना चाहिए मैं दे दूँगा।'

''चोटी से लेकर पैरों की अँगुलियों तक मेरे अंग-प्रत्यंग में जितने आभूषण थे, मैंने सब कपड़े में बाँधकर अपनी हिन्दू-दासी द्वारा छिपाकर केशरलाल के पास भेज दिये। उन्होंने स्वीकार कर लिया। आनन्द से आभूषण-विहीन मेरा अंग-प्रत्यंग पुलकित-रोमांचित हो उठा।

''केशरलाल जंगखाई बन्दूकों की नलियों और पुरानी तलवारों को माँज-घिसकर साफ़ करने लगे, तभी अचानक एक दिन तीसरे पहर जिले के कमिशनर साहब ने लालकुर्ती गोरों के साथ आकाश में धूल उड़ाते हमारे किले में प्रवेश किया।

''मेरे पिता गुलाम क़ादिर खाँ ने चुपचाप उनको विद्रोह का समाचार दे दिया था।

''बन्द्राओन की फ़ौज के ऊपर केशरलाल का ऐसा अलौकिक आधिपत्य था कि उसकी आज्ञा से वे टूटी बन्दूकें और भोथरी तलवारें लेकर मरने के लिए प्रस्तुत हो गये।

''विश्वासघाती पिता का घर मुझे नरक के समान प्रतीत हुआ। क्षोभ, लज्जा, दुःख, घृणा से छाती फटने लगी, तो भी आँखों से एक बूँद जल नहीं निकला। मैं अपने भीरु भाई की पोशाक पहनकर छद्मवेश में अन्तःपुर से बाहर निकल गयी, किसी को

तब यह सब देखने की फुरसत नहीं थी।

''उस समय धूल और बारूद का धुआँ, सैनिकों का आर्त्तनाद एवं बन्दूकों का शब्द थम चुका था और मृत्यु की भीषण शान्ति ने जल-स्थल और आकाश को आच्छन्न कर लिया था। यमुना के जल को लाल रक्त से रँगकर सूर्य अस्त हो गया था, संध्याकाश में शुक्लपक्ष का पूर्णप्राय चन्द्रमा दिख रहा था।

''मृत्यु के विकट दृश्य से रण-क्षेत्र पटा पड़ा था। और कोई समय होता तो करुणा से मेरा वक्ष:स्थल व्यथित हो उठता, किन्तु उस दिन स्वप्नाभिभूत की भाँति मैं केशरलाल को खोजती चक्कर काटती फिर रही थी, बस उस लक्ष्य के अतिरिक्त और सब मुझे अवास्तविक प्रतीत हो रहा था।

''ढूँढ़ते-ढूँढ़ते आधी रात को उज्ज्वल चन्द्रालोक में देखा, रण-क्षेत्र से थोड़ी दूर पर यमुना के किनारे आम्र-वन की छाया में केशरलाल और उनके भक्त भृत्य देवकीनन्दन की मृत देह पड़ी है। मैं समझ गयी कि भयानक आहत अवस्था में या तो स्वामी ने सेवक को या सेवक ने स्वामी को रण-क्षेत्र से इस निरापद स्थान में ले आकर शान्तिपूर्वक मृत्यु के हाथों आत्म-समर्पण किया होगा।

पहले तो मैंने अपनी बहुत दिनों की भूखी भक्ति-भावना को चरितार्थ किया। केशरलाल के पैरों पर लेटकर अपना आजानुदीर्घ केश-जाल खोलकर बारंबार उनके पैरों की धूल पोंछी। अपने उत्तप्त ललाट से उसके हिमशीतल चरण कमल लगाये, उनके चरणों का चुम्बन करते ही मेरी बहुत दिनों की रुकी हुई अश्रु-राशि फूट पड़ी।

तभी केशरलाल की देह हिली, और अचानक उनके मुख से वेदना का अस्फुट, आर्त्त-स्वर सुनकर मैं उनके चरणतल छोड़कर चौंक उठी। मैंने सुना, आँखें बंद किये हुए शुष्क कंठ से एक बार उन्होंने कहा, ''पानी।''

मैं तत्क्षण दौड़ी-दौड़ी गयी और अपने तन के कपड़े को यमुना के जल में भिगो लायी। कपड़े को निचोड़कर केशरलाल के खुले ओष्ठाधरों में पानी डालने लगी, और बायीं आँख को फोड़ता हुआ उनके माथे में जहाँ भयंकर आघात लगा था उस पर अपने कपड़े का गीला छोर फाड़कर बाँध दिया।

''इसी तरह कई बार यमुना का जल लाकर उनके मुख, नेत्रों को सींचने के बाद, धीरे-धीरे उनमें चेतना का संचार हुआ। मैंने पूछा, 'और पानी डालूँ!' केशरलाल ने कहा, 'तुम कौन हो?' मैं अब और न रह सकी, बोली, आपकी अदना भक्त सेविका। मैं नवाब गुलाम क़ादिर खाँ की बेटी हूँ।' मैंने सोचा था, आसन्न मृत्यु के समय केशरलाल अपने भक्त का आखिरी परिचय साथ लेते जायें, इस सुख से मुझे कोई वंचित नहीं कर सकता।

''मेरा परिचय पाते ही केशरलाल सिंह के समान गरजकर बोले, 'बेईमान की बेटी, विधर्मी! मृत्यु की घड़ी में यवन के हाथ का जल देकर तूने मेरा धर्म नष्ट कर

डाला।' इतना कहकर उन्होंने बड़े ज़ोर से मेरे गाल पर दाहिने हाथ से तमाचा मारा; मैं मूर्छित-सी हो गयी, मेरे नेत्रों के सामने अंधकार छा गया।

''उस समय मैं षोडशी थी, उसी दिन पहली बार अन्त:पुर से बाहर निकली थी, अभी बाहर के आकाश की लुब्ध, तप्त सूर्य-किरणों ने मेरे सुकुमार कपोलों की रक्तवर्ण लावण्यविभा का अपहरण नहीं किया था, उस बहिर्जगत् में पैर रखते ही जगत् से, अपने जगत् के देवता से यह प्रथम संबोधन प्राप्त हुआ।''

मैं सिगरेट बुझाये मोह-मुग्ध चित्र-लिखित के समान बैठा हुआ था। कहानी सुन रहा था, या शब्द सुन रहा था, या संगीत सुन रहा था, पता नहीं, मेरे मुँह से कोई बात न निकली। अब मैं और न रह सका, सहसा बोल उठा, ''जानवर!''

नवाबज़ादी ने कहा, ''जानवर कौन? जानवर क्या मृत्यु की यंत्रणा के समय ओठों तक आये जल-बिन्दु का परित्याग करता है?''

मैंने अप्रतिभ होकर कहा, ''सही कहा आपने। वह देवता था।''

नवाबज़ादी ने कहा, ''कैसा देवता! क्या देवता एकाग्रचित भक्त की सेवा का प्रत्याख्यान कर सकता है?''

मैं बोला, ''यह भी सही है।'' कहकर चुप हो गया।

नवाबज़ादी कहने लगी, ''पहले तो मुझे बड़ा बुरा लगा। लगा कि सारा विश्व अचानक चूर-चूर होकर मेरे सिर पर टूट पड़ा है। क्षण-भर बाद सँभलकर उस कठोर, कठिन, निष्ठुर, निर्विकार, पवित्र ब्राह्मण के चरणों में दूर से प्रणाम किया, मन-ही-मन कहा, 'हे ब्राह्मण! तुम दीनों की सेवा, दूसरों का अन्न, धनी का दान, युवती का यौवन और रमणी का प्रेम कुछ भी ग्रहण नहीं करते! तुम स्वतंत्र, एकाकी, निर्लिप्त, सुदूर हो, तुम्हारे प्रति आत्म-समर्पण करने का भी मुझे अधिकार नहीं है।'

''नवाब की बेटी को धरती पर मस्तक टेककर प्रणाम करते देखकर केशरलाल ने क्या सोचा, नहीं कह सकती, किन्तु उसके चेहरे से विस्मय अथवा किसी अन्य भाव-परिवर्तन का परिचय नहीं मिला। शान्त भाव से एक बार मेरे मुँह की ओर देखा, उसके बाद धीरे-धीरे उठा। मैंने चौंककर सहारा देने के लिए अपना हाथ बढ़ाया, उसने बिना बोले उसका प्रत्याख्यान किया और बड़े कष्ट से यमुना के तट पर जा पहुँचा। वहाँ पार जाने वाली एक नौका बँधी हुई थी। पार उतरने के लिए भी कोई नहीं था, पार उतारने वाला भी कोई नहीं था। उस नौका पर चढ़कर केशरलाल ने बंधन खोल दिया, देखते-देखते नौका बीच धार में जाकर धीरे-धीरे अदृश्य हो गयी—मेरी इच्छा हुई कि समस्त हृदयभार, समस्त यौवनाभार, समस्त अनादृत भक्ति-भार लेकर उस अदृश्य नौका की ओर हाथ जोड़कर उस नि:स्तब्ध आधी रात में, उस चन्द्रालोक-पुलकित निस्तरंग यमुना में अकालवृत्तच्युत पुष्प-मंजरी के समान इस व्यर्थ जीवन को विसर्जित कर दूँ।''

''किन्तु कर नहीं सकी। आकाश में चन्द्र, यमुना-पार की धनकृष्ण वनरेखा, कालिन्दी की गाढ़ी नीली निष्कम्प जलराशि, दूर आम्रवन के ऊपर चमकता हमारे ज्योस्नाचिक्कन क़िले का शिखर भाग, सबने नि:शब्द-गम्भीर एकतान से मृत्यु का गीत गाया, उस अर्ध-रात्रि में ग्रहचन्द्रताराखचित नि:स्तब्ध तीनों भुवनों ने मुझसे एक स्वर में मरने के लिए कहा। केवल वीचिभंगविहीन प्रशान्त यमुना के वक्ष पर उतराती हुई एक अदृश्य जीर्ण नौका मुझे उस ज्योत्स्ना रजनी के सौम्य-सुन्दर शान्त-शीतल अनन्त भुवनमोहन मृत्यु के फैले आलिंगन-बन्धन से छुड़ाकर जीवन के पथ पर खींच ले चली। मैं मोहस्वप्नप्राभिभूत के समान यमुना के किनारे-किनारे कभी काँस-वन में, कभी मरु-बालुका पर, कभी असमतल विदीर्ण तट पर, कभी सघन गुल्म के दुर्गम वन-खण्ड में भटकती हुई चलने लगी।''

यहाँ वक्ता चुप हो गया। मैंने भी कोई बात नहीं कही।

कुछ देर बाद नवाब-दुहिता ने कहा, ''इसके बाद की घटनावली बहुत जटिल है। मैं नहीं जानती कैसे उसका विश्लेषण करके स्पष्ट रूप से कहूँ। एक गहन अरण्य में होकर यात्रा की, ठीक किस रास्ते होकर कब गयी, इसे क्या फिर ढूँढ़ निकाल सकती हूँ? कहाँ से आरम्भ करूँ, समाप्त करूँ, क्या छोड़ूँ, क्या रखूँ, सम्पूर्ण कहानी को किस प्रकार ऐसा स्पष्ट प्रत्यक्षवत् बनाऊँ, जिसमें कुछ भी असम्भव और अस्वाभाविक न प्रतीत हो।''

''किन्तु जीवन के इन थोड़े से दिनों में यह समझ गयी हूँ कि असाध्य-असम्भव कुछ भी नहीं है। नवाब के अन्त:पुर की बालिका के लिए बाहर संसार नितान्त दुर्गम कहा जा सकता है, किन्तु यह कल्पना-मात्र है, एक बार बाहर निकल पड़ने पर चलने के लिए रास्ता मिल ही जाता है। वह रास्ता नवाबी रास्ता भले ही न हो, किन्तु रास्ता है, उस पथ पर मनुष्य चिरकाल से चलता आ रहा है—वह असमतल, विचित्र, सीमाहीन है, वह शाखा-प्रशाखाओं में विभक्त है, सुख-दुख, बाधा, विघ्नों के कारण वह जटिल है, किन्तु वह पथ ज़रूर है।''

''इस सामान्य जन-जीवन के पथ पर एकाकिनी नवाब-दुहिता का लम्बा भ्रमण-वृत्तान्त सुख-श्राव्य नहीं होगा, हो तो भी वह पूरा वृत्तान्त सुनाने का मुझमें उत्साह नहीं है। एक शब्द में, दु:ख-कष्ट, विपद्, अवमानना बहुत भुगतनी पड़ी तो भी जीवन असह्य नहीं हुआ। आतिशबाज़ी के समान जितनी जली उतनी ही उद्दाम गति प्राप्त की; जितने समय वेग से चली, उतने समय जल रही थी ऐसा बोध नहीं हुआ, आज सहसा उस परम दु:ख, उस चरम सुख की ज्योतिशिखा बुझने पर इस पथ की धूल के ऊपर जड़ पदार्थ की भाँति गिर पड़ी हूँ—आज मेरी यात्रा समाप्त हो गयी है, यहीं मेरी कहानी भी समाप्त होती है।''

यह कहकर नवाबपुत्री रुक गयी। मैंने मन-ही-मन गर्दन हिलायी, यहाँ तो

किसी भी तरह समाप्त नहीं हो सकती। कुछ देर चुप रहकर टूटी-फूटी हिन्दी में बोला, ''बे-अदबी माफ़ कीजिएगा, अन्त की बात का थोड़ा और खुलासा करें तो सेवक के मन की व्याकुलता बहुत-कुछ कम हो जायेगी।''

नवाबज़ादी हँसी। मैं समझा। मेरी टूटी-फूटी हिन्दी का असर हुआ है। यदि मैं ठेठ हिन्दी में बात कर पाता तो मेरे प्रति उनका संकोच न मिटता, किन्तु मैं उनकी मातृभाषा बहुत ही कम जानता था। वही हम दोनों के बीच बड़ा व्यवधान था, वही एक पर्दा था।

उन्होंने फिर आरम्भ किया, ''केशरलाल का समाचार मैं प्राय: पाती, किंतु किसी भी प्रकार उनसे मिलना नहीं हो सका। तात्या टोपे के दल में मिलकर उस विप्लवाच्छन्न आकाश में वे कभी पूर्व में, कभी पश्चिम में, कभी ईशान में, कभी नैऋति में वज्रपात के समान क्षण में टूटते, क्षण में अदृश्य हो जाते थे।

''उन दिनों मैं योगिनी बनकर काशी के शिवानन्द स्वामी को पिता के समान मानकर उनके पास संस्कृत-शास्त्र का अध्ययन कर रही थी। भारतवर्ष का सारा समाचार उनके चरणों में आता रहता, मैं भक्तिपूर्वक शास्त्राभ्यास करती और हार्दिक व्याकुलता के साथ युद्ध के समाचारों का संग्रह करती।

''धीरे-धीरे ब्रिटिशराज ने हिन्दुस्तान की विद्रोह-वह्नि को पैरों से कुचलकर बुझा दिया। तभी अचानक केशरलाल का समाचार मिलना बंद हो गया। प्रचण्ड प्रलयालोक की रक्त-रश्मियों में भारतवर्ष के सुदूर प्रान्तों की जो समस्त वीरमूर्तियाँ क्षण-क्षण में दिखाई दे रही थीं, वे सहसा अन्धकार में विलीन हो गयीं।

''मैं अब और नहीं रह सकी। गुरु का आश्रय छोड़कर भैरवी-वेश धारण करके फिर बाहर निकल पड़ी। नाना मार्गों, तीर्थों, मठ-मन्दिरों की यात्रा की, केशरलाल का कहीं कोई पता न मिला। दो-एक व्यक्तियों ने, जो उनका नाम जानते थे, कहा, 'वह कदाचित् युद्ध या राजदण्ड द्वारा मृत्यु को प्राप्त हो चुके हैं।' पर मेरी अन्तरात्मा ने कहा, 'कभी नहीं, केशरलाल की मृत्यु नहीं हो सकती।' उस ब्राह्मण की वह दु:सह अग्नि-ज्योति कदापि नहीं बुझ सकती, मेरी आत्माहुति ग्रहण करने के लिए वह अभी तक किसी दुर्गम निर्जन यज्ञ-वेदी पर ऊर्ध्वशिखा के रूप में जल रही होगी।

''हिन्दू-शास्त्रों में लिखा है कि ज्ञान के द्वारा, तपस्या के द्वारा शूद्र ब्राह्मण हो गये हैं, मुसलमान ब्राह्मण हो सकता है या नहीं, इस बात का कोई उल्लेख नहीं मिलता। इसका एकमात्र कारण है, उस समय मुसलमान थे ही नहीं। मैं जानती थी कि केशरलाल के साथ मेरे मिलन में बहुत विलम्ब है, क्योंकि पहले मुझे ब्राह्मण होना पड़ेगा। एक-एक करके तीस वर्ष बीत गये। मैं हृदय से, बाहर से, आचार से, व्यवहार से, तन-मन-वचन से ब्राह्मण हो गयी थी, मेरी उस ब्राह्मण पितामही का रक्त निष्कलुष तेज से मेरे सर्वांग में प्रवाहित होने लग गया था। मैंने मन-ही-मन अपने उस

यौवनारम्भ के प्रथम ब्राह्मण, अपनी यौवन-समाप्ति के अन्तिम ब्राह्मण, त्रिभुवन के अपने एकमात्र ब्राह्मण के चरणों में निस्संकोच भाव से अपने संपूर्ण रूप से प्रतिष्ठित करके एक अपूर्व दीप्ति प्राप्त कर ली थी।

''युद्ध-विप्लव के प्रसंग में केशरलाल के वीरत्व की अनेक बातें मैंने सुनीं, किन्तु वे मेरे हृदय पर अंकित नहीं हुईं। बस एक वही चित्र जो मैंने देखा था, जिनमें नि:शब्द ज्योत्स्नापूर्ण अर्धरात्रि में नि:स्तब्ध यमुना की बीच धार में एक छोटी नौका पर आरूढ़ हो एकाकी केशरलाल बहा जा रहा था। बस, वह मेरे मन में अंकित रह गया। मैं बस अहरह देखा करती, ब्राह्मण निर्जन स्रोत में पड़कर रात-दिन किसी अनिर्दिष्ट रहस्य की ओर दौड़ रहा है, उसका कोई संगी नहीं, कोई सेवक नहीं, उसे किसी की आवश्यकता नहीं, वह निर्मल आत्म-निमग्न पुरुष अपने-आप में सम्पूर्ण है, आकाश के ग्रह-चन्द्र-तारे उसका चुपचाप निरीक्षण करते हैं।''

''इसी बीच समाचार मिला कि केशरलाल ने राजदण्ड से भागकर नेपाल में आश्रय लिया है। मैं नेपाल गयी। वहाँ बहुत समय रहने के बाद समाचार मिला कि बहुत समय हुआ केशरलाल नेपाल छोड़कर न जाने कहाँ चला गया।

''उसके बाद से मैं पहाड़ों-पहाड़ों पर भ्रमण कर रही हूँ। यह हिन्दुओं का देश नहीं है—यहाँ भोटिया, लेप्चा, म्लेच्छ हैं। इनके आहार-व्यवहार, आचार-विचार और इनके देवता, इनकी पूजार्चना-विधि सभी अलग हैं। बहुत दिनों की साधना के फलस्वरूप जो आज विशुद्ध शुचिता अर्जित की थी, मुझे भय हुआ कि कहीं उसमें कलंक न लग जाये। मैं बड़े यत्न से हर प्रकार के मलिन संस्पर्श से अपनी रक्षा करती चलने लगी। मैं जानती थी कि मेरी नौका किनारे आ गयी थी, अपने जीवन के चरमतीर्थ के पास।

''उसके बाद और क्या कहूँ! बाकी बात तो बहुत थोड़ी है। दीया जब बुझता है तब एक लपक में ही बुझ जाता है, उस बात को और बढ़ाकर क्या व्याख्या करूँ?

''अड़तीस वर्ष के बाद दार्जिलिंग में आकर आज प्रात:काल केशरलाल को देखा?''

यहाँ वक्ता को चुप होते देख मैंने उत्सुकतापूर्वक प्रश्न किया, ''क्या देखा?''

नवाबज़ादी ने कहा, ''देखा वृद्ध केशरलाल भोटिया मुहल्ले में भोटिया स्त्री एवं उससे उत्पन्न पौत्र-पौत्री लेकर मैले कपड़े पहने, मैले आँगन में भुट्टों से अनाज निकाल रहा है।''

'कहानी समाप्त हो गयी;' मैंने सोचा, सान्त्वना के कुछ शब्द कहना आवश्यक था। कहा, ''अड़तीस वर्ष तक लगातार जिसको प्राणों के भय से रात-दिन विजातियों के संपर्क में रहना पड़ा हो वह अपने आचार की रक्षा कैसे कर सकता है?

नवाबज़ादी ने कहा, ''मैं क्या यह नहीं समझती? किन्तु इतने दिन मैं न जाने

कौन-सा मोह लिये डोल रही थी! जिस ब्राह्मणत्व ने मेरे किशोर हृदय को हर लिया था, मैं क्या जानती थी कि वह केवल अभ्यास या संस्कार था। मैं समझती थी वह धर्म, अनादि अनन्त था। यदि ऐसा न होता तो सोलह वर्ष की अवस्था में पहली बार पितृ-गृह से निकलकर उस ज्योत्स्नापूर्ण अर्धरात्रि में अपने विकसित, पुष्पित भक्तिवेगकम्पित देह-मन-प्राणों के समर्पण के बदले में ब्राह्मण के दाहिने हाथ से जो दु:सह अपमान प्राप्त हुआ, उसे गुरु के हाथों मिली दीक्षा के समान चुपचाप माथा झुकाकर द्विगुणित भक्ति-भाव से शिरोधार्य क्यों करती? हाय रे ब्राह्मण! तुमने तो अपने अभ्यास के बदले में एक और अभ्यास ग्रहण कर लिया है, मैं अपने उस यौवन, उस जीवन के बदले में दूसरा जीवन, यौवन अब कहाँ पाऊँगी?''

यह कहकर रमणी उठ खड़ी हुई, बोली, ''नमस्कार, बाबूजी!'

क्षण-भर बाद मानो संशोधन करके कहा, ''सलाम, बाबू साहब!'' इस मुसलमान अभिवादन के द्वारा उसने मानो जर्जर, धराशायी, भग्न ब्राह्मण से अन्तिम विदाई ली। मेरे कुछ कहने के पहले ही वह उस हिमाद्रि-शिखर की धूसर कुंझटिका-राशि में मेघ की भाँति विलीन हो गयी।

मैं क्षण-भर के लिए आँखें मूँदकर समस्त घटनावली को अपने मानसपटल पर चित्रित देखने लगा। यमुना-तीर के गवाक्ष के पास मसनद लगे आसन पर सुखासीना षोडशी नवाब-बालिका को देखा, तीर्थ-मन्दिरों में संध्या-आरती के समय तपस्विनी की भक्ति-गद्गद एकाग्र मूर्ति देखी, उसके बाद इस दार्जिलिंग की कैलकटा रोड के किनारे कुहेलिकाच्छन्न भग्न-हृदया भारकातर नैराश्यमूर्ति भी देखी, एक सुकुमार रमणी-देह में ब्राह्मण-मुसलमान रक्तों की तरंगों के विपरीत संघर्ष से उत्पन्नविचित्र, व्याकुल संगीत की ध्वनि, सुन्दर सम्पूर्ण उर्दू भाषा में विगलित होकर मेरे मस्तिष्क में स्पन्दित होने लगी।

आँखें खोलकर देखा, बादल अचानक फट गये थे और स्निग्ध धूप से निर्मल आकाश झिलमिला रहा था। ठेलागाड़ी में अंग्रेज़ रमणियों और घोड़े की पीठ पर अंग्रेज़ पुरुषगण वायु-सेवन के लिए निकल पड़े थे, बीच-बीच में दो-एक बंगालियों के गुलूबन्द से लिपटे मुखमण्डल से मेरी ओर विनोदपूर्ण कटाक्ष भी आ रहे थे। मैं तेज़ी से उठ खड़ा हुआ, इस सूर्यालोकित खुले जगत् के दृश्य में वह मेघाच्छन्न कहानी अब सत्य नहीं लग रही थी। मेरा विश्वास है कि मैंने पर्वत के कुहरे में अपनी सिगरेट का धुआँ, बड़ी मात्रा में मिश्रित करके कल्पनाखण्ड की रचना की थी—वह मुसलमान ब्राह्मणी, वह विप्रवीर, वह यमुना किनारे का क़िला शायद कुछ भी सत्य नहीं था।

नष्टनीड़

एक

भूपति को काम करने की कोई आवश्यकता नहीं थी। उनके पास ढेर सारे रुपये थे और बाज़ार भी गर्म था। किन्तु ग्रहों के प्रभाव से उन्होंने कामकाज़ी आदमी के रूप में जन्म ग्रहण किया था। इसीलिए उनको एक अंग्रेज़ी समाचार-पत्र निकालना पड़ा। इसके बाद समय की दीर्घता के लिए उन्हें फिर कभी विलाप नहीं करना पड़ा।

बचपन से ही उनको अंग्रेज़ी में लिखने तथा वक्तृता देने का शौक़ था। किसी प्रकार का प्रयोजन न रहने पर भी अंग्रेज़ी अख़बार में वे संपादक के नाम पत्र लिखते, और वक्तव्य न रहने पर भी सभाओं में दो-एक बात बोले बिना न रहते।

उनके समान धनी व्यक्ति को दल में पाने के लिए राजनीतिक दलपतियों के निरन्तर वाह-वाह करते रहने के कारण अपनी अंग्रेज़ी लेखन-शक्ति के सम्बन्ध में उनकी धारणा यथेष्ट परिपुष्ट हो गयी थी।

अंत में उनके साले वकील उमापति ने वकालत के व्यवसाय से हतोत्साहित होकर बहनोई से कहा, ''भूपति, तुम अंग्रेज़ी अख़बार निकालो! तुम्हारा जिस प्रकार असाधारण...इत्यादि।''

भूपति उत्साहित हो उठे। दूसरे के अख़बार में पत्र प्रकाशित करवाने में कोई गौरव नहीं है, अपने अख़बार में स्वाधीन लेखनी को पूरे वेग से दौड़ा सकेंगे। साले को सहकारी बनाकर अत्यन्त छोटी अवस्था में ही भूपति ने संपादक की गद्दी पर आसन जमाया।

छोटी अवस्था में संपादकी की तथा राजनीति का नशा बहुत ज़ोरों से चढ़ता है। भूपति को नचाने वाले लोग भी अनेक थे।

इस प्रकार वह जिन दिनों अख़बार को लेकर व्यस्त थे उन्हीं दिनों उनकी बालिका वधू चारुलता ने धीरे-धीरे यौवनावस्था में पदार्पण किया। समाचार-पत्र के संपादक को इस बड़ी ख़बर का ठीक से पता न चला। भारत-सरकार की सीमान्त-

नीति क्रमश: स्फीत होकर मर्यादा का उल्लंघन करने जा रही है, यही उनका प्रधान लक्ष्य था।

धनी परिवार में चारुलता को कोई काम न था। फलपरिणामरहित फूल के समान परिपूर्ण आवश्यकता के बीच प्रस्फुटित हो उठना ही उनके चेष्टाशून्य लम्बे रात-दिनों का एकमात्र काम था। उसे कोई अभाव न था।

ऐसी स्थिति का सुयोग पाने पर वधू पति के साथ अत्यन्त अति करती है, दाम्पत्य-लीला की सीमान्त-नीति संसार की समस्त सीमाओं का उल्लंघन करके समय से असमय में और विहित से अविहित में जा पहुँचती है। चारुलता को वह सुयोग प्राप्त नहीं था। समाचार-पत्र का आवरण भेदकर पति पर अधिकार करना उसके लिए दुरूह हो गया।

युवती स्त्री के प्रति ध्यान आकर्षित करते हुए किसी आत्मीया के उन्हें डाँटने पर भूपति ने एक बार सचेत होकर कहा, ‘‘हाँ, सच तो है। चारु के पास किसी संगिनी का रहना आवश्यक है, उस बेचारी के पास कोई काम नहीं है।’’

साले उमापति से कहा, ‘‘अपनी पत्नी को हमारे यहाँ लाकर रख दो न, कोई समवयस्का स्त्री पास नहीं है, चारु को अवश्य ही बड़ा सूना-सूना लगता होगा।’’

स्त्री-संग का अभाव ही चारु के लिए अत्यन्त चिन्त्य है, संपादक ने ऐसा समझा और साले की पत्नी मन्दाकिनी को घर में लाकर वह निश्चिन्त हो गये।

प्रेमान्मेष के प्रथम अरुणालोक में जिस समय पति और पत्नी एक-दूसरे को अपूर्व महिमायुक्त चिरनवीन प्रतीत होते हैं, दाम्पत्य का वह स्वर्ण प्रभामंडित प्रत्यूष-काल अचेतन अवस्था में कब व्यतीत हो गया, किसी को पता न चला। नवीनता का स्वाद प्राप्त किये बिना ही दोनों एक-दूसरे के लिए पुरातन परिचित अभ्यस्त हो गये।

लिखने-पढ़ने में चारुलता की स्वाभाविक रुचि थी इसीलिए दिन उसे ज्यादा भारी नहीं लगते थे। उसने अपने परिश्रम और नाना कौशलों से पढ़ने का बन्दोबस्त कर लिया था। भूपति का फुफेरा भाई अमल थर्ड ईयर में पढ़ता था, चारुलता उससे पढ़ लेती थी। यह काम करा लेने के लिए उसे अमल की बहुत-सी अनुचित माँगें पूरी करनी पड़ती थीं। प्राय: उनको होटल में खाने की खुराकी और अंग्रेज़ी-साहित्य के ग्रंथ ख़रीदने का ख़र्च जुटाना पड़ता। बीच-बीच में अमल मित्रों को आमंत्रित करके खिलाता था। उस यज्ञ को पूरा करने का भार गुरुदक्षिणास्वरूप चारुलता स्वयं वहन करती। भूपति चारुलता पर कोई अधिकार-प्रदर्शन न करते थे, ज़रा-सा पढ़ा देने-भर से फुफेरे भाई अमल के अधिकारों का अन्त न था। इसे लेकर चारुलता प्राय: बीच-बीच में कृत्रिम रोष और विद्रोह प्रदर्शित करती रहती, किन्तु किसी-न-किसी व्यक्ति के किसी काम आना और स्नेह-जनित उपद्रव झेलना उसके लिए अत्यन्त आवश्यक हो गया था।

अमल ने कहा, ''भाभी, हमारे कॉलेज में राजघराने के जमाई ख़ास रनिवास के हाथों से बने कार्पेट के जूते पहनकर आते हैं, मुझसे तो सहन नहीं होता—एक जोड़ी कार्पेट के जूते चाहिए, नहीं तो किसी भी प्रकार पद-मर्यादा की रक्षा नहीं कर पा रहा हूँ।''

चारु, ''हाँ-हाँ, सो तो है ही। मैं बैठी-बैठी तुम्हारे जूतों की सिलाई करके मरूँ। पैसे देती हूँ, जाकर बाज़ार से ख़रीद लाओ।''

अमल ने कहा, ''यह नहीं होगा।''

चारु जूता सीना नहीं जानती और अमल के सामने वह यह बात स्वीकार करना भी नहीं चाहती थी। किन्तु उससे और कोई कुछ नहीं चाहता, अमल चाहता है— संसार में इस एकमात्र प्रार्थी की प्रार्थना-रक्षा किये बिना वह रह नहीं सकती। अमल जिस समय कॉलेज जाता उसी समय वह छिपकर बड़े यत्न से कार्पेट की सिलाई सीखने लगी। और अमल जब स्वयं अपने जूते की दरकार को बिलकुल भूल बैठा था, तभी एक दिन संध्या-समय चारु ने उसे निमंत्रण दिया।

गर्मी के दिन थे। छत पर आसन बिछाकर अमल के भोजन का स्थान बनाया गया था। उड़कर बालू गिरने के भय से पीतल के ढकने से थाल ढँका था। कॉलेज की वेश-भूषा बदलकर मुँह-हाथ धोकर तैयार होकर अमल आ उपस्थित हुआ।

आसन पर बैठकर अमल ने ढकना उठाया। देखा, थाल में नयी बँधी ऊन के जूतों की एक जोड़ी सजी रखी है। चारुलता खिलखिलाकर हँस पड़ी।

जूते पाकर अमल की आशा और भी बढ़ गयी। इस बार गुलूबन्द चाहिए। रेशम के रूमाल में फूल काढ़कर किनारी की सिलाई कर देनी होगी; बाहर के कमरे में उसके बैठने की बड़ी कुर्सी को तेल के दाग़ से बचाने के लिए कशीदे का एक गिलाफ़ चाहिए।

प्रत्येक बार चारुलता आपत्ति करती हुई झगड़ा करती और हर बार बड़े यत्न, स्नेह से शौक़ीन अमल का शौक़ पूरा कर देती। अमल बीच-बीच में पूछता, ''भाभी कहाँ तक हुआ?''

चारुलता झूठ-मूठ कहती, ''कुछ भी नहीं हुआ।'' कभी कहती, ''उसकी तो मुझे याद ही नहीं थी।''

किन्तु अमल छोड़ने वाला व्यक्ति नहीं था। प्रतिदिन स्मरण करा देता और हठ करता। हठी अमल के इन सब उपद्रवों का उद्रेक कराने के लिए ही उदासीनता का प्रदर्शन करके वह विरोध की सृष्टि करती और सहसा एक दिन उसकी माँग पूरी करके तमाशा देखती।

धनी के घर में चारु को और किसी के लिए कुछ भी नहीं करना पड़ता था, केवल अमल उसे बिना काम कराये नहीं छोड़ता था। शौक़ से किये गये इन सब

छोटे-मोटे परिश्रमों से ही उसकी हृदय-वृत्ति की तुष्टि और चरितार्थता थी।

भूपति के अन्तःपुर में ज़मीन का जो एक टुकड़ा पड़ा था, उसको बगीचा कहने में बहुत-कुछ अत्युक्ति होगी। उस बगीचे की प्रधान वनस्पति थी—एक विलायती आँवले का पेड़।

इस भूखण्ड की उन्नति करने के लिए चारु और अमल की एक कमेटी बैठी। दोनों मिलकर कई दिनों तक चित्र खींचकर, प्लान बनाकर, बड़े उत्साह से उस ज़मीन के ऊपर एक बगीचे की कल्पना को साकार करने में लगे रहे।

अमल ने कहा, ''भाभी, अपने इस बगीचे में प्राचीन काल की राज-कन्या के समान तुमको अपने हाथों पेड़ों को सींचना होगा।''

चारु ने कहा, ''और इस पश्चिम के कोने में एक झोंपड़ी तैयार करनी होगी, जिसमें हरिण का छौना रहेगा।''

अमल ने कहा, ''और एक छोटी-सी झील बनानी होगी, उसमें हंस चुगेगा।''

इस प्रस्ताव से उत्साहित होकर चारु बोली, ''और उनमें नील कमल लगाऊँगी, बहुत दिनों से नील कमल देखने की मेरी इच्छा है।''

अमल बोला, ''उस झील पर एक पुल बनाया जायेगा, और घाट पर एक छोटी-सी सुन्दर डोंगी रहेगी।''

चारु ने कहा, ''घाट तो अवश्य ही सफ़ेद संगमरमर का बनेगा।''

अमल ने पेन्सिल-कागज़ लेकर, रूल, कम्पास जुटाकर बड़े आडम्बर से बगीचे का एक नक्शा खींचा।

दोनों ने मिलकर प्रतिदिन कल्पना में संशोधन, परिवर्तन करते-करते बीस-पच्चीस नये नक्शे तैयार कर लिये।

नक्शा तैयार हो जाने पर कितना ख़र्च बैठेगा इसका एक एस्टिमेट तैयार होने लगा। पहले सोचा था—चारु अपने निर्धारित हाथ-खर्च में से धीरे-धीरे उद्यान तैयार करवा लेगी। घर में कहाँ क्या हो रहा है भूपति तो उस ओर आँख उठाकर भी नहीं देखता; वह सोचेगा, अलादीन के चिराग़ की सहायता से जापान देश से एक सम्पूर्ण बाग़ उखाड़कर लाया गया है।

किन्तु एस्टिमेट काफ़ी कम करने पर भी वह चारु की सामर्थ्य से बाहर था। अमल फिर रूपरेखा में परिवर्तन करने बैठा। बोला, ''तो भाभी, उस झील को छोड़ दिया जाय।''

चारु बोली, ''नहीं, नहीं, झील तो किसी तरह नहीं छोड़ी जा सकती, उसमें मेरे नीलपद्म रहेंगे!''

अमल ने कहा, ''अपने हरिण के घर पर खपरैल की छत मत डालो। उस पर यों ही मामूली-सा पुआल छवा देने से काम चलेगा।''

चारु ने अत्यन्त अप्रसन्न होकर कहा, ''तो हमें उस घर की ज़रूरत नहीं, रहने दो!''

मॉरीशस से लवंग, कर्णाटक से चन्दन, और सिंहल से दालचीनी के पौधे मँगवाने का प्रस्ताव था, अमल के उनके बदले में मानिकतला से मामूली देशी और विलायती वृक्षों के नाम प्रस्तावित करते ही चारु मुँह फुलाकर बैठ गयी और बोली, ''तो फिर रहने दो, मुझे बगीचा नहीं चाहिए!''

एस्टिमेट कम करने का यह ढंग नहीं है। एस्टिमेट के साथ-साथ कल्पना को नष्ट करना चारु के लिए असाध्य था और अमल मुँह से चाहे कुछ कहे, मन-ही-मन उसे भी यह रुचिकर नहीं लगा था।

अमल ने कहा, ''तो भाभी, तुम भैया से बगीचे की बात छेड़ो, वे अवश्य ही रुपया देंगे।''

चारु ने कहा, ''नहीं, उनसे कहने में मज़ा क्या रहा। हमीं दोनों बगीचा तैयार कर लेंगे। वे तो साहब के घर में फ़रमाइश करके 'इडेन गार्डेन' बनवा सकते हैं—तब हमारे प्लान का क्या होगा।''

आँमड़े के वृक्ष की छाया में बैठकर चारु और अमल असाध्य संकल्प के कल्पना-मुख की रचना कर रहे थे। चारु की भावज मन्दा ने दोतल्ले से पुकारकर कहा, ''इतनी देर हो गयी, तुम लोग बगीचे में क्या कर रहे हो?''

चारु ने कहा, ''पके आँमड़े ढूँढ़ रहे हैं।''

ललचाकर मन्दा ने कहा, ''मिलें तो मेरे लिए भी लाना!''

चारु हँसी, अमल भी हँसा। उनके समस्त संकल्पों का प्रधान सुख और गौरव यही था कि वे उन दोनों तक ही सीमित थे। मन्दा में और चाहे जो गुण हों, कल्पना नहीं थी, वह इन समस्त प्रस्तावों का रस कैसे ग्रहण कर सकती थी? इन दो सदस्यों की हर कमेटी से वह बिलकुल बहिष्कृत थी।

न तो उस असाध्य बगीचे का एस्टिमेट कम हुआ और न कल्पना ने ही किसी प्रकार हार माननी चाही। अतएव आँमड़े के वृक्ष के नीचे की कमेटी कुछ दिन इसी प्रकार चलती रही। बगीचे में जिस स्थान पर झील बनेगी, जहाँ पर हरिण का घर तैयार होगा, जहाँ पत्थर की वेदी बनेगी, अमल ने उन स्थानों पर चिह्न लगा दिये।

उनके इस कल्पित बगीचे में आँमड़े के वृक्ष के नीचे चारों ओर किस प्रकार का चबूतरा होगा, अमल एक छोटी कुदाल लेकर उसका निशान बना रहा था—तभी वृक्ष की छाया में बैठी चारु ने कहा, ''अमल, यदि तुम लिख सकते तो अच्छा होता!''

अमल ने प्रश्न किया, ''क्यों अच्छा होता?''

चारु—''मैं अपने इस बगीचे का वर्णन करके तुमसे एक कहानी लिखवाती। यह झील, यह हरिण का घर, आँमड़े की छाया, उसमें ये सभी रहते—हम दोनों को

छोड़कर और कोई न समझ पाता, बड़ा मज़ा आता। अमल, तुम एक बार लिखने का प्रयत्न कर देखो न, तुम अवश्य लिख सकोगे।''

अमल ने कहा, ''अच्छा यदि लिख सका तो मुझे क्या दोगी।''

चारु ने कहा, ''तुम क्या चाहते हो ?''

अमल बोला, ''अपनी मसहरी की छत पर मैं स्वयं लता चित्रित कर दूँगा, तुम्हें वह पूरा-का-पूरा रेशम से काढ़ देना होगा।''

चारु ने कहा, ''तुम सभी बातों में अति करते हो। भला मसहरी की छत पर कढ़ाई।''

मसहरी-जैसी वस्तु को श्री-हीन कारागार के समान बना रखने के विरुद्ध अमल ने बहुत-सी बातें कहीं। उसने कहा, ''संसार के पन्द्रह आना लोगों में सौंदर्य-बोध नहीं है और कुरूपता उन्हें तनिक भी नहीं अखरती, यह उसी का प्रमाण है।''

चारु ने यह बात मन-ही-मन तुरन्त स्वीकार कर ली और अपनी दो जनों की जो गुप्त कमेटी है वह उन पन्द्रह आना लोगों में नहीं है, ऐसा सोचकर वह प्रसन्न हुई।

उसने कहा, ''अच्छा ठीक है, मैं मसहरी की छत तैयार कर दूँगी, तुम लिखो !''

अमल ने गूढ़ भाव से कहा, ''तुम सोचती हो कि मैं लिख नहीं सकता।''

चारु ने अत्यन्त उत्तेजित होकर कहा, ''तब तो तुमने ज़रूर कुछ लिखा है, मुझे दिखलाओ !''

अमल—''आज रहने दो भाभी !''

चारु—''नहीं, आज ही दिखाना होगा—तुम्हें मेरे सिर की सौगन्ध, अपना लेख ले आओ !''

चारु को अपना लेख सुनाने की अत्यंत उत्सुकता ही अमल को इतने दिन बाधा दे रही थी। कहीं चारु समझ न पाये। कहीं उसको अच्छा न लगे, इस संकोच को वह दूर नहीं कर पा रहा था।

आज कॉपी लाकर थोड़ा शरमाया और फिर थोड़ा खाँसकर उसने पढ़ना आरम्भ किया। चारु पेड़ के तने से पीठ टेककर और घास के ऊपर पैर फैलाकर सुनने लगी।

लेख का विषय था, 'मेरी कॉपी'। अमल ने लिखा था, 'हे मेरी कोरी कॉपी, मेरी कल्पना ने अभी तक तुम्हारा स्पर्श नहीं किया है। सूतिका-गृह में भाग्य-पुरुष के प्रवेश करने के पूर्व शिशु के ललाट पट्ट के समान तुम निर्मल हो, रहस्यमय हो। जिस दिन तुम्हारे अंतिम पृष्ठ की अंतिम पंक्ति में उपसंहार लिख सकूँगा, वह दिन आज कहाँ है। तुम्हारे ये कोरे शिशुपत्रादि आज उस चिरन्तन मसिचिह्नित समाप्ति की बात की स्वप्न में भी कल्पना नहीं करते'—इत्यादि अनेक बातें लिखी थीं।

चारु वृक्ष की छाया में बैठकर स्तब्ध होकर सुनने लगी। पढ़ना समाप्त होने पर क्षण-भर चुप रहकर बोली, ''तुम फिर नहीं लिख सकते ?''

उस दिन उस वृक्ष के नीचे अमल ने साहित्य के मादक-रस का प्रथम पान किया; साक़ी नया था, रसना भी नवीन, और अपराह्न का आलोक लम्बी छाया में रहस्यपूर्ण-सा लग रहा था।

चारु बोली, ''अमल, कुछ आँमड़े तोड़कर ले चलने होंगे, नहीं तो मन्दा को क्या हिसाब देंगे ?''

मूढ़ मन्दा को अपनी पढ़ाई-लिखाई और चर्चा की बातें बताने की इच्छा नहीं होती, इसलिए आँमड़े तोड़कर ले जाने पड़े।

दो

बाग़ लगाने का संकल्प उनके अन्य संकल्पों की भाँति सीमाहीन कल्पना-क्षेत्र में कब खो गया, अमल और चारु को इसका पता भी न चला।

अब अमल के लेख ही उनकी चर्चा और परामर्श के प्रधान विषय बन गये। अमल आकर कहता, ''भाभी, एक बहुत सुन्दर भाव दिमाग़ में आया है।''

चारु उत्साहित हो उठती। कहती, ''चलो, हमारे दक्षिण वाले बरामदे की ओर—यहाँ अभी मन्दा पान लगाने आयेगी।''

चारु कश्मीरी बरामदे में एक जीर्ण बेंत की कुर्सी पर आकर बैठती और अमल रेलिंग के नीचे की ऊँची जगह पर पैर फैला देता।

अमल के लिखने के विषय प्राय: सुनिर्दिष्ट नहीं होते थे; उनको स्पष्ट रूप से बता सकना कठिन था। अव्यवस्थित ढंग से वह जो कहता, उसको स्पष्ट रूप से समझाना किसी के लिए भी संभव नहीं था। अमल स्वयं ही बार-बार कहता, ''भाभी, तुमको अच्छी तरह समझा नहीं पा रहा हूँ।''

चारु कहती, ''नहीं, मैं बहुत-कुछ समझ गयी; तुम इसी को लिख डालो; देरी मत करो !''

वह कुछ समझती, कुछ न समझती, बहुत-कुछ कल्पना करके, बहुत-कुछ अमल के व्यक्त करने के आवेग द्वारा उत्तेजित होकर मन के भीतर जाने क्या गढ़ लेती—उसी से वह सुख का अनुभव करती और व्यग्रता से अधीर हो उठती।

चारु उसी दिन अपराह्न में पूछती, ''कितना लिखा ?''

अमल कहता, ''इतनी जल्दी क्या लिखा जा सकता है ?''

चारु दूसरे दिन प्रात: कुछ झगड़े के स्वर में प्रश्न करती, ''क्यों, तुमने वह लिखा नहीं ?''

अमल कहता, ''ठहरो, और थोड़ा सोच लूँ !''

चारु गुस्सा होकर कहती, ''चलो, हटो !''

संध्या को क्रोध घनीभूत होने पर चारु जब बातचीत बन्द करने का उपक्रम

करती तब अमल लिखे काग़ज़ का एक अंश रूमाल निकालने के बहाने जेब से थोड़ा बाहर निकालता।

क्षण-भर में ही चारु का मौन भंग हो जाता। वह बोल उठती, ''अच्छा, तो तुमने लिख लिया है, मुझे बहका रहे थे। दिखाओ।''

अमल कहता, ''अभी पूरा नहीं हुआ; थोड़ा और लिखकर सुनाऊँगा।''

चारु, ''नहीं, अभी सुनाना होगा।''

अमल तुरन्त सुनाने के लिए व्याकुल रहता; किन्तु कुछ देर चारु से छीना-झपटी किये बिना वह नहीं सुनाता था। उसके बाद अमल काग़ज़ हाथ में लिए बैठा-बैठा पहले तो कुछ पन्ने ठीक करता, पेन्सिल लेकर दो-एक जगह दो-एक संशोधन करता रहता, इस बीच चारु का चित्त प्रसन्न, कौतूहल-भाव से जलभारनत मेघ के समान कागज़ के उन पन्नों पर झुका रहता।

अमल जब भी छोटे-मोटे दो-चार अनुच्छेद लिखता वे चारु को तभी सुनाने पड़ते। बाकी अलिखित भाग आलोचना और कल्पना द्वारा दोनों के बीच मंथित होता रहता।

इतने दिनों तक दोनों आकाश-कुसुम के संकलन में लगे हुए थे, अब काव्य-कुसुम की कृषि आरम्भ करते ही वे और सब-कुछ भूल गये।

एक दिन अपराह्न में कॉलेज से लौटने पर अमल की जेब कुछ ज़्यादा भरी हुई प्रतीत हुई। अमल ने जब घर में प्रवेश किया, तभी चारु ने अन्त:पुर के गवाक्ष से उसकी जेब की पूर्णता की ओर ध्यान दिया था।

और दिन कॉलेज से लौटकर घर के भीतर आने में अमल देरी नहीं करता था, आज उसने अपनी भरी हुई जेब के साथ बाहर के कक्ष में प्रवेश किया; जल्दी आने का नाम ही न लिया।

अन्त:पुर की सीमा के पास आकर चारु ने बहुत बार तालियाँ बजाईं, किसी ने नहीं सुना। कुछ क्रोध से अपने बरामदे में मन्मथ दत्त की एक पुस्तक लेकर पढ़ने की चेष्टा करने लगी।

मन्मथ दत्त नये लेखक थे। उनके लिखने की शैली बहुत-कुछ अमल के समान ही थी; इसी कारण अमल कभी भी उनकी प्रशंसा नहीं करता था; बीच-बीच में उनके लेखों को चारु के सामने विकृत उच्चारण से पढ़कर हँसी उड़ाता—चारु अमल से वह पुस्तक छीनकर अवज्ञा-भाव से दूर फेंक देती।

आज जैसे ही अमल का पद-शब्द सुना तो उन्हीं मन्मथ दत्त की *कलकण्ठ* नामक कृति मुँह के पास लाकर चारु ने अत्यन्त एकाग्र भाव से पढ़ना आरम्भ किया।

अमल ने बरामदे में प्रवेश किया, चारु ने ध्यान भी न दिया। अमल ने कहा, ''क्यों भाभी, क्या पढ़ाई हो रही है ?''

चारु को निरुत्तर देखकर अमल ने चौकी के पीछे आकर पुस्तक देखी। कहा, ''मन्मथ दत्त की गड़बड़।''

चारु ने कहा, ''उफ़! परेशान मत करो, मुझे पढ़ने दो!'' पीठ के समीप खड़े होकर अमल व्यंग्यपूर्ण स्वर में पढ़ने लगा, ''मैं तृण हूँ, क्षुद्र तृण हूँ; भाई रक्ताम्बर राजवेशधारी अशोक, मैं तृण-मात्र हूँ! मेरे फूल नहीं, मेरी छाया नहीं, मैं आकाश में अपना सिर नहीं उठा सकता, वसन्त की कोकिल मेरा आश्रय लेकर कुहू स्वर से जगत् को उन्मत्त नहीं करती—तो भी भाई अशोक, अपनी उस उच्च पुष्पित शाखा से तुम मेरी उपेक्षा मत करना; तुम्हारे पैरों में पड़ा मैं तृण हूँ, सो मुझे तुच्छ मत समझना!''

अमल पुस्तक से इतना-सा पढ़ने के बाद बना-बनाकर कहने लगा, ''मैं केले की गहर हूँ, कच्चे केले की गहर, भाई कूष्माण्ड भाई, गृह-छप्पर-विहारी कूष्माण्ड, मैं तो नितान्त कच्चे केले की गहर हूँ।''

चारु कौतूहल के मारे रोष बनाये न रह सकी; हँसकर उठती हुई पुस्तक पटककर बोली, ''तुम बड़े ईर्ष्यालु हो, अपनी रचना के अलावा कुछ भी पसन्द नहीं आता।''

अमल ने कहा, ''तुम्हारी उदारता का क्या कहना, तिनका भी मिल जाय तो निगल लो!''

चारु, ''अच्छा जनाब, मज़ाक रहने दो, जेब में क्या है, निकालो।''

अमल—''क्या है, अन्दाज़ लगाओ!''

बहुत देर तक चारु को परेशान करके अमल ने जेब से *सरोरुह* नामक विख्यात मासिक पत्र बाहर निकाला।

चारु ने देखा, पत्रिका में अमल का वही 'खाता' (कॉपी) नामक लेख प्रकाशित हुआ है।

चारु देखकर चुप रह गयी। अमल ने सोचा था, 'उसकी भाभी खूब खुश होगी।' किन्तु प्रसन्नता का कोई विशेष लक्षण न देखकर बोला, ''*सरोरुह* पत्र में ऐसा-वैसा लेख प्रकाशित नहीं होता।''

अमल ने यह कुछ बढ़ाकर कहा था। चाहे-जैसा काम चलाऊ लेख हो, मिल जाता तो संपादक छोड़ते न थे। किन्तु अमल ने चारु को समझा दिया, संपादक बहुत कड़ा आदमी होता है, सौ लेखों में से एक छाँटता है।

सुनकर चारु प्रसन्न होने की चेष्टा करने लगी, किन्तु वह प्रसन्न नहीं हो सकी। क्यों उसके मन को आघात पहुँचा, उसे समझने की चेष्टा की, किन्तु कोई संगत कारण न खोज सकी।

अमल का लेख अमल और चारु दोनों की सम्पत्ति थी। अमल लेखक था और चारु पाठक : उसकी गोपनीयता ही प्रधान रस था। उस लेख को हर कोई पढ़ेगा और

बहुत-से लोग उसकी प्रशंसा करेंगे, यह चारु को क्यों इतना कष्ट दे रहा था, इसको वह ठीक से न समझ सकी।

किन्तु लेखक की आकांक्षा केवल एक पाठक-भर से ज्यादा दिन तक तृप्त नहीं होती। अमल ने अपने लेख छपाने आरम्भ किये। प्रशंसा भी प्राप्त की।

बीच-बीच में भक्तों के पत्र भी आने लगे। अमल उन्हें अपनी भाभी को दिखलाता। चारु इससे खुश भी होती और कष्ट भी पाती। अब अमल को लेख लिखने में प्रवृत्त कराने के लिए एकमात्र उसके उत्साह और प्रेरणा की आवश्यकता नहीं रह गयी थी। अमल को बीच-बीच में कदाचित् नाम-हस्ताक्षर-विहीन रमणियों के पत्र भी मिलने लगे। इसे लेकर चारु उससे मज़ाक तो करती, किन्तु उसे सुख न मिलता। सहसा उनकी कमेटी का बन्द द्वार खोलकर बंगाल की पाठक-मंडली उन दोनों के बीच आकर खड़ी हो गयी।

भूपति ने एक दिन छुट्टी के समय कहा, ''अरे चारु, अपना अमल इतना अच्छा लिख सकता है यह तो मैं जानता ही न था।''

भूपति की प्रशंसा से चारु खुश हुई। अमल भूपति का आश्रित था; किन्तु अन्य आश्रितों की अपेक्षा उसमें बहुत भेद था—इस बात को उसके पति के समझने पर चारु ने जैसे गर्व का अनुभव किया। उसका अभिप्राय यह था कि, ''अमल को क्यों मैं इतना प्यार-दुलार करती हूँ यह बात तुम लोग इतने दिनों बाद समझे। मैं बहुत दिनों पहले ही—अमल की मर्यादा समझ गयी थी; अमल किसी की भी अवज्ञा का पात्र नहीं है।''

चारु ने प्रश्न किया, ''तुमने उसका लेख पढ़ा है ?''

भूपति ने कहा, ''हाँ, नहीं, ठीक से नहीं पढ़ा। समय नहीं मिला। किन्तु अपना निशिकान्त पढ़कर खूब प्रशंसा कर रहा था। वह इस तरह की रचना अच्छी तरह समझता है।''

भूपति के मन में अमल के प्रति सम्मान के भाव जग उठें, चारु की यह एकान्त इच्छा थी।

तीन

उमापद भूपति को अपने अख़बार के साथ अन्य कई प्रकार के उपहार देने की बात समझा रहा था। उपहार से किस प्रकार नुकसान की बजाय लाभ हो सकता है, यह भूपति किसी प्रकार भी नहीं समझ पा रहा था।

चारु एक बार कमरे में झाँककर उमापद को देखकर चली गयी। कुछ देर बाद फिर घूम-फिरकर उसने कमरे में आकर देखा, दोनों व्यक्ति हिसाब को लेकर बहस कर रहे थे।

चारु की अधीरता देखकर उमापद कोई बहाना करके बाहर चले गये। भूपति हिसाब से माथा-पच्ची करने लगा।

कमरे में प्रवेश कर चारु ने कहा, ''क्या अभी तक तुम्हारा काम समाप्त नहीं हुआ ? मैं तो यही सोचती हूँ कि इस एक अख़बार के पीछे तुम रात-दिन कैसे काट देते हो !''

हिसाब को एक ओर सरकाते हुए भूपति थोड़ा मुस्कराये। मन-ही-मन सोचा, 'वास्तव में चारु की ओर ध्यान देने का समय ही नहीं मिलता, यह बड़ा अन्याय है। उस बेचारी के पास समय काटने के लिए कुछ भी नहीं है।'

स्नेहपूर्ण स्वर में भूपति ने कहा, ''आज तुम्हारी पढ़ाई नहीं होगी ? मास्टर क्या भाग गये हैं ? तुम्हारी पाठशाला का नियम सब उलटा है—छात्रा तो पोथी-पत्रा लिये तैयार है, मास्टर ग़ायब ! शायद आजकल अमल तुमको पहले की तरह नियमित रूप से नहीं पढ़ाता।''

चारु ने कहा, ''मुझे पढ़ाकर अमल का समय नष्ट करना क्या उचित है ? अमल को तुमने क्या एक मामूली प्राइवेट ट्यूटर समझ लिया है ?''

चारु की कमर पकड़कर पास खींचकर भूपति ने कहा, ''यह क्या मामूली प्राइवेट-ट्यूटरी हुई। तुम्हारी जैसी भाभी यदि मुझे पढ़ाने को मिलती तो...''

चारु, ''बस-बस रहने भी दो ! पति बने हो यही क्या कम आफ़त है जो अब और...''

कुछ व्यथित-से होकर भूपति ने कहा, ''अच्छा, कल से मैं अवश्य तुमको पढ़ाऊँगा। अपनी पुस्तकें तो लाओ, एक बार देखूँ तो तुम क्या पढ़ती हो ?''

चारु, ''बस, बस, हो गया, तुम्हें पढ़ाने की ज़रूरत नहीं। पल-भर के लिए तो ज़रा अपना अख़बार का हिसाब छोड़ नहीं सकते, अभी किसी और बात पर ध्यान दे सकते हो या नहीं, बताओ !''

भूपति ने कहा, ''ज़रूर दे सकता हूँ। इस समय तुम मेरे मन को जिधर घुमाना चाहो उधर घूम जाएगा।''

चारु, ''बहुत खूब ! तो फिर अमल के इस लेख को एक बार पढ़कर देखो। कैसा सुन्दर बन पड़ा है ! संपादक ने अमल को लिखा है, इस लेख को पढ़कर नवगोपाल बाबू ने उसे बांग्ला का 'रस्किन' नाम दिया है।''

सुनकर कुछ सकुचाते हुए भूपति ने पत्रिका हाथ में ले ली। खोलकर देखा, लेख का शीर्षक था 'आषाढ़ का चाँद'। पिछले दो सप्ताह से भारत सरकार के बजट की समालोचना के सम्बन्ध में भूपति अंकों की बड़ी-बड़ी तालिकाएँ बना रहा था। वे अंक बहुपद कीड़ों के समान उसके मस्तिष्क के नाना विवरों में रेंग रहे थे। ऐसे में अचानक बांग्ला भाषा में 'आषाढ़ का चाँद' शीर्षक लेख आद्योपान्त पढ़ने के लिए उसका मन तैयार न था। लेख भी नितान्त छोटा न था।

लेख इस प्रकार शुरू हुआ था, 'आज आषाढ़ का चाँद रात-भर मेघों में इस

तरह छिपकर क्यों घूम रहा है, मानो स्वर्गलोक से वह कुछ चोरी कर लाया हो, मानो उसे अपना कलंक छिपाने की जगह न हो। फाल्गुन के महीने में जब आकाश के किसी भी कोने में कहीं मुट्ठी-भर भी मेघ नहीं थे तब तो जगत् की आँखों के सामने वह निर्लज्ज के समान उन्मुक्त आकाश में अपने को प्रकाशित किये हुए था—और आज उसकी वही तरल हँसी—शिशु के स्वप्न के समान, प्रिया की स्मृति के समान, सुरेश्वरी शची से अलकविलम्बित मोतियों की माला के समान...'

भूपति ने सिर खुजलाकर कहा, ''अच्छा लिखा है। किन्तु मुझे क्या! यह सब कवित्व क्या मैं समझ पाता हूँ भला ?''

चारु ने लज्जित होकर भूपति के हाथ से पत्रिका छीनकर कहा, ''तब तुम क्या समझते हो ?''

भूपति ने कहा, ''मैं ठहरा संसारी, मैं तो मनुष्य को समझता हूँ।''

चारु ने कहा, ''मनुष्य की बात क्या साहित्य में नहीं लिखी जाती ?''

भूपति, ''ग़लत लिखते हैं। इसके अतिरिक्त मनुष्य के सशरीर वर्तमान रहते बनावटी बातों के बीच उसे खोजते फिरने की क्या ज़रूरत है ?''

यह कहकर चारुलता की ठोड़ी पकड़कर कहा, ''यही लो, जैसे मैं तुमको समझता हूँ, किन्तु उसके लिए क्या *मेघनाद-वध, कविकंकणचण्डी* आदि आद्योपान्त पढ़ने की ज़रूरत है ?''

भूपति को इस बात का अहंकार था कि वह काव्य नहीं समझता तो भी अमल के लेख को अच्छी तरह न पढ़ने पर भी उनके प्रति मन-ही-मन उसे कुछ श्रद्धा थी। भूपति सोचता, 'कहने को कुछ भी नहीं, फिर भी इतनी अनर्गल बातें बनाकर कहना, यह तो मैं सिर फोड़कर मर जाऊँ तो भी नहीं कर सकता। अमल में इतनी क्षमता है, यह कौन जानता था।'

भूपति अपनी रसज्ञता स्वीकार करता किन्तु साहित्य के प्रति उसमें कृपणता नहीं थी। दरिद्र लेखक के उसको पकड़ लेने पर भूपति किताब छापने का खर्चा देता, केवल विशेष रूप से यह कह देता, ''किताब मुझे समर्पित न की जाय।'' बांग्ला के छोटे-बड़े सभी साप्ताहिक और मासिक पत्र, प्रसिद्ध-अप्रसिद्ध, पाठ्य-अपाठ्य सभी किताबें वह खरीदता। कहता, ''एक तो पढ़ता नहीं, ऊपर से यदि ख़रीदूँ भी नहीं तो पाप भी करूँगा और प्रायश्चित्त भी न होगा।'' पढ़ता नहीं था, इसलिए ख़राब पुस्तकों के प्रति उसका लेशमात्र भी विद्वेष न था, इसी कारण उसकी बांग्ला-पुस्तकों की लाइब्रेरी ग्रन्थों से परिपूर्ण थी।

अमल अंग्रेज़ी के प्रूफ़-संशोधन के कार्य में भूपति की सहायता करता था; किसी कॉपी की दुर्बोध लिखावट दिखा लेने के लिए उसने एक गट्ठर काग़ज़-पत्र लिये कमरे में प्रवेश किया।

भूपति ने हँसकर कहा, ''अमल, तुम आषाढ़ के चाँद और भाद्र मास के पके ताड़-फल पर जो चाहो लिखो, उसमें कुछ कोई आपत्ति नहीं—मैं किसी की भी स्वाधीनता में हाथ नहीं डालना चाहता—किन्तु मेरी स्वाधीनता में हस्तक्षेप क्यों ? वह सब मुझे पढ़ाये बिना नहीं छोड़ेगी, तुम्हारी भाभी का यह कैसा अत्याचार है !''

अमल ने हँसकर कहा, ''ठीक तो है भाभी—मेरे लेखों को लेकर तुम भैया पर जुल्म करने का उपाय निकाल लोगी, ऐसा जानता तो मैं लिखता ही नहीं।''

साहित्यरस-विमुख भूपति के सामने लाकर अपने अत्यन्त भावपूर्ण लेखों को अपदस्थ कराने के लिए अमल मन-ही-मन चारु के ऊपर नाराज़ हो गया एवं उसी क्षण यह समझते ही चारु दुःखी हो गयी। प्रसंग बदलने के अभिप्राय से उसने भूपति से कहा, ''अपने भाई का विवाह करा दो, तो फिर कभी लेखों का उपद्रव न सहना पड़ेगा।''

भूपति ने कहा, ''आजकल के लड़के हमारे समान अबोध नहीं हैं, वे कविता लिखने में जैसे सयाने हैं वैसे ही काम-काज में भी हैं। भला तुम अपने देवर को विवाह करने के लिए राज़ी कहाँ करा पायीं ?''

चारु के चले जाने पर भूपति ने अमल से कहा, ''अमल, मुझे अख़बार के झंझट में रहना पड़ता है, चारु बेचारी बड़ी अकेली रहती है। कोई काम-काज नहीं। बीच-बीच में मेरे लिखने के कमरे में झाँककर चली जाती है। क्या करूँ, बताओ ! अमल, तुम उसे जरा लिखने-पढ़ने में लगाये रख सको तो अच्छा हो। बीच-बीच में यदि चारु को अंग्रेज़ी काव्य का अनुवाद करके सुनाओ तो उसको लाभ भी होगा और अच्छा भी लगेगा। चारु की साहित्य में बड़ी रुचि है।''

अमल ने कहा, ''यह तो ठीक है। भाभी यदि थोड़ा और पढ़-लिख लें तो मेरा विश्वास है वे स्वयं अच्छा लिख सकेंगी।''

भूपति ने हँसकर कहा, ''इतनी आशा नहीं करता, किन्तु चारु बांग्ला लेखों की अच्छाई-बुराई मेरी अपेक्षा ज्यादा समझ सकती है।''

अमल, ''उनकी कल्पना-शक्ति खूब है, महिलाओं में ऐसी नहीं दिखती।''

भूपति, ''पुरुषों में भी कम दिखती है, उसका प्रमाण मैं हूँ। अच्छी बात है, तुम यदि अपनी भाभी को गढ़कर तैयार कर सको तो मैं तुमको पारितोषिक दूँगा।''

अमल, ''क्या दोगे, सुनूँ।''

भूपति, ''तुम्हारी भाभी की जोड़ की कोई एक और खोज-खाज कर ले आऊँगा।''

अमल, ''फिर उसमें लगना होगा ! सारा जीवन क्या गढ़कर तैयार करने में ही काटूँगा।'' दोनों भाई आजकल के लड़के थे, किसी बात पर उनकी जीभ नहीं अटकती।

चार

पाठक-समाज में प्रतिष्ठा प्राप्त करके अब अमल का सिर ऊँचा हो गया है। पहले वह स्कूली विद्यार्थी की भाँति रहता था, अब वह मानो समाज का गण्यमान्य व्यक्ति बन गया है। बीच-बीच में, सभाओं में साहित्यिक निबन्ध पढ़ता है—संपादक और संपादक के दूत उसके कमरे में आकर बैठे रहते हैं, उसको निमंत्रित करके खिलाते हैं, नाना सभाओं का सदस्य और सभापति बनने के लिए अनुरोध आते हैं, भूपति के घर में नौकर-चाकरों तथा कुटुम्बियों की दृष्टि में उसकी प्रतिष्ठा बढ़ गयी है।

मन्दाकिनी अभी तक उसको महत्त्वपूर्ण व्यक्ति नहीं समझती थी। अमल और चारु के हास्यालाप तथा आलोचना को बचपना कहकर वह उपेक्षा करती, पान लगा देती और घर का काम-काज करती रहती; अपने को वह उनसे श्रेष्ठ और संसार के लिए आवश्यक समझती थी।

अमल बेहद पान खाता था। मन्दा के ऊपर पान लगाने का भार था, इसलिए वह पान के अनुचित अपव्यय से चिढ़ती थी। षड्यंत्र करके मन्दा के पान-भण्डार को प्रायः लूट लाना अमल और चारु के आमोदों में से एक था। किन्तु इन दोनों शौक़ीन चोरों का चोरी का मज़ाक़ मन्दा को अच्छा नहीं लगता था।

असल बात है, एक आश्रित व्यक्ति दूसरे आश्रित व्यक्ति को अच्छी नज़र से नहीं देखता। अमल के लिए मन्दा को जो थोड़े-बहुत अतिरिक्त काम-काज करने पड़ते, उन्हीं से बस मानो कुछ अपमान का अनुभव करती। चारु को अमल का पक्षपाती समझकर वह मुख से स्पष्ट कुछ कह नहीं पाती थी, किन्तु अमल की अवहेलना करने की उसकी कोशिश बराबर रहती। अवसर पाते ही पीठ पीछे नौकर-चाकरों से भी वह अमल के नाम पर ताने देना न भूलती। वे भी साथ देते।

किन्तु जब अमल का उत्थान आरम्भ हुआ तो मन्दा कुछ चौंकी। अमल अब वह नहीं था। अब उसकी सविनय नम्रता एकदम लुप्त हो गयी थी। दूसरे की अवज्ञा करने का अधिकार अब मानो उसी के हाथ में था। संसार में प्रतिष्ठा प्राप्त करके जो व्यक्ति बिना किसी हिचकिचाहट के निस्संकोच अपना प्रचार कर सकता है, जिस व्यक्ति ने एक निश्चित अधिकार प्राप्त कर लिया है, वह समर्थ व्यक्ति सहज ही स्त्री की दृष्टि आकर्षित कर सकता है। मन्दा ने जब देखा, अमल चारों ओर से श्रद्धा पा रहा है तब उसने भी अमल के ऊँचे उठे हुए मस्तक की ओर मुँह उठाकर देखा। अमल के तरुण मुख में नवगौरव की गर्वोज्ज्वल दीप्ति ने मन्दा की आँखों में मोह उत्पन्न कर दिया; उसने मानो अमल को एक नये रूप में देखा।

अब पान चुराने की आवश्यकता न रही। अमल के प्रसिद्धि पाने से चारु को यह एक हानि और हुई, उनके षड्यंत्र का विनोद-बन्धन विच्छिन्न हो गया; पान अब अमल को अपने-आप मिल जाता, कोई अभाव न होता।

इसके अलावा, वे अपने दोनों के संगठित दल से मन्दाकिनी को विभिन्न उपायों द्वारा दूर रखने में जिस आनन्द का अनुभव करते थे, उसके नष्ट होने की भी तैयारी हो गयी। मन्दा को दूर रखना कठिन हो गया। अमल का यह सोचना कि चारु ही उसकी एकमात्र मित्र और प्रशंसक है, मन्दा को अच्छा न लगता। पहले की अवहेलना को वह ब्याज-सहित शोधकर देने के लिए उद्यत थी। अत: अमल और चारु की भेंट होते ही मन्दा किसी-न-किसी बहाने बीच में पड़कर, छाया डालकर ग्रहण लगा देती। मन्दा के इस आकस्मिक परिवर्तन को लेकर चारु उसकी अनुपस्थिति में परिहास कर ले, इसका भी अवसर पाना कठिन हो गया।

मन्दा का यह अनामंत्रित प्रवेश चारु को जितना अरुचिकर लगता था अमल को उतना नहीं—यह कहना व्यर्थ है। विमुख रमणी का मन क्रमश: उसकी ओर फिर रहा था, इससे वह भीतर-ही-भीतर एक आसक्ति का अनुभव करता था।

किन्तु चारु जब दूर से मन्दा को देखकर धीमे-से तीखे स्वर में कहती, ''यह लो, आ रही है।'' तब अमल भी कहता, ''सच, नाक में दम कर दिया।'' संसार के और सभी लोगों के संग के प्रति असहिष्णुता प्रकट करना उनका दस्तूर था, अमल सहसा उसे कैसे छोड़े! अन्त में मन्दाकिनी के पास आने पर अमल जैसे बलपूर्वक शिष्टता दिखाकर कहता, ''कहो, मन्दा भाभी, तुम्हें अपने पानदान में आज बटमारी के कुछ चिह्न दिखे!''

मन्दा, ''जब माँगते ही पा जाते हो, तब चोरी करने की क्या ज़रूरत!''

अमल, ''माँगकर पाने से इसमें ज़्यादा मज़ा है।''

मन्दा, ''तुम लोग क्या पढ़ रहे थे, पढ़ो न भई। रुक क्यों गये? पाठ सुनना मुझे बहुत अच्छा लगता है।''

इसके पूर्व पाठानुराग में प्रसिद्धि प्राप्त करने के लिए मन्दा की ओर से कोई प्रयत्न नहीं देखा गया था, किन्तु, 'कालो हि बलवत्तर: ।'

चारु की इच्छा नहीं थी कि अमल अरसिका मन्दा के सामने इसे पढ़े, जबकि अमल की इच्छा थी कि मन्दा भी उसका लेख सुने।

चारु, ''अमल कमलाकान्त के दफ़्तर की समालोचना लिखकर लाया है, यह क्या तुमको...?''

मन्दा, ''मैं मूर्ख ही सही, फिर भी अगर सुनूँ तो क्या बिलकुल भी नहीं समझ पाऊँगी?''

तब अमल को और एक दिन की बात याद आ गयी। चारु और मन्दा ताश खेल रही थीं, वह हाथ में अपना लेख लिए खेल की मजलिस में प्रविष्ट हुआ था, वह चारु को सुनाने के लिए अधीर था, खेल ख़त्म न होता देखकर खीझ रहा था। अन्त में बोल पड़ा, ''तो फिर भाभी तुम खेलो, मैं अखिल बाबू को लेख सुना आता हूँ।''

चारु ने अमल की चादर पकड़कर कहा था, 'अरे! बैठो ना, कहाँ जाते हो!' यह कहकर झटपट हार मानकर खेल खत्म कर दिया था।

मन्दा ने कहा, ''क्या तुम लोगों का पाठ आरम्भ होगा? तो मैं उठूँ?''

चारु ने शिष्टाचार दिखाते हुए कहा था, ''क्यों, तुम भी सुनो न भई!''

मन्दा, ''नहीं भैया, मैं तुम्हारी ये बातें ख़ाक भी नहीं समझती। मुझे तो बस नींद आने लग जाती है।'' यह कहते हुए वह बीच ही में खेल ख़त्म हो जाने के कारण दोनों पर खीझती हुई चली गयी थी।

वही मन्दा आज कमलाकान्त की समालोचना सुनने के लिए उत्सुक थी। अमल बोला, ''यह तो अच्छी बात है मन्दा भाभी, तुम सुनो यह तो मेरा सौभाग्य है।'' यह कहते हुए उसने पन्ने पलटकर फिर शुरू से पढ़ने की तैयारी की। लेख के आरम्भ में उसने पर्याप्त मात्रा में रस बरसाया था, उसे शामिल किये बिना पढ़ने की उसकी इच्छा नहीं हुई।

चारु चट-से बोली, ''देवरजी, तुमने कहा था न कि जाह्नवी लाइब्रेरी से कुछ पुराने मासिक पत्र ला दोगे!''

अमल, ''आज थोड़े ही।''

चारु, ''आज ही तो। वह भूल गये शायद?''

अमल, ''भूलूँगा क्यों। तुमने कहा था न...''

चारु, ''अच्छी बात है, मत लाओ। तुम लोग पढ़ो। मैं चलूँ, चलकर परेश को लाइब्रेरी भेज दूँ।'' कहकर चारु उठ खड़ी हुई।

अमल को विपद् की आशंका हुई। मन्दा मन-ही-मन समझ गयी और क्षण-भर में ही उसका मन चारु के प्रति विषाक्त हो उठा। चारु के चले जाने पर जब अमल उठे, या न उठे, यह सोचता हुआ इधर-उधर कर रहा था तब मन्दा ज़रा हँसकर बोली, ''जाओ भई, जाकर मनाओ; चारु रूठ गयी है। मुझे लेख सुनाओगे तो मुश्किल में पड़ जाओगे।''

इसके बाद अमल के लिए उठना अत्यन्त कठिन हो गया। अमल ने चारु पर कुछ रुष्ट होकर कहा, ''क्यों, मुश्किल काहे की?'' कहते हुए लेख खोलकर पढ़ने की तैयारी करने लगा।

मन्दा ने दोनों हाथों से उसका लेख ढँकते हुए कहा, ''क्या ज़रूरत है भई, मत पढ़ो!'' कहकर मानो आँसू रोकने के लिए अन्यत्र चली गयी।

पाँच

चारु दावत में गयी थी। मन्दा कमरे में बैठी बालों में चुटीला गूँथ रही थी 'भाभी' कहते हुए अमल ने कमरे में प्रवेश किया। मन्दा अच्छी तरह जानती थी कि चारु के दावत

में जाने का समाचार अमल से छिपा नहीं है। हँसकर बोली ''अक्खाह अमल बाबू, किसे खोजने आये और मिला कौन! तुम्हारी तकदीर ही ऐसी है।''

अमल ने कहा, ''जैसा बाईं ओर का पुआल, ठीक वैसा ही दाहिनी ओर का पुआल। गधे के लिए तो दोनों ही बराबरर प्रिय हैं।'' कहकर वहीं बैठ गया।

अमल—''मन्दा भाभी, अपने गाँव की कहानी कहो, मैं सुनूँगा।''

लेख का विषय-संग्रह करने के लिए अमल सभी जनों की सारी बातें कौतूहल के साथ सुनता। इसी कारण अब वह मन्दा की पहले के समान पूर्ण उपेक्षा नहीं करता था। मन्दा का मनस्तत्त्व, मन्दा का इतिहास अब उसकी उत्सुकता के विषय थे। उसकी जन्मभूमि कहाँ थी, उसका गाँव कैसा था, बचपन किस प्रकार बिताया, विवाह कब हुआ इत्यादि सभी बातें खोद-खोदकर पूछने लगा। मन्दा के लघु जीवन-वृत्तान्त के सम्बन्ध में इतनी उत्सुकता कभी किसी ने प्रकट नहीं की थी। मन्दा आनन्दपूर्वक अपनी बातें सुनाती जा रही थी; बीच-बीच में कहती, ''क्या कहती जा रही हूँ, कोई ठिकाना है!''

अमल ने प्रोत्साहन देते हुए कहा, ''नहीं, मुझे बहुत अच्छा लग रहा है, कहे जाओ!'' मन्दा के पिता का एक काना गुमाश्ता था, वह अपनी दूसरी स्त्री के साथ झगड़ा करके किसी-किसी दिन रूठकर अनशन-व्रत करता, अन्त में भूख की ज वाला से त्रस्त मन्दा के घर किस प्रकार छिपकर भोजन करने आता और दैवात् एक दिन स्त्री के द्वारा किस प्रकार पकड़ा गया; जिस समय यह कहानी चल रही थी और अमल मनोयोगपूर्वक सुनते हुए सकौतुक हँस रहा था उसी समय चारु ने कमरे में प्रवेश किया।

कहानी का सूत्र टूट गया। उसके आगमन से सहसा एक जमी हुई सभा भंग हो गयी, चारु इसको साफ़ समझ गयी।

अमल ने प्रश्न किया, ''भाभी, इतनी जल्दी कैसे लौट आयीं?''

चारु ने कहा, ''यही तो देख रही हूँ। बहुत जल्दी लौट आयी।'' यह कहते हुए चले जाने को तैयार हुई।

अमल बोला, ''अच्छा ही किया, मुझे बचा लिया। मैं सोच रहा था, न मालूम कब लौटोगी। मन्मथ दत्त की *सन्ध्यार पाखि* (संध्या का पक्षी) नामक एक नयी पुस्तक तुमको पढ़कर सुनाने के लिए लाया हूँ।''

चारु, ''अभी रहने दो, मुझे काम है।''

अमल, ''काम है तो मुझे हुक्म दो, मैं कर डालता हूँ।''

चारु जानती थी कि अमल आज पुस्तक ख़रीदकर उसे सुनाने आयेगा; चारु ईर्ष्या उत्पन्न करने के लिए, मन्मथ के लेख की खूब प्रशंसा करेगी और अमल उस पुस्तक को विकृत करके पढ़कर हँसी उड़ायेगा। यह सब कल्पना करके अधैर्यवश वह समय से पहले ही निमंत्रण-गृह की समस्त अनुनय-विनय का उल्लंघन करके तबीयत

ख़राब के बहाने घर लौट आयी थी। अब बार-बार मन में सोच रही थी, 'वहीं ठीक थी, चला आना अनुचित हुआ।'

मन्दा भी तो कम बेहया नहीं। अमल के साथ एक कमरे में अकेली बैठी दाँत निपोरकर हँस रही है। लोग देखेंगे तो क्या कहेंगे। किन्तु मन्दा को इस बात को लेकर फटकारना चारु के लिए बड़ा कठिन था। कारण, यदि मन्दा ने उनके ही दृष्टान्त का उल्लेख करके उत्तर दिया तो? किन्तु वह अलग बात है, और यह अलग। वह अमल को लिखने के लिए उत्साह देती है, अमल के साथ साहित्यालोचना करती है, किन्तु मन्दा का तो वह उद्देश्य ज़रा भी नहीं। मन्दा निस्सन्देह सरल युवक को मुग्ध करने के लिए जाल बिछा रही है। इस भयंकर विपत्ति से बेचारे अमल की रक्षा करना उसी का कर्त्तव्य है। अमल को इस मायाविनी का उद्देश्य किस प्रकार समझाये? समझाने पर उसके प्रलोभन की निवृत्ति न होकर यदि उलटा हुआ तो?

बेचारे भैया! वे तो मालिक के अख़बार में दिन-रात पिसे जा रहे हैं और मन्दा यहाँ कोने में बैठी अमल को फँसाने का आयोजन कर रही है। भैया एकदम निश्चिन्त हैं। मन्दा के ऊपर उनका अगाध विश्वास है। इन सब बातों को स्वयं अपनी आँखों से देखकर चारु कैसे स्थिर रहे! बड़ी ज़्यादती है।

किन्तु पहले अमल अच्छा था। जिस दिन से लिखना आरम्भ करके ख्याति प्राप्त की है, उसी दिन से सारे अनर्थ दिखने लगे हैं। चारु ही तो उसके लिखने के मूल में थी। किस अशुभ क्षण में उसने अमल को रचना करने के लिए उत्साहित किया! अब क्या अमल के ऊपर उसका पहले की भाँति ज़ोर चलेगा? अब अमल को पाँच जनों के प्यार का स्वाद मिल चुका है, अतएव एक को छोड़ देने से उसका कुछ आता-जाता नहीं।

चारु ने स्पष्ट समझा, उसके हाथ से निकलकर पाँच जनों के हाथ में पड़ने पर अमल के लिए चारों ओर विपदा है। अमल अब चारु को ठीक अपना समकक्ष नहीं समझता, चारु से वह आगे निकल गया है। अब वह लेखक है, चारु पाठक। इसका प्रतिकार करना ही होगा।

ओह! सरल अमल, मायाविनी, मन्दा, बेचारे भैया?

छह

उस दिन आषाढ़ के नवीन मेघों से आकाश ढँक गया था। कमरे में घनीभूत अन्धकार होने के कारण चारु अपने खुले जँगले के पास खूब झुककर न जाने क्या लिख रही थी।

अमल कब चुपचाप पीछे से आकर खड़ा हो गया, इसका उसे पता न चल सका। बादलों के स्निग्ध आलोक में चारु लिखती रही, अमल पढ़ने लगा। पास में अमल के ही छपाये दो-एक लेख खुले पड़े थे, चारु के लिए वे ही रचना के एकमात्र आदर्श थे।

''तुम तो कहती थीं, तुम लिख नहीं सकतीं।''

अचानक अमल की आवाज़ सुनकर चारु ज़ोर से चौंक पड़ी; झटपट कॉपी छिपाकर बोली, ''यह तुम्हारी ज़्यादती है।''

अमल, ''क्या ज़्यादती की है?''

चारु, ''छिपे-छिपे क्यों देख रहे थे?''

अमल, ''प्रकट रूप से देख नहीं पाता, इसलिए।''

चारु ने अपना लेख फाड़ डालने का प्रयत्न किया। अमल ने झट-से उसके हाथ से कॉपी छीन ली। चारु बोली, ''अगर तुम पढ़ोगे तो तुम्हारे साथ हमेशा के लिए कुट्टी हो जायेगी।''

अमल, ''अगर पढ़ने से रोकोगी तो तुम्हारे साथ हमेशा को कुट्टी हो जायेगी।''

चारु, ''तुम्हें मेरे सिर की सौगंध है देवरजी, मत पढ़ो।''

अन्त में चारु को ही हार माननी पड़ी। कारण, अमल को अपना लेख दिखाने के लिए मन छटपटा रहा था; लेकिन दिखलाने के समय उसे इतनी लज्जा का अनुभव होगा, यह उसने नहीं सोचा था! अमल ने जब बहुत अनुनय-विनय करके पढ़ना प्रारंभ किया तो लज्जा से चारु के हाथ-पैर बर्फ़ के समान ठंडे हो गये। बोली, ''मैं पान ले आती हूँ।'' यह कहती हुई झटपट अमल के पास से पान लगाने का बहाना करके चली गयी।

पढ़ना समाप्त करके अमल ने चारु के पास जाकर कहा, ''बहुत सुन्दर है।''

चारु ने पान में कत्था लगाना भूलकर कहा, ''चलो, अब मज़ाक रहने दो। लाओ, मेरी कॉपी दे दो!''

अमल ने कहा, ''एक बार भैया को दिखाना होगा।''

यह सुनते ही पान लगाना छोड़ कर चारु आसन से तेज़ी से उठ खड़ी हुई; कॉपी छीनने की कोशिश करती हुई बोली, ''न, उनको नहीं सुना सकते! उनसे यदि मेरे लिखने की बात कहोगे तो फिर मैं एक अक्षर भी नहीं लिखूँगी।''

अमल, ''भाभी, तुम बहुत ग़लत समझ रही हो। भैया मुख से चाहे जो कहें किन्तु तुम्हारा लेख देखकर बहुत खुश होंगे।''

चारु, ''होने दो, मुझे खुशी से क्या लेना है!''

चारु प्रतिज्ञा कर बैठी थी कि वह लिखेगी—अमल को आश्चर्य में डाल देगी। मन्दा और उसमें बहुत अन्तर है, वह उस बात को प्रमाणित किये बिना न रहेगी। इधर कई दिन उसने ढेरों लिखा और फाड़कर फेंक दिया। जो भी लिखने बैठती, वह एकदम अमल का-सा लेख हो जाता। मिलाने पर देखती कोई-कोई अंश अमल की रचना से प्रायः अविकल उद्धृत किया हुआ लगता। वे ही अंश अच्छे होते, बाकी सब कच्चे। देखने पर अमल अवश्य ही मन-ही-मन हँसेगा, यही कल्पना करके उन सब

लेखों के बहुत छोटे-छोटे टुकड़े फाड़कर तालाब में फेंक देती, बाद में कहीं उसका एक भी टुकड़ा अमल के हाथों में न आ पड़े।

सबसे पहले उसने लिखा 'श्रावण का मेघ'। सोचा था, 'भावाश्रुजल अभिषिक्त एक बहुत ही नवीन लेख लिखा है।' सहसा होश आने पर देखा, लेख अमल के 'आषाढ़ का चाँद' का रूपान्तर मात्र है। अमल ने लिखा था, 'भाई चाँद, तुम मेघों के बीच चोर के समान छिपकर क्यों घूम रहे हो।' चारु ने लिखा, 'सखी कादम्बिनी, सहसा कहाँ से आकर अपने नीलांचल के चाँद को चुराकर भाग रही हो' इत्यादि।

किसी प्रकार भी अमल की सीमा को न लाँघ पा सकने पर अन्त में चारु ने रचना का विषय-परिवर्तन किया। चाँद, मेघ, शेफालिका, बहू-कथा कहो[1] इन सबको छोड़कर उसने काली तला[2] नामक एक लेख लिखा। उसके गाँव में छायान्धकारयुक्त तालाब के किनारे काली का मन्दिर था; उस मन्दिर को लेकर उसके बाल्यकाल की कल्पना, भय, औत्सुक्य, उसके सम्बन्ध में उसकी विचित्र स्मृति, उस जाग्रत देवी के माहात्म्य के सम्बन्ध में चिरप्रचलित प्राचीन कहानी—इन सबको लेकर उसने एक लेख लिखा। उसका आरम्भिक हिस्सा अमल के लेख के समान काव्याडम्बरपूर्ण हुआ, किन्तु थोड़ा आगे चलकर उसका लेख सहज, सरल और ग्रामीण भाव-भंगिमा के आभास से परिपूर्ण हो उठा।

इस लेख को अमल ने छीनकर पढ़ा। उसको लगा, प्रारम्भ का भाग सरस बन पड़ा है, किन्तु कवित्व की अंत तक रक्षा नहीं हो सकी है। जो हो, प्रथम रचना की दृष्टि से लेखिका का उद्यम सराहनीय था।

चारु ने कहा, ''देवर जी, आओ हम लोग एक मासिक पत्र निकालें। क्या कहते हो!''

अमल, ''चाँदी के ढेर सारे सिक्कों के बिना वह पत्र चलेगा कैसे?''

चारु, ''अपने इस पत्र में कोई ख़र्च नहीं होगा। छापा तो जायेगा नहीं—हाथ से लिखेंगे। उसमें तुम्हारे और मेरे अतिरिक्त और किसी का लेख नहीं निकलेगा, किसी को पढ़ने नहीं दिया जाएगा। केवल दो प्रतियाँ निकलेंगी; एक तुम्हारे लिए, एक मेरे लिए।''

कुछ समय पहले अमल इस प्रस्ताव पर उन्मत्त हो उठता; इस समय उसका गोपनीयता का उत्साह चला गया है। इस समय हो दस व्यक्तियों को उद्देश्य किये बिना किसी रचना से उसे सुख नहीं मिलता। तो भी बीते हुए समय का ठाठ बनाये रखने के लिए उसने उत्साह प्रकट किया। कहा, ''बड़ा मज़ा आयेगा।''

---

1. कोकिलजातीय एक पक्षी। बोली के अनुकरण पर नामकरण।
2. कालिका देवी की पूजा के लिए निर्दिष्ट स्थान।

चारु ने कहा, ''किन्तु प्रतिज्ञा करनी होगी, अपने पत्र को छोड़कर और कहीं तुम लेख नहीं छपवा सकोगे।''

अमल, ''तब तो संपादक लोग मार ही डालेंगे।''

चारु, ''और मेरे हाथ जैसे मारने का अस्त्र ही नहीं है?''

बात पक्की हो गयी। दोनों संपादक, दोनों लेखक और दोनों पाठकों की सम्मिलित कमेटी बैठी। अमल ने कहा, ''पत्र का नाम रखा जाय, चारुपाठ।''

चारु ने कहा, ''नहीं इसका नाम हो अमला।''

इस नवीन बन्दोबस्त से चारु बीच के कई दिनों की दुखभरी खीझ भूल गयी। उनके मासिक पत्र में मन्दा के प्रवेश करने के लिए भी कोई ऐसा मार्ग नहीं था और बाहर के लोगों के प्रवेश का द्वार बन्द था।

सात

भूपति ने एक दिन आकर कहा, ''चारु, तुम लेखिका बनोगी, पहले तो ऐसी कोई आशा नहीं थी।''

चारु चौंककर लाल होकर बोली, ''मैं लेखिका! तुमसे किसने कहा? कभी नहीं।''

''चोर माल समेत रँगेहाथ गिरफ़्तार, यह रहा प्रमाण,'' कहते हुए भूपति ने *सरोरुह* की एक प्रति निकाली। चारु ने देखा जिन लेखों को वह अपनी गुप्त सम्पत्ति समझकर अपने हस्तलिखित मासिक पत्र में संचित कर रखती, वे ही लेखक-लेखिका के नाम के साथ *सरोरुह* में प्रकाशित हुए हैं।

उसे लगा कि न जाने किसने बड़ी साध से पाले गये पक्षियों को पिंजरे का द्वार खोलकर उड़ा दिया है, भूपति द्वारा पकड़ी जाने की लज्जा को भूलकर विश्वासघाती अमल के ऊपर मन-ही-मन उसे बड़ा क्रोध आया।

''और हाँ, यह तो देखो!'' कहते हुए *विश्वबन्धु* समाचार-पत्र खोलकर भूपति ने चारु के सामने रख दिया। उसमें 'आधुनिक बांग्ला लेख का ढंग' शीर्षक नाम से एक निबन्ध प्रकाशित हुआ था।

चारु ने हाथ से उसे हटाते हुए कहा, ''इसे पढ़कर मैं क्या करूँगी?'' उस समय अमल से मान के कारण अपने मन को कहीं लगा नहीं पा रही थी। भूपति ने ज़िद करके कहा, ''एक बार पढ़ कर ही देखो न!''

चारु ने हारकर उस पर दृष्टि डाली! कुछ आधुनिक लेखों की भावाडम्बरपूर्ण गद्य-रचनाओं को गाली देते हुए लेखक ने खूब कड़ा निबन्ध लिखा था। उसमें समालोचक ने अमल और मन्मथ दत्त की लेखन-शैली का कटु उपहास किया था; और उसी के साथ तुलना करते हुए नवीन लेखिका श्रीमती चारुबाला की भाषा की

अकृत्रिम सरलता, अनायास सरसता और चित्ररचना-नैपुण्य की खूब प्रशंसा की थी। लिखा था, 'इसी प्रकार की रचना-प्रणाली का अनुकरण करके सफलता प्राप्त करने से ही अमल-कम्पनी का विस्तार सम्भव है, नहीं तो वह पूर्णरूप से फ़ेल होगी, इसमें कोई सन्देह नहीं है।'

भूपति ने हँसकर कहा, ''इसी को कहते हैं, गुरु गुड़ ही रहे चेला शक्कर हो गया।''

चारु अपनी रचना-शैली की इस प्रथम प्रशंसा से ज्यों ही ज़रा खुश होती त्यों ही उसे पीड़ा होने लगती। उसका मन जैसे किसी भी प्रकार प्रसन्न नहीं होना चाहता था। प्रशंसा के लुभावने सुधा-पात्र को वह मुँह के पास पहुँचते ही दूर ठेल देती।

वह समझ गयी, उसके लेख पत्र में छपवाकर अमल ने एकाएक उसे विस्मित कर देने का संकल्प किया था। अन्त में छप जाने पर निश्चय किया होगा कि किसी पत्र में प्रशंसापूर्ण समालोचना छप जाने पर दोनों को एक साथ दिखाकर चारु की रोष-शान्ति और उत्साहवर्द्धन करेगा। जब प्रशंसा छप गयी तब अमल क्यों आग्रहपूर्वक उसे दिखाने नहीं आया ? इस समालोचना से अमल को चोट पहुँची और चारु को दिखाना नहीं चाहा, इसीलिए इन पत्रों को उसने एकदम छिपा लिया। चारु स्वान्त:सुखाय चुपचाप एकान्त में एक छोटे साहित्य-नीड़ की रचना कर रही थी, सहसा प्रशंसा शिला-वृष्टि की एक बड़ी-सी शिला ने आकर उसको एकदम गिराने का प्रयत्न किया। चारु को यह बिलकुल अच्छा नहीं लगा।

भूपति के चले जाने पर चारु अपने सोने के कमरे में खाट पर चुपचाप बैठी रही; सामने *सरोरुह* और *विश्वबन्धु* खुले पड़े थे।

चारु को सहसा चकित कर देने के लिए कॉपी हाथ में लिये अमल ने पीछे से चुपचाप प्रवेश किया। पास आकर देखा, *विश्वबन्धु* की समालोचना खोले हुए चारु ध्यानमग्न बैठी थी।

फिर अमल चुपचाप बाहर चला गया। ''मुझे गाली देकर चारु की रचनाओं की प्रशंसा की गयी है। इसीलिए प्रसन्नता के कारण चारु को होश नहीं है।'' क्षण भर में ही उसका सारा मन जैसे कड़वा हो गया। वह ज़रूर इस मूर्ख की समालोचना पढ़कर अपने को गुरु की अपेक्षा अधिक बड़ा समझ रही है, इस निश्चित धारणा के कारण अमल चारु पर बहुत क्रुद्ध हुआ। चारु को चाहिए था कि उस पत्र को फाड़कर टुकड़े-टुकड़े करके आग में डालकर भस्म कर देती।

चारु के ऊपर गुस्सा होकर अमल ने मन्दा के कमरे के द्वार पर खड़े होकर ज़ोर से पुकारा, ''मन्दा भाभी!''

मन्दा, ''आओ भई आओ! आज तो बिना माँगे ही दर्शन मिल गये, बड़े सौभाग्य की बात है।''

अमल, ''मेरे एक-दो नये लेख सुनोगी ?''

मन्दा, ''कितने दिन से, सुनाऊँगा-सुनाऊँगा कहकर आशा दे रखी है ? किन्तु सुनाते तो हो नहीं। क्या ज़रूरत है भई—फिर कहीं कोई नाराज़ हो बैठे तो तुम्हीं मुश्किल में पड़ोगे—मेरा क्या ?''

अमल ने कुछ ऊँचे स्वर से कहा, ''गुस्सा कौन होगा, और भला क्यों ? अच्छा वह देखा जायेगा, तुम इस समय तो सुनो।''

मन्दा जैसे अत्यन्त आग्रह से झटपट तैयार होकर बैठ गयी। अमल ने सस्वर उत्साह के साथ पढ़ना आरम्भ किया।

अमल का लेख मन्दा के लिए नितान्त अपरिचित था, उसमें वह कहीं कोई कूल-किनारा नहीं पा सकी। इसीलिए मुँह पर प्रसन्नता की हँसी लाकर और भी उत्सुक भाव से सुनने लगी। उत्साह पाकर अमल की आवाज़ उत्तरोत्तर ऊँची होती गयी।

वह पढ़ रहा था, ''अभिमन्यु ने गर्भावस्था में जिस प्रकार व्यूह-रचना में प्रवेश करना सीखा था, व्यूह-रचना से बाहर निकलना नहीं सीखा था—उसी प्रकार नदी की धारा ने भी पर्वत-गह्वरों, पाषाण-गर्भ में रहकर केवल आगे चलना ही सीखा है, पीछे लौटना नहीं सीखा। हा नदी के स्रोत, हा यौवन, हा काल, हा संसार। तुम केवल आगे ही चल सकते हो—जिस पथ पर स्मृति के स्वर्णमण्डित उपलखण्ड बिखरा आते हो, उस पथ पर फिर किसी दिन लौटकर नहीं जाते। केवल मनुष्य का मन ही पीछे की ओर देखता है, अनन्त संसार उस ओर कभी मुड़कर भी नहीं देखता।''

इसी समय मन्दा के द्वार के समीप एक छाया पड़ी। मन्दा ने उस छाया को देखा। किन्तु जैसे उसने देखा न हो, ऐसी चेष्टा करे निर्निमेष दृष्टि से अमल के मुख की ओर देखती हुई गम्भीर मनोयोग से पाठ सुनने लगी।

छाया उसी क्षण हट गयी।

चारु ने प्रतीक्षा की थी कि अमल के आते ही उसके सामने *विश्वबन्धु* पत्र को यथोचित लांछित करेगी, और उसने प्रतिज्ञा-भंग करके उसके लेख मासिक पत्र में छपा दिये हैं, इसके लिए अमल को भी फटकारेगी।

अमल के आने का समय निकल गया, तो भी वह नहीं आया। चारु ने एक लेख ठीक करके रखा था; अमल को सुनाने की इच्छा से; वह भी पड़ा रह गया।

ऐसी अवस्था में कहीं से अमल का कण्ठ-स्वर सुनाई पड़ा। लगा, जैसे मन्दा के कमरे से। शरबिद्ध के समान वह उठ खड़ी हुई। दबे पैर वह द्वार के समीप आकर खड़ी हो गयी। अमल जो लेख मन्दा को सुना रहा था, अभी चारु ने उसको नहीं सुना था। अमल पढ़ रहा था, ''केवल मनुष्य का मन ही पीछे की ओर जाता है—अनन्त संसार उस ओर कभी मुड़कर भी नहीं देखता !''

चारु जिस प्रकार चुपचाप आयी थी, उसी प्रकार चुपचाप फिर लौट न सकी। आज एक के बाद एक, दो-तीन आघातों ने उसको एकदम धैर्यच्युत कर दिया था। मन्दा एक अक्षर भी नहीं समझ रही है और अमल नितांत निर्बोध मूढ़ की भाँति उसे पाठ सुनाकर तृप्ति-लाभ कर रहा है—यह बात चिल्लाकर कह जाने की उसकी इच्छा हुई। किन्तु बिना बोले सक्रोध पद-शब्दों के द्वारा वह यही प्रचार कर आयी। शयन-कक्ष में जाकर चारु ने सशब्द द्वार बन्द कर लिया।

क्षण-भर के लिए अमल ने पढ़ना बंद कर दिया। मन्दा ने हँसकर चारु की ओर इशारा किया। अमल ने मन-ही-मन कहा, ''भाभी यह कैसा निष्ठुर आचरण! क्या उन्होंने समझ रखा है, मैं बस उनका ही क्रीतदास हूँ? उनको छोड़कर और किसी को भी पढ़कर नहीं सुना सकता? ये तो बड़ा जुल्म है।'' ऐसा सोचकर वह और भी ऊँचे स्वर से पढ़कर मन्दा को सुनाने लगा।

पढ़ना समाप्त होने पर चारु के कमरे के सामने से होकर वह बाहर चला गया। एक बार दृष्टि डाली, कमरे का द्वार बंद था।

चारु ने पैरों की आहट से जान लिया, अमल उसके कमरे के सामने से निकल गया—एक बार भी नहीं रुका। क्रोध और क्षोभ के कारण उसे रुलाई नहीं आयी। अपने नये लेख वाली कॉपी को निकालकर बैठे-बैठे उसके प्रत्येक पृष्ठ को फाड़कर टुकड़े-टुकड़े कर ढेर लगा दिया। हाय! किस अशुभ क्षण में यह लेखा-लेखी आरम्भ हुई थी।

आठ

संध्या समय बरामदे के गमले से जूही के फूलों की सुगंध आ रही थी, बिखरे बादलों में से स्निग्ध आकाश में तारे दिख रहे थे। आज चारु ने केश नहीं बाँधे, कपड़े नहीं बदले! वह जँगले के पास अंधकार में बैठी थी। मन्द पवन में उसके खुले केश धीरे-धीरे उड़ रहे थे और उसके नेत्रों से इस प्रकार टप-टप करके आँसू क्यों गिर रहे थे, इसको वह स्वयं भी नहीं समझ पा रही थी।

तभी भूपति ने कमरे में प्रवेश किया। उसका मुख बिलकुल उतरा हुआ, हृदय भाराक्रांत था। भूपति के आने का अभी समय नहीं था। अख़बार के लिए लिखकर, प्रूफ देखकर अन्त:पुर में आने में प्राय: उनको देर होती थी। आज संध्या के तुरन्त बाद ही मानो किसी सांत्वना की प्रत्याशा से वह चारु के पास आकर उपस्थित हुआ है।

घर में दीपक नहीं जल रहा था। खुले जँगले के क्षीण आलोक में भूपति चारु को खिड़की के पास स्पष्ट नहीं देख पाया; धीरे-धीरे पीछे आकर खड़ा हो गया। पैरों की आहट सुनकर भी चारु ने मुँह नहीं फेरा—मूर्तिवत् स्थिर, अकड़ी बैठी रही।

भूपति ने कुछ आश्चर्यचकित होकर पुकारा, ''चारु!''

भूपति के स्वर से चौंककर वह झटपट उठ खड़ी हुई। भूपति आया है, उसने नहीं सोचा था। भूपति ने चारु के केशों में उँगली फेरते-फेरते स्नेहार्द्र स्वर में पूछा, ''अंधकार में तुम अकेली क्यों बैठी हो चारु? मन्दा कहाँ गयी?'

चारु ने जैसी आशा की थी, आज सारा दिन वैसा-कुछ भी नहीं हुआ। उसने यह निश्चित रूप से सोच रखा था कि अमल आकर क्षमा माँगेगा—उसके लिए तैयार होकर वह प्रतीक्षा कर रही थी, इतने में भूपति का अप्रत्याशित कंठ-स्वर वह जैसे और अधिक आत्म-संवरण नहीं कर सकी—एकदम रो पड़ी।

भूपति ने घबराकर व्यथित होकर पूछा, ''चारु, क्या हुआ?''

क्या हुआ, यह कहना कठिन था। ऐसा तो कुछ नहीं हुआ। विशेष तो कुछ नहीं हुआ। अमल ने अपना नया लेख पहले उसको न सुनाकर मन्दा को सुनाया है, इस बात को लेकर भूपति के पास वह क्या नालिश करे? सुनकर क्या भूपति हँसेगा नहीं? उस तुच्छ बात में गुरुत्तर शिकायत का विषय कहाँ छिपा हुआ था, उसको खोज निकालना चारु के लिए दुस्तर था। अकारण ही वह क्यों इतना अधिक कष्ट पा रही है? इसको पूर्णरूप से समझ पाने के कारण उसकी वेदना और भी बढ़ गयी।

भूपति, ''बोलो न चारु, तुमको क्या हुआ है! मैंने क्या तुम्हारे प्रति अन्याय किया है? तुम तो जानती ही हो, अख़बार के झंझट को लेकर मैं किस प्रकार अति व्यस्त रहता हूँ, यदि तुम्हारे मन को कोई आघात पहुँचा हो तो यह मैंने जान-बूझकर नहीं पहुँचाया है।''

भूपति ऐसे विषयों पर प्रश्न कर रहा था, जिनमें से किसी का कोई उत्तर नहीं। इसी कारण चारु भीतर-ही-भीतर अधीर हो उठी। सोचने लगी, 'भूपति यदि उसे इस समय निष्कृति दे दे तो जान बचे।'

दूसरी बार भी कोई उत्तर न पाकर भूपति ने फिर स्नेहसिक्त-स्वर में कहा, ''चारु, मैं हर समय तुम्हारे पास नहीं आ सकता, इसीलिए मैं अपराधी हूँ, किन्तु अब ऐसा नहीं होगा, अब से दिन-रात अख़बार में नहीं लगा रहूँगा। मुझे तुम जितना चाहोगी, उतना ही पाओगी।''

चारु अधीर होकर बोली, ''इसलिए नहीं।''

भूपति ने कहा, ''तो फिर किसलिए?'' कहता हुआ खाट पर बैठ गया।

चारु खीझ के स्वर को न छिपा सकी। बोली, ''अभी रहने दो, रात को बताऊँगी!''

क्षण-भर स्तब्ध रहकर भूपति ने कहा, ''अच्छा, इस समय रहने दो?'' कहते हुए उठकर धीरे-धीरे बाहर चला गया। उसे अपनी कोई बात कहनी थी, वह भी न कह पाया।

भूपति क्षोभ से चला गया, यह चारु से छिपा नहीं रहा! सोचा, 'बुलाऊँ! किन्तु

बुलाकर क्या कहूँगी।' पश्चात्ताप ने बेचैन तो किया, किन्तु उसका कोई भी प्रतिकार वह नहीं ढूँढ़ पायी।

रात हुई। चारु ने आज बहुत यत्न से भूपति को रात का भोजन परोसा और स्वयं हाथ में पंखा लेकर बैठी रही।

इसी समय उसने सुना, मन्दा ऊँचे स्वर में पुकार रही थी, ''ब्रज, ब्रज!'' नौकर ब्रज के उत्तर देने पर पूछा, ''अमल बाबू ने भोजन कर लिया है क्या?'' ब्रज ने उत्तर दिया, ''कर लिया।'' मन्दा ने कहा, ''भोजन हो गया और तू पान नहीं ले गया, क्यों!'' मन्दा ब्रज को बहुत डाँटने लगी।

इसी समय भूपति अन्तःपुर में आकर भोजन करने बैठा, चारु पंखा करने लगी।

चारु ने आज निश्चय किया था कि भूपति के साथ प्रफुल्ल स्नेह भाव से अनेक बातें करेगी। बातचीत पहले से ही ठीक करके तैयार होकर बैठी थी। किन्तु मन्दा की बातों से उसका सारा विस्तृत आयोजन नष्ट हो गया, भोजन के समय वह भूपति से एक बात भी नहीं कर सकी। भूपति भी अत्यन्त उदास और अन्यमनस्क था। उसने अच्छी तरह भोजन किया भी नहीं, चारु ने केवल एक बार पूछा, ''कुछ खा नहीं रहे हो, क्यों?''

भूपति ने प्रतिवाद करते हुए कहा, ''क्यों, कम तो नहीं खाया।''

शयन-कक्ष में दोनों के मिलने पर भूपति ने कहा, ''आज रात को तुमने क्या कहने के लिए कहा था?''

चारु ने कहा, ''देखो, कुछ दिनों से मन्दा का व्यवहार मुझे अच्छा नहीं लग रहा है। उसको यहाँ रखने का मुझे और साहस नहीं हो रहा है।''

भूपति, ''क्यों, उसने क्या किया है?''

चारु, ''अमल के साथ वह ऐसा व्यवहार करती है कि उसे देखने में लज्जा लगती है।''

भूपति हँस पड़ा। कहा, ''धत्, तुम पागल हो गयी हो! अमल तो बच्चा है। कल का छोकरा...''

चारु, ''तुम तो घर की कोई ख़बर नहीं रखते, केवल बाहर की ख़बर इकट्ठी करते फिरते हो। जो हो, बेचारे भैया के लिए मैं चिंतित हूँ। वे कब खाते हैं, नहीं खाते हैं, उसकी मन्दा कोई सुध नहीं लेती, लेकिन अमल के कामों में ज़रा-सी भूल-चूक होते ही नौकर-चाकरों के साथ बक-झक करके अनर्थ कर देती है।''

भूपति, ''तुम स्त्रियाँ बहुत संदेही होती हो।''

चारु गुस्से में बोली, ''अच्छा ठीक है, हम संदेही ही सही, किन्तु घर में मैं यह सब बेहयापन नहीं होने दूँगी—यह कहे देती हूँ।''

चारु की इस समस्त निराधार आशंका से भूपति मन-ही-मन हँसा। खुश भी हुआ। घर जिससे पवित्र रहे, दाम्पत्य धर्म को आनुमानिक और काल्पनिक कलंक लेशमात्र स्पर्श न करे, इसके लिए साध्वी स्त्रियों में जो अतिरिक्त सतर्कता और संदेहाकुल दृष्टि पायी जाती है, उसमें अपना एक माधुर्य और महत्त्व होता है।

भूपति ने श्रद्धा और स्नेह से चारु के ललाट का चुम्बन करते हुए कहा, ''इसको लेकर और कोई हंगामा करने की आवश्यकता नहीं होगी। उमापद मैमनसिंह में प्रैक्टिस करने जा रहा है; मन्दा को भी साथ ले जायेगा।''

अन्त में, अपनी दुश्चिन्ता और यह सब अप्रीतिकर आलोचना दूर करने के लिए भूपति ने टेबिल से एक कॉपी उठाकर कहा, ''चारु, अपना लेख मुझे सुनाओ न।''

चारु ने कॉपी छीनकर कहा, ''यह तुमको अच्छा नहीं लगेगा, तुम मज़ाक उड़ाओगे!''

इस बात से भूपति कुछ व्यथित हुआ, किन्तु उसे छिपाकर हँसते हुए कहा, ''अच्छा मज़ाक नहीं उड़ाऊँगा, इस प्रकार स्थिर होकर सुनूँगा कि तुम्हें लगेगा कि मैं सो गया हूँ।''

किन्तु भूपति की एक न चली। देखते-देखते वह कॉपी अनेक आवरण-आच्छादनों में अन्तर्हित हो गयी।

नौ

भूपति चारु से सारी बातें न कह सका। उमापद भूपति के अख़बार का व्यवस्थापक था। चन्दा-अदायगी, छापेखाने और बाज़ार का हिसाब-किताब चुकाना, नौकरों को वेतन देना, यह सारा भार उमापद के ऊपर था।

इसी बीच सहसा एक दिन काग़ज़ वाले के यहाँ से वकील की चिट्ठी पाकर भूपति को आश्चर्य हुआ। भूपति के पास उनके सत्ताइस सौ रुपये बाक़ी हैं, इसकी सूचना दी थी। भूपति ने उमापद को बुलाकर कहा, ''यह क्या मामला है! यह रुपया तो मैंने तुमको दिया था। काग़ज़ का बकाया तो चार-पाँच सौ से अधिक नहीं होना चाहिए।''

उमापद ने कहा, ''अवश्य ही उन्होंने भूल की है।''

किन्तु बात अब और दबी न रह सकी। कुछ समय से उमापद इसी प्रकार धोखा देता आ रहा था। केवल काग़ज़ के ही बारे में नहीं, भूपति के नाम से उमापद ने बाज़ार में बहुत सा उधार ले रखा था। वह गाँव में एक पक्का मकान भी बनवा रहा था। उसके लिए बहुत कुछ सामान भूपति के नाम लिखवा दिया था, और जिसका अधिकांश हुण्डियों से अदा कर दिया गया था।

जब वह बिलकुल पकड़ा ही गया तो रूखे स्वर से बोला, ''मैं कहीं चला तो नहीं जा रहा हूँ। काम करते-करते मैं धीरे-धीरे चुका दूँगा—तुम पर यदि एक कौड़ी भी उधार रहे तो मेरा नाम उमापद नहीं।''

उसका नाम बदलने में भूपति के लिए कोई सांत्वना की बात नहीं थी। अर्थक्षति से भूपति उतना दुखी नहीं हुआ, किन्तु अकस्मात् इस विश्वासघात से उसे ऐसा लगा मानो घर से शून्य में पैर रखा हो।

उसी दिन वह असमय अन्तःपुर में गया था। संसार में विश्वास का एक स्थान तो अवश्य ही है। क्षण-भर के लिए यही अनुभव करने के लिए उसका हृदय व्याकुल हो गया था। चारु उस समय अपने दुःख में संध्या-दीप बुझाकर जँगले के पास अंधकार में बैठी थी।

दूसरे दिन उमापद मैमनसिंह जाने के लिए तैयार हुआ। बाज़ार के रुपया पाने वालों को ख़बर लगने के पहले ही वह खिसक जाना चाहता था। घृणा के कारण उमापद से भूपति ने बात नहीं की—भूपति की इस मौनावस्था को उमापद ने अपना सौभाग्य समझा।

अमल ने आकर पूछा, ''भाभी, यह क्या मामला है ? सामान ठीक करने की इतनी धूम क्यों मची हुई है ?''

मन्दा, ''अरे भाई, जाना तो है ही। हमेशा थोड़े ही रहूँगी।''

अमल, ''कहाँ जा रही हो ?''

मन्दा, ''गाँव।''

अमल, ''क्यों, यहाँ क्या असुविधा हो रही है ?''

मन्दा, ''मुझे क्या असुविधा होगी ? तुम पाँच जनों के साथ थी, सुख से ही थी। किन्तु दूसरों को जो असुविधा होने लगी,'' कहते हुए चारु के कमरे की ओर कटाक्ष किया।

अमल गंभीर होकर चुप रहा। मन्दा ने कहा, ''छी, छी, कैसी लज्जा की बात है ? बाबू ने क्या सोचा होगा!''

इस बात को लेकर अमल ने और अधिक आलोचना नहीं की। केवल इतना तय किया, ''चारु ने उनके संबंध में भैया से कुछ ऐसी बात कही है, जो नहीं करनी चाहिए थी।''

अमल घर से बाहर निकलकर सड़क पर टहलने लगा। उसकी इच्छा हुई—इस घर में फिर लौटकर न आये। भैया ने यदि भाभी की बात पर विश्वास करके उसे अपराधी समझ लिया है, तो जिस रास्ते मन्दा गयी है, उसको भी उसी रास्ते चला जाना चाहिए। मन्दा को विदा करना एक हिसाब से अमल के प्रति भी निर्वासन का आदेश

था—केवल मुँह खोलकर कहा नहीं गया। इसके बाद तो कर्तव्य बिलकुल स्पष्ट है। यहाँ अब और एक क्षण भी नहीं रहना। किन्तु भैया मन-ही-मन उसके संबंध में किसी प्रकार की ग़लत धारणा पाल लें, यह नहीं हो सकता। इतने दिन से वे अक्षुण्ण विश्वास से उसे घर में स्थान देकर उसका पालन करते आ रहे हैं, और इस विश्वास को अमल ने तनिक भी आघात नहीं पहुँचाया है, भैया को यह बात बिना समझाये वह किस प्रकार जायेगा।

भूपति उस समय कुटुम्बियों की कृतघ्नता, महाजनों की भर्त्सना, बिखरा हिसाब-किताब और ख़ाली ख़जाना लिये सिर पर हाथ रखे सोच रहा था। उसके उस शुष्क मनोदुःख का कोई साथी नहीं था—चित्तवेदना और ऋण से अकेले खड़े होकर युद्ध करने के लिए भूपति तैयार हो रहा था।

ऐसे समय में अमल ने आँधी के समान कमरे में प्रवेश किया। भूपति ने सहसा अपनी अगाध चिंता से चौंककर देखा। कहा, ‘‘क्या है, अमल!’’ अकस्मात् लगा, अमल शायद और कोई गुरुतर दुःसंवाद लेकर आया है।

अमल ने कहा, ‘‘भैया, मेरे ऊपर संदेह करने का क्या तुम्हें कोई कारण मिला है?’’

भूपति ने आश्चर्य से कहा, ‘‘तुम्हारे ऊपर संदेह!’’ मन-ही-मन सोचा, ‘संसार जैसा दिखाई दे रहा है, उससे किसी दिन अमल पर भी सन्देह कर बैठूँ तो क्या आश्चर्य है!’

अमल, ‘‘क्या भाभी ने तुमसे मेरे चरित्र के सम्बन्ध में किसी प्रकार का दोषारोपण किया है?’’

भूपति ने सोचा, ‘ओह! तो यह बात है। स्नेह का उलाहना।’ वह तो सोच बैठा था कि शायद एक सर्वनाश पर कोई दूसरा सर्वनाश घटित हुआ है? किन्तु गुरुत्तर संकट के समय भी ये सब तुच्छ बातें सुननी पड़ती हैं! दुनिया एक ओर तो पुल हिलाना भी नहीं छोड़ती और साथ-ही-साथ उस पुल पर से शाक-भाजी का बोझा पार उतारने के लिए ताकीद करना भी नहीं छोड़ती। और कोई अवसर होता तो भूपति अमल का परिहास करता, किन्तु आज उसमें वैसी प्रसन्नता नहीं थी। उसने कहा, ‘‘पागल हो गये हो क्या?’’

अमल ने फिर पूछा, ‘‘भाभीजी ने कुछ नहीं कहा?’’

भूपति, ‘‘तुमसे स्नेह करती है, इसलिए कुछ कह बैठी हो तो भी उसमें क्रोध करने का तो कोई कारण नहीं है।’’

अमल, ‘‘काम-काज की खोज में अब मुझे अन्यत्र जाना चाहिए।’’

भूपति ने डाँटकर कहा, ‘‘अमल, न जाने तुम यह क्या लड़कपन कर रहे हो, अभी पढ़ो-लिखो, काम-काज पीछे होगा।’’

अमल उदास चेहरे से चला गया, भूपति अपने अख़बार के ग्राहकों की शुल्क-प्राप्ति की तालिका लेकर तीन वर्ष के जमा-खर्च का हिसाब मिलाने बैठ गया।

दस

अमल ने तय किया, ''भाभी का मुक़ाबला करना होगा, इस बात को समाप्त किये बिना नहीं छोड़ेगा।'' भाभी को जो वह कड़ी-कड़ी बातें सुनायेगा, मन-ही-मन उन्हें दुहराने लगा।

मन्दा के चले जाने पर चारु ने संकल्प किया, अमल को वह स्वयं बुलाकर उसका क्रोध शान्त करेगी। किन्तु लेख का बहाना करके बुलाना होगा। अमल के ही एक लेख का अनुकरण करके 'अमावस्या का आलोक' शीर्षक से एक निबंध उसने तैयार किया। चारु यह समझ गयी थी कि उसके स्वतंत्र लेख अमल पसन्द नहीं करता।

पूर्णिमा अपने सम्पूर्ण आलोक को प्रकाशित कर देती है, इसलिए चारु ने अपनी नवीन रचना में पूर्णिमा को तिरस्कृत करते हुए धिक्कारा। उसने लिखा—'अमावस्या के अतलस्पर्शी अन्धकार में सोलह कला चन्द्र का सम्पूर्ण आलोक तहों में आबद्ध हो गया है, उसकी रश्मि भी बिखरने नहीं पाती—इसीलिए पूर्णिमा की उज्ज्वलता की अपेक्षा अमावस्या की कालिमा अधिक पूर्ण है... ' इत्यादि। अमल अपनी सारी रचनाएँ सबके सामने प्रकाशित कर देता है और चारु ऐसा नहीं करती—पूर्णिमा-अमावस्या की तुलना में क्या इसी बात का आभास था ?

उधर इस परिवार का तीसरा व्यक्ति भूपति किसी आसन्न ऋण के तगादे से मुक्ति-लाभ करने की दृष्टि से अपने परम मित्र मतिलाल के पास गया था।

भूपति ने मतिलाल को संकट के समय कई हज़ार रुपये दिये थे—उस दिन अत्यन्त विपन्न होकर वे ही रुपये माँगने गया था। मतिलाल स्नान करने नंगे बदन बैठा पंखे की हवा खा रहा था और लकड़ी के एक बक्स पर काग़ज़ रखकर खूब छोटे-छोटे अक्षरों में हज़ार बार दुर्गा का नाम लिख रहा था। भूपति को देखकर अत्यन्त आत्मीयता के स्वर में बोला, ''आओ, आओ—आजकल तुम्हारे दर्शन ही दुर्लभ हैं।''

रुपयों की बात सुनकर मतिलाल ने बहुत सोचकर कहा, ''किन रुपयों की बात कर रहे हो ? इस बीच क्या तुमसे कुछ लिया है ?''

भूपति के साल, तारीख़ स्मरण करा देने पर मतिलाल ने कहा, ''ओह ! उसे तो बहुत दिन हुए तमादी लग गयी।''

भूपति की आँखों में मानो चारों ओर दुनिया का स्वरूप ही बदल गया हो। संसार के जिस अंश पर से चेहरा हट गया था, उसकी ओर देखकर भूपति का शरीर आतंक से सिहर उठा। जिस प्रकार सहसा बाढ़ आ जाने से भयभीत व्यक्ति जहाँ सबसे ऊँची जगह देखता है, वहीं दौड़ जाता है, संशयाक्रान्त भूपति ने भी उसी प्रकार

बहिर्संसार से अन्तःपुर में प्रवेश किया। मन-ही-मन कहा, ''और जो हो, चारु तो मुझे धोखा नहीं देगी।''

चारु उस समय खाट पर बैठी गोद में तकिया और तकिये पर कॉपी रखकर झुकी हुई एकाग्रचित से लिख रही थी। जब भूपति उसके अत्यन्त समीप पहुँचकर खड़ा हो गया तभी उसे पता चला; जल्दी से कॉपी पैरों के नीचे दबाकर बैठ गयी।

मन जब व्यथित रहता है तब छोटे-से आघात से भी गुरुतर व्यथा का अनुभव होता है। चारु को इस प्रकार अनावश्यक शीघ्रता से अपना लेख छिपाते देख भूपति के मन को कष्ट हुआ।

भूपति धीरे-धीरे खाट पर चारु के पास बैठ गया। चारु अपने रचना-स्रोत में अप्रत्याशित बाधा पाकर और सहसा कॉपी छिपाने की व्यस्तता से अप्रतिभ होकर कोई भी बात शुरू न कर सकी।

उस दिन भूपति के पास स्वयं भी कुछ देने या कहने को न था। वह खाली हाथों चारु के पास प्रार्थी होकर आया था। चारु से यदि वह आशंका-धर्मी प्रेम का कोई प्रश्न या प्यार का कोई चिह्न पा जाता तो उसकी क्षतयंत्रणा पर औषधि का लेप हो जाता। किन्तु लक्ष्मी ही लक्ष्मीहीन हो गयी। ज़रूरत पड़ने पर एक क्षण के लिए चारु मानो प्रीति-भण्डार की चाबी कहीं खोज ही न पायी। दोनों के कठिन मौन के कारण कमरे की नीरवता बड़ी गहरी हो उठी।

कुछ देर बिलकुल चुपचाप बैठा भूपति दीर्घ-निःश्वास लेकर खाट से उठा और धीरे-धीरे बाहर चला गया।

उसी समय अमल अनेक कड़ी-कड़ी बातें मन में संचित करके तेज़ी से चारु के कमरे की ओर आ रहा था। रास्ते में भूपति के अत्यन्त शुष्क विवर्ण मुख को देखकर अमल उद्विग्न होकर रुक गया। पूछा, ''भैया, क्या तबियत ख़राब है?''

अमल के स्निग्ध स्वर को सुनते ही हठात् भूपति का सारा हृदय अपनी अश्रुधारा को लेकर मानो अन्दर-ही-अन्दर फूल उठा। कुछ देर तक कोई बात नहीं निकल सकी। बलपूर्वक आत्म-संवरण करके भूपति ने आर्द्र स्वर से कहा, ''कुछ नहीं हुआ, अमल! इस बार पत्र में तुम्हारा कोई लेख निकल रहा है क्या?''

अमल ने जो कड़ी-कड़ी बातें संचित की थीं, वे कहाँ गयीं? झटपट चारु के कमरे में आकर उसने प्रश्न किया, ''भाभी, भैया को क्या हुआ है, बताओ तो।''

चारु ने कहा, ''कहाँ, कुछ समझ ही न पायी। शायद किसी अख़बार में उनके अख़बार को गाली दी गयी होगी।''

अमल ने सिर हिला दिया।

अमल बिना बुलाये ही आया था और सहज भाव से बातचीत कर रहा था। यह देखकर चारु को बहुत चैन मिला। सीधे लेख की बात छेड़ दी—बोली, ''आज

मैंने 'अमावस्या का आलोक' शीर्षक एक लेख लिखा था; और ज़रा देर हो जाती तो उन्होंने उसे देख लिया होता।''

चारु को पूरा विश्वास था, कि उसका नया लेख देखने के लिए अमल ज़िद करेगा। इसी अभिप्राय से उसने कॉपी भी ज़रा इधर-उधर की। किन्तु, अमल ने एक बार तीखी निगाह से कुछ क्षण चारु के मुख की ओर देखा—क्या समझा, क्या सोचा, पता नहीं। फिर चौंककर उठ खड़ा हुआ। मानो पर्वतीय पथ पर चलते-चलते सहसा कुहरे के बादल हटते ही पथिक ने चौंककर देखा कि वह हज़ार हाथ गहरे गह्वर में पैर देने जा रहा था। अमल बिना कुछ कहे सीधा कमरे से बाहर चला गया।

चारु अमल के इस अभूतपूर्व व्यवहार का कोई तात्पर्य न समझ सकी।

ग्यारह

दूसरे दिन भूपति ने फिर असमय शयन-कक्ष में आकर चारु को बुलवाया। बोला, ''चारु, अमल के विवाह का एक बड़ा बढ़िया प्रस्ताव आया है।''

चारु अन्यमनस्क थी। बोली, ''क्या बढ़िया आया है ?''

भूपति, ''विवाह का प्रस्ताव।''

चारु, ''क्यों, मैं पसन्द नहीं आयी ?''

भूपति उच्च स्वर में हँस पड़ा। उसने कहा, ''तुम पसन्द आयीं या नहीं आयीं, यह बात अभी अमल से पूछी नहीं गयी। यदि पसन्द आ भी गयी हो तो भी मेरा भी तो एक छोटा-मोटा अधिकार है, मैं चट से थोड़े ही छोड़ दूँगा।''

चारु, ''उफ़ान में न जाने क्या बकते हो! ठिकाना नहीं है। तुमने कहा था न, कि तुम्हारे विवाह का सम्बन्ध आया है—'' चारु का मुख लाल हो उठा।

भूपति, ''ऐसा होता तो क्या दौड़कर तुम्हें ख़बर देने आता ? बख़्शीश पाने की तो कोई आशा नहीं थी।''

चारु, ''अमल का सम्बन्ध आया है ? अच्छी बात है। तो फिर अब देर क्यों ?''

भूपति, ''बर्दवान के वकील रघुनाथ बाबू अपनी लड़की के साथ विवाह करके अमल को विलायत भेजना चाहते हैं।''

चारु ने विस्मित होकर प्रश्न किया, ''विलायत !''

भूपति, ''हाँ विलायत।''

चारु, ''अमल विलायत जाएगा ? बड़े मज़े की बात है। अच्छा हुआ, ठीक हुआ, तो फिर तुम उससे एक बार बात करके देखो !''

भूपति, ''यदि मेरे कहने के पहले तुम एक बार उसे बुलाकर समझाओ तो क्या अच्छा नहीं होगा।''

चारु, ''मैं तो हज़ारों बार कह चुकी हूँ। वह मेरी बात नहीं मानता। मैं उससे नहीं कह सकूँगी।''

भूपति, ''तुम क्या सोचती हो ? वह नहीं करेगा।''

चारु, ''और भी तो अनेक बार प्रयत्न करके देखा है, किसी प्रकार भी तो राज़ी नहीं होता।''

भूपति, ''किन्तु इस बार इस प्रस्ताव को छोड़ना उसके लिए उचित न होगा। मुझ पर बहुत कर्ज हो गया है, अब मैं इस तरह अमल को आश्रय दे नहीं पाऊँगा।''

भूपति ने अमल को बुलवाया। अमल के आने पर उससे कहा, ''बर्दवान के वकील रघुनाथ बाबू की लड़की के साथ तुम्हारे विवाह का प्रस्ताव आया है। उनकी इच्छा है कि विवाह के बाद तुमको विलायत भेज दें। तुम्हारी क्या राय है ?''

अमल ने कहा, ''यदि तुम्हारी अनुमति हो, तो मुझे कोई आपत्ति नहीं है।''

अमल की बात सुनकर दोनों को आश्चर्य हुआ। वह कहते ही राज़ी हो जायेगा, यह किसी ने भी नहीं सोचा था।

चारु ने तीखे स्वर से मज़ाक करते हुए कहा, ''भैया की अनुमति होने पर ये अपनी राय देंगे ! वाह रे मेरे आज्ञाकारी छोटे भाई ! भैया के ऊपर भक्ति इतने दिनों तक कहाँ थी देवर जी ?''

अमल ने उत्तर न देकर थोड़ा हँसने का प्रयत्न किया।

अमल को निरुत्तर देखकर चारु मानो उसे सतर्क करने के लिए द्विगुणित तेज़ी से बोली, ''यह क्यों नहीं कहते कि तुम्हारी इच्छा है। इतने दिनों तक यह बहाना करते रहने की क्या ज़रूरत थी कि विवाह नहीं करना चाहते ? 'मन-मन भावे मूड़ हिलावे'।''

भूपति ने मज़ाक करते हुए कहा, ''तुम्हारी ही खातिर अमल इतने दिन मन को रोके रहा, कहीं देवरानी की बात सुनकर तुम्हें ईर्ष्या न हो।''

यह बात सुनकर चारु लाल हो उठी। ज़ोर से बोली, ''ईर्ष्या ! अच्छा जी ! मुझे कभी ईर्ष्या नहीं होती। इस प्रकार की बात कहना तुम्हारा बड़ा अन्याय है।''

भूपति, ''यह लो, अपनी स्त्री से हँसी-मज़ाक भी नहीं कर सकता।''

चारु, ''नहीं, इस तरह का मज़ाक मुझे अच्छा नहीं लगता ?''

भूपति, ''अच्छा, गुरुतर अपराध किया। माफ़ कर दो ! जो हो, तो फिर विवाह की बात तय रही ?''

अमल ने कहा, ''हाँ।''

चारु, ''लड़की अच्छी है या बुरी, एक बार यह देखने जाने की भी देर नहीं सह सकते। तुम्हारी ऐसी दशा हो गयी है इसका तो ज़रा भी आभास न दिया।''

भूपति, ''अमल, लड़की को देखना चाहो तो उसका बन्दोबस्त करूँ। मैंने पता

लगाया है, लड़की सुन्दर है।''

अमल, ''नहीं, देखने की तो कोई ज़रूरत मालूम नहीं पड़ती।''

चारु, ''उसकी बात क्यों सुनते हो? भला ऐसा होता है! लड़की देखे बिना विवाह होगा! वह न देखना चाहे, हम लोग तो देखेंगे।''

अमल, ''नहीं भैया, इसको लेकर फ़िज़ूल देर करने की ज़रूरत नहीं दिखती।''

चारु, ''रहने दो बाबा, देर हुई तो छाती फट जाएगी। तुम सिर पर मौर लगाकर अभी चल दो। क्या पता, कहीं तुम्हारा सात राजाओं[1] का ईप्सित बहुमूल्य माणिक्य कोई और न छीन ले जाए।''

अमल को किसी भी हँसी-मज़ाक से चारु ज़रा भी विचलित न कर पायी।

चारु, ''विलायत भाग जाने के लिए तुम्हारा मन इतना उतावला क्यों हो रहा है? क्यों, यहाँ हम लोग तुमको क्या मारपीट रहे थे? हैट-कोट पहनकर साहब बने बिना आजकल के लड़कों का मन ही नहीं भरता। देवर जी, विलायत से लौटकर हम-जैसे काले आदमियों को पहचान तो पाओगे न?''

अमल, ''तो फिर भला विलायत जाने की क्या ज़रूरत है!''

भूपति ने हँसकर कहा, ''काला रूप भूलने के लिए ही तो सात समुद्र पार जाते हैं। ख़ैर उसकी क्या बात है चारु, हम तो हैं, काले के भक्तों की कमी नहीं होगी।''

भूपति ने खुश होकर उसी समय चिट्ठी लिखकर बर्दवान भेज दी। विवाह का दिन निश्चित हो गया।

बारह

इसी बीच अख़बार बन्द कर देना पड़ा। भूपति और ख़र्च नहीं जुटा सका। *जन-साधारण* नामक एक अत्यन्त निर्मम पदार्थ की साधना में भूपति बहुत समय से दिन-रात एकाग्र मन से लगा हुआ था उसे एक क्षण में विसर्जित करना पड़ा। भूपति के जीवन का सारा प्रयत्न निरन्तर गत बारह वर्ष से जिस परिचित पथ पर चला आ रहा था वह सहसा एक जगह पहुँचकर मानो पानी में आ पड़ा था। इसके लिए भूपति बिलकुल तैयार न था। अपने इतने दिन के समस्त उद्यमों को अकस्मात् बाधा आ पड़ने पर वह लौटाकर कहाँ ले जाए? निराहार अनाथ शिशुओं की भाँति उन्होंने भूपति के मुख की ओर देखा। भूपति ने उन्हें करुणामयी सेवापरायणा स्त्री के समीप अपने अन्तःपुर में लाकर खड़ा कर दिया।

स्त्री उस समय कुछ सोच रही थी। वह मन-ही-मन कह रही थी, ''आश्चर्य है, अमल का विवाह होगा। यह तो बहुत ही अच्छी बात है। किन्तु इतने दिनों बाद

---

1. बांग्ला में कहावत है 'सात राजाओं का एक धन माणिक्य', जिसका अर्थ है अत्यन्त बहुमूल्य धन।

हमें छोड़कर पराये घर में विवाह करके विलायत चला जाएगा, इससे उसके मन में क्या एक बार ज़रा भी दुविधा उत्पन्न नहीं हुई। इतने दिन हमने उसे इतने यत्न से रखा, और विदा लेने का ज़रा-सा अवसर पाते ही ऐसे कमर कसकर तैयार हो गया मानो इतने दिन तक अवसर की प्रतीक्षा में हो। वैसे ऊपर से कितना मिष्टभाषी और स्नेहशील है! मनुष्य को पहचानना कितना कठिन है! कौन जानता था कि जो व्यक्ति इतना लिख सकता है उसके पास हृदय है ही नहीं?''

अपनी सहृदयता से तुलना करते हुए चारु ने अमल के रिक्त हृदय की अत्यन्त अवज्ञा करने की बहुत चेष्टा की, किन्तु कर न सकी। भीतर-ही-भीतर स्थित वेदना का उद्वेग तप्त शूल के समान उसके अभिमान को ठेल-ठेलकर जगाने लगा, ''अमल आज नहीं तो कल चला जाएगा, फिर भी इन कई दिनों से वह दिखाई नहीं दिया। हमारे बीच आपस में जो मनोमालिन्य हो गया तो उसे दूर करने का भी अवसर नहीं मिला।'' चारु प्रतिक्षण मन में सोचती, 'अमल स्वयं आएगा—उनकी इतने दिनों की खेल-कूद यों ही समाप्त नहीं हो जायेगी, किन्तु अमल तो अब आता ही नहीं।' अन्त में जब यात्रा का दिन अत्यन्त निकट आ पहुँचा, तब चारु ने स्वयं ही अमल को बुलवाया।

अमल ने कहा, ''थोड़ी देर बाद आता हूँ।'' चारु अपने उसी बरामदे की चौकी पर आकर बैठ गयी। सवेरे से ही घने बादलों के छाये रहने से उमस हो रही थी—चारु अपने खुले केशों का जूड़ा बनाकर हाथ का एक पंखा लेकर थकी देह पर धीरे-धीरे पंखा झलने लगी।

बहुत देर हो गयी। अन्त में हाथ का पंखा रुक गया। क्रोध, दुःख, अधैर्य, उसके हृदय में उमड़ पड़े। मन-ही-मन बोली, ''अमल नहीं आया, तो क्या हुआ।'' किन्तु तो भी पैरों की आहट-मात्र से उसका मन दरवाज़े की ओर दौड़ पड़ता।

दूर गिरजे के घंटे ने ग्यारह बजाये। स्नान करके अभी भूपति खाना खाने आएगा। अब भी आधे घण्टे का समय है। काश, अब भी अमल आ जाए। जैसे भी हो, पिछले कुछ दिनों का अपना नीरव झगड़ा आज चुका ही डालना होगा—अमल को इस प्रकार विदा नहीं किया जा सकता। इन समवयस्क देवर-भावज के बीच जो चिरन्तन मधुर संबंध है...प्रगाढ़ मित्रता, लड़ाई, गहरे स्नेह के उपद्रव नाना प्रशान्त सुखालोचनाओं से विजड़ित एक चिरच्छायामय लतावितान—अमल क्या आज उसे धूल में मिलाकर बहुत दूर चला जाएगा? ज़रा भी परिताप न होगा? क्या वह उसमें अन्तिम बार जल-सिंचन् करके भी नहीं जायेगा—उनके बहुत दिनों के देवर-भावज संबंध का अंतिम अश्रु-जल?

लगभग आधा घण्टा बीत गया। अपना ढीला जूड़ा खोलकर बालों की एक लट लेकर चारु द्रुतवेग से उसे अँगुली में लपेटने और खोलने लगी। अब आँसू रोके नहीं

रुकते। नौकर ने आकर कहा, ''माँजी, बाबूजी के लिए डाभ[1] निकालना है।''

चारु ने आँचल से भण्डार की चाबी खोलकर झन-से नौकर के पैरों के पास फेंक दी—वह आश्चर्यचकित होकर चाबी लेकर चला गया।

चारु के हृदय से न जाने क्या उमड़ता हुआ उसके कण्ठ तक आने लगा।

यथासमय प्रसन्न-मुख से भूपति खाने के लिए आया। पंखा हाथ में लिये चारु ने आहार-स्थान पर आकर देखा, अमल भूपति के साथ आया है। चारु ने उसके मुख की ओर नहीं देखा।

अमल ने पूछा, ''भाभी, मुझे बुलाया था?''

चारु ने कहा, ''नहीं, अब कोई जरूरत नहीं।''

अमल, ''तो मैं जाऊँ, मुझे ढेर-सा सामान ठीक करना है।''

चारु ने उस समय तीव्र दृष्टि से एक बार अमल के मुख की ओर देखा। कहा, ''जाओ!''

अमल चारु के मुख की ओर एक बार देखकर चला गया।

भोजन के बाद भूपति कुछ देर चारु के पास बैठता था। आज लेन-देन के हिसाब के झगड़े में भूपति बहुत ही व्यस्त था—इसी से आज अन्त:पुर में बहुत देर नहीं रुक सकेगा—इसलिए कुछ खिन्न होकर बोला, ''आज मैं ज्यादा देर नहीं बैठ सकता—आज बहुत झंझट है।''

चारु बोली, ''तो जाओ न!''

भूपति ने सोचा, 'चारु रूठ गयी।' फिर बोला, ''फिर भी तुरन्त जाना हो, ऐसा नहीं है, थोड़ा आराम करके जाऊँगा।'' यह कहते हुए वह बैठ गया। उसने देखा, चारु उदास है। भूपति अनुतप्त चित्त से बहुत देर तक बैठा रहा, किन्तु किसी प्रकार कोई बात शुरू न कर सका। काफ़ी देर तक बातचीत करने की व्यर्थ कोशिश करके भूपति ने कहा, ''अमल तो कल चला जा रहा है, कुछ दिन शायद तुमको बहुत सूना लगेगा।''

चारु उसका कोई उत्तर न देकर जाने क्या लेने के लिए झट दूसरे कमरे में चली गयी। भूपति कुछ देर प्रतीक्षा करके बाहर चला गया।

चारु ने आज अमल के मुख की ओर देखकर लक्ष्य किया, अमल इन कई दिनों में बहुत दुबला हो गया है—उसके चेहरे पर तरुणाई की यह स्फूर्ति बिलकुल नहीं है। इससे चारु को प्रसन्नता भी हुई और वेदना भी। आसन्नविच्छेद अमल को दु:ख दे रहा है, चारु को इसमें सन्देह न रहा—किन्तु तो भी अमल का ऐसा व्यवहार क्यों? वह दूर-दूर भागता फिर रहा है? विदा की बेला को क्यों इच्छापूर्वक इस प्रकार विरोध से कटु बना रहा है?

---

1. कच्चा नारियल

बिस्तर पर लेटी हुई सोचते-सोचते वह सहसा चौंककर उठ बैठी। सहसा मन्दा की बात याद आयी। ''मान लो, अमल मन्दा को प्यार करता है। मन्दा चली गयी है इसीलिए यदि अमल इस प्रकार—छि: ! अमल का मन क्या ऐसा होगा ? इतना छोटा ? ऐसा कुलषित ? विवाहित रमणी के प्रति उसका मन आसक्त होगा ? असम्भव।'' सन्देह को पूरे प्रयत्न से दूर करना चाहा किन्तु सन्देह ने उसको बलपूर्वक जकड़ लिया था।

इस प्रकार विदा की बेला आ गयी। बादल नहीं हटे। अमल ने आकर कम्पित स्वर में कहा, ''भाभी, मेरा जाने का समय हो गया है। तुम अब से भैया को देखना। उनकी बड़ी संकटपूर्ण अवस्था है—तुम्हें छोड़कर उनके लिए सांत्वना का और कोई मार्ग नहीं है।''

अमल भूपति का विषण्ण, म्लान भाव देखकर, पता लगाकर उसकी दुर्गति की बात जान चुका था। भूपति किस प्रकार अकेला ही चुपचाप अपनी दु:ख-दुर्दशा से जूझ रहा था, उसे किसी से भी सहायता या सांत्वना नहीं मिल रही थी, फिर भी उसने अपने आश्रित-पालित आत्मीयजनों को इस संकटावस्था में विचलित नहीं होने दिया, यह सोचकर वह चुप रह गया। फिर उसने चारु की बात सोची, अपने विषय में सोचा। उसकी कनपटी लाल हो गयी। तेज़ी से बोला, ''चूल्हे में जाय आषाढ़ का चाँद और अमावस्या का आलोक। मैं बैरिस्टर होकर लौटने पर यदि भैया की सहायता कर सकूँ तभी समझना कि मैं पुरुष हूँ।''

कल रात-भर जागकर चारु ने सोच लिया था कि विदाई के समय अमल से क्या बातें कहेगी—सहास्य मन और प्रफुल्ल उदासीनता द्वारा मार्जित बातों को उसने मन-ही-मन उज्ज्वल, तीक्ष्ण बना लिया था, किन्तु विदा देने के समय चारु के मुँह से कोई बात न निकली। उसने केवल कहा, ''चिट्ठी तो लिखोगे, अमल ?''

अमल ने धरती पर सिर टेककर प्रणाम किया। चारु ने दौड़कर शयन-कक्ष में जाकर द्वार बन्द कर लिया।

तेरह

भूपति बर्दवान जाकर अमल को विवाहोपरान्त विलायत रवाना करके घर लौट आया।

चारों ओर से चोट खाकर विश्वासपरायण भूपति के मन में बहिर्संसार के प्रति कुछ वैराग्य आ गया था। सभा-समिति, मेल-मुलाकात कुछ भी उसे अच्छा न लगा।...उसे लगा इन्हीं बातों में पड़कर मैं इतने दिन तक अपने-आपको बस धोखा ही देता रहा—जीवन के सुख के दिन व्यर्थ चले गये और सार-भाग मैंने घूरे पर फेंक दिया।

भूपति ने मन-ही-मन कहा, ''जाने दो, अख़बार गया, अच्छा ही हुआ। मुक्ति मिली।'' संध्या-समय अंधकार का सूत्रपात देखते ही पक्षी जिस प्रकार घोंसले में लौट

आता है, उसी प्रकार भूपति अपने अनेक दिन के संचरण-क्षेत्र का परित्याग करके अन्त:पुर में चारु के पास लौट आया मन-ही-मन निश्चय किया, ''बस, अब और कहीं नहीं, यहीं मेरी स्थिति है। जिस कागज़ और जहाज़ को लेकर सारा दिन खेल किया करता था, वह डूब गया, अब घर चलूँ।''

मालूम होता है, भूपति का एक साधारण विश्वास था कि पत्नी के ऊपर किसी को अधिकार प्राप्त नहीं करना पड़ता, वह ध्रुवतारे के समान अपने प्रकाश से स्वयं को आलोकित रखती है—हवा से बुझती नहीं, तेल की आवश्यकता नहीं होती। बाहर जिस समय तोड़-फोड़ शुरू हुई उस समय अन्त:पुर के किसी मेहराब में दरार पड़ी है कि नहीं इसकी एक बार परीक्षा करके देखने की बात भी भूपति के मन में नहीं आयी।

संध्या समय बर्दवान से भूपति घर लौटकर आया। झटपट मुँह-हाथ धोकर जल्दी से खाना खाया। अमल के विवाह और विलायत-यात्रा का वर्णन आद्योपांत सुनने के लिए चारु स्वभावत: विशेष उत्सुक होगी, ऐसा सोचकर भूपति ने आज ज़रा भी देर न की। भूपति सोने के कमरे में बिस्तर पर लेटकर हुक्के की लम्बी नाल गुड़गुड़ाने लगा। चारु अभी तक अनुपस्थित थी, शायद घर का काम कर रही हो। तम्बाकू समाप्त हो जाने पर श्रान्त भूपति को नींद आने लगी। तन्द्राभंग होने पर क्षण-क्षण में वह चौंककर जागता हुआ सोचने लगा, 'अभी तक चारु आयी क्यों नहीं?' अन्त में भूपति से न रहा गया। उसने चारु को बुलवा भेजा। भूपति ने पूछा, ''चारु, आज बड़ी देर कर दी?''

चारु ने कैफ़ियत दिये बिना ही कहा, ''हाँ, आज देर हो गयी।''

चारु के आग्रहपूर्ण प्रश्न की भूपति प्रतीक्षा करता रहा। चारु ने कोई प्रश्न नहीं किया। इससे भूपति कुछ खिन्न हुआ। तो क्या चारु अमल से स्नेह नहीं करती? जितने दिन अमल यहाँ रहा चारु उसके साथ हँसती-खेलती रही, और जैसे ही वह चला गया वैसे ही उसके सम्बन्ध में उदासीन! इस प्रकार के विषम व्यवहार से भूपति के मन में खटका हुआ। वह सोचने लगा, 'तो क्या चारु के हृदय में गहराई नहीं है? वह केवल आमोद-प्रमोद करना ही जानती है, स्नेह करना नहीं जानती? स्त्रियों के लिए इस प्रकार का निरासक्त भाव तो अच्छा नहीं है।'

चारु और अमल की मैत्री से भूपति आनन्द का अनुभव करता। इन दोनों का लड़कपन, विवाद और मित्रता, खेल और मंत्रणा उसके लिए मधुर कौतुक के विषय थे! अमल को चारु सदा जिस तरह लाड़-प्यार करती उससे चारु की कोमल-सहृदयता का परिचय पाकर भूपति मन-ही-मन प्रसन्न होता। आज आश्चर्य से वह सोच रहा था कि वह सब क्या केवल ऊपर-ही-ऊपर था, हृदय के भीतर उसकी कोई नींव नहीं थी? भूपति ने सोचा, 'चारु के पास यदि हृदय नहीं है तो भूपति कहाँ आश्रय पाएगा?'

धीरे-धीरे परीक्षा करने के लिए भूपति ने बात छेड़ी, ''चारु, तुम अच्छी तरह तो रहीं ? तुम्हारी तबीयत तो ठीक है ?''

चारु ने संक्षेप में उत्तर दिया, ''ठीक ही हूँ।''

भूपति, ''अमल का विवाह तो सम्पन्न हो गया।''

यह कहकर वह चुप हो गया। चारु ने उस अवसर के अनुकूल कोई संगत बात कहने की बहुत चेष्टा की, किन्तु कोई बात नहीं मिली। वह जड़वत् रह गयी।

भूपति स्वभावत: कभी बात पर ध्यान नहीं देता था—किन्तु अमल की विदाई का शोक उसके मन पर छाया हुआ था। इसी कारण चारु की उदासीनता ने उसे आघात पहुँचाया। उसकी इच्छा थी, संवेदना से व्यथित चारु के साथ अमल के प्रसंग में बातचीत करके हृदय का भार हल्का करे।

भूपति, ''लड़की देखने में सुन्दर है। चारु तुम सो रही हो ?''

चारु ने कहा, ''नहीं तो।''

भूपति, ''बेचारा अमल अकेला चला गया। जब उसे गाड़ी पर चढ़ाया, तो वह बच्चों की भाँति रोने लगा—देखकर इस वृद्धावस्था में भी मैं अपने आँसू न रोक सका। गाड़ी में दो साहब थे, पुरुष को रोते देखकर उन्हें बड़ा कौतुक हुआ।''

दीपक-बुझे शयन-कक्ष में बिछौने पर अन्धकार में चारु पहले तो पीठ फेरकर लेटी रही, फिर झटपट बिछौना छोड़कर चली गयी। चकित होकर भूपति ने पूछा, ''चारु, तबीयत खराब है ?''

कोई उत्तर न पाकर वह भी उठा। पास के बरामदे से रोने की दबी आवाज़ सुनकर जल्दी से जाकर देखा, चारु धरती पर औंधी पड़ी रोना रोकने की चेष्टा कर रही है।

ऐसा प्रबल शोकोच्छ्वास देखकर भूपति को आश्चर्य हुआ। सोचा, 'चारु को कितना ग़लत समझा था ? चारु का स्वभाव इतना अन्तर्मुखी है कि मुझसे भी हृदय की कोई वेदना व्यक्त नहीं करना चाहती। जिन लोगों की ऐसी प्रकृति होती है उनका प्रेम अत्यन्त गम्भीर एवं उनकी वेदना भी अत्यन्त गहन होती है। चारु का प्रेम साधारण स्त्रियों के समान बाहर से दिखने वाला नहीं है,' भूपति ने यह मन-ही-मन जाँचकर देखा। उन्होंने चारु के प्रेम का उच्छ्वास कभी नहीं देखा था; आज विशेष रूप से समझा कि उसका कारण था चारु के स्नेह का भीतर-ही-भीतर गोपन प्रसार। भूपति स्वयं भी अपने-आपको प्रकट करने में अपटु था; चारु की प्रकृति से भी हृदयावेग की गम्भीर अन्त:शीलता का परिचय पाकर उसने एक प्रकार की तृप्ति का अनुभव किया।

तब भूपति चारु के पास बैठकर बिना बोले धीरे-धीरे उसकी पीठ पर हाथ फेरने लगा। किस प्रकार सांत्वना दी जाती है, भूपति को इसका ज्ञान नहीं था—वह यह नहीं समझ सका कि जब कोई अन्धकार में शोक की गला दबाकर हत्या करना चाहे तब साक्षी का बैठा रहना अच्छा नहीं लगता।

चौदह

भूपति ने जब समाचार-पत्र से छुट्टी ली थी तब उसने अपने मन में अपने भविष्य का एक चित्र खींच लिया था। उसने प्रतिज्ञा की थी, किसी प्रकार की दुराशा-दुश्चेष्टा की ओर नहीं जाएगा, चारु को लेकर लिखना-पढ़ना, प्रेम और प्रतिदिन गार्हस्थ के छोटे-मोटे कर्त्तव्यों का पालन करता चलेगा। सोचा था, ये घरेलू सुख सबसे सुलभ हैं, साथ ही सुन्दर हैं, पूरी तरह अपने अधिकार में हैं। साथ ही पवित्र और निर्मल हैं, उन्हीं सहजलभ्य सुखों द्वारा वह अपने जीवन के घर के कोने में संध्या-प्रदीप जलाकर निभृत शान्ति की अवतारणा करेगा। हास-परिहास, वार्तालाप, परस्पर मनोरंजन के लिए प्रतिदिन के छोटे-मोटे आयोजन इन सबके लिए बहुत अधिक प्रयत्न की आवश्यकता नहीं होती, फिर भी सुख अपरिसीम मिलता है।

कार्यान्वित करके उसने देखा, सहज सुख सहज नहीं है। जिसे मूल्य देकर ख़रीदना नहीं पड़ता, वह यदि अपने हाथ के पास न मिले तो उसे और किसी प्रकार, कहीं भी खोजकर पाना संभव नहीं।

भूपति किसी भी प्रकार से चारु के साथ अच्छी तरह पटरी नहीं बैठा सका। इसके लिए उसने अपने को ही दोषी ठहराया। सोचा, 'बारह वर्ष तक केवल समाचार-पत्र लिखते-लिखते पत्नी के साथ कैसे बात की जाती है, यह विद्या बिलकुल गँवा दी है।' संध्या-दीप जलते ही भूपति आग्रह के साथ कमरे में जाता—एकाध बात करता, एकाध बात चारु करती, उसके बाद क्या कहे, भूपति किसी भी प्रकार सोच नहीं पाता। अपनी इस अक्षमता के कारण पत्नी के समीप वह लज्जा का अनुभव करता। पत्नी के साथ बातचीत करना उसने बहुत-ही आसान समझा था, जबकि मूढ़ के लिए वह बहुत कठिन है। सभा में भाषण देना उसकी अपेक्षा सहज है।

भूपति ने जिस संध्या को हास्य, कौतुक, प्रणय, प्रेम से रमणीय बना देने की कल्पना की थी, वही संध्या-बेला काटनी उसके लिए समस्या बन गयी। कुछ देर मौन बैठे रहने के बाद भूपति सोचता—'उठकर चला जाऊँ'—किन्तु उठकर चले जाने पर चारु मन में क्या सोचेगी यही सोचकर उठ भी नहीं पाता था। कहता, ''चारु, ताश खेलोगी?'' चारु और कोई रास्ता न देखकर कहती, ''अच्छा।'' यह कहकर अनिच्छापूर्वक वह ताश ले आती, बहुत-सी भूलें करके अनायास ही हार जाती—उस खेल में कोई आनन्द न आता।

बहुत सोचकर भूपति ने चारु से एक दिन पूछा, ''चारु मन्दा को बुला न लिया जाए? तुम बिलकुल अकेली पड़ गयी हो।''

चारु मन्दा का नाम सुनते ही जल उठी। बोली, ''नहीं मन्दा की मुझे ज़रूरत नहीं।''

भूपति हँसा। मन-ही-मन खुश हुआ। साध्वी जहाँ सती-धर्म का थोड़ा भी

व्यतिक्रम देखती है वहाँ धैर्य नहीं रख सकती।

विद्वेष के प्रथम धक्के से सँभलकर चारु ने सोचा, 'मन्दा के रहने से शायद वह भूपति को बहुत-कुछ प्रसन्न रख सके। भूपति उससे मन का जो सुख चाहता है वह उसे किसी भी प्रकार नहीं दे पा रही है,' यह समझकर चारु पीड़ा का अनुभव करती। भूपति संसार का सब-कुछ छोड़कर एकमात्र चारु से अपने जीवन का सम्पूर्ण आनन्द प्राप्त कर लेने की चेष्टा कर रहा है, इस एकनिष्ठ प्रयत्न को और अपने हृदय के दैन्य को समझकर चारु भयभीत हो गयी थी। इस प्रकार कितने दिन, कैसे चलेगा? भूपति और कोई सहारा क्यों नहीं लेता? एक और समाचार-पत्र क्यों नहीं चलाता? भूपति का मनोरंजन करने का अभ्यास अभी तक चारु को कभी नहीं करना पड़ा था। भूपति ने उससे किसी प्रकार की सेवा की माँग नहीं की, किसी सुख की प्रार्थना नहीं की, चारु को उसने पूरी तरह से केवल अपने ही लिए प्रयोजनीय नहीं बनाया था; आज अचानक अपने जीवन के समस्त प्रयोजनों को चारु से माँग बैठने पर वह मानो कहीं कुछ खोज कर पा नहीं रही थी। भूपति को क्या चाहिए, क्या हो कि उसे तृप्ति मिले, चारु यह ठीक से नहीं जानती और जान ले तो भी वह चारु के लिए सहज उपलब्ध नहीं।

भूपति यदि धीरे-धीरे बढ़ता तो चारु के लिए शायद इतना कठिन न होता— किन्तु सहसा रात-भर में ही दिवालिया होकर खाली भिक्षा-पात्र फैला देने से वह मानो विपन्न हो गयी हो।

चारु ने कहा, ''अच्छा, मन्दा को बुला लो, उसके रहने से तुम्हारी देख-भाल में भी बहुत सुविधा हो सकेगी।''

भूपति ने हँसकर कहा, ''मेरी देख-भाल! कोई ज़रूरत नहीं।''

भूपति ने खिन्न होकर सोचा, 'मैं बड़ा नीरस व्यक्ति हूँ, चारु को किसी भी प्रकार मैं सुखी नहीं कर पा रहा हूँ।'

ऐसा सोचकर वह साहित्य के पीछे पड़ गया। मित्र कभी घर आते, विस्मित होकर देखते, टेनिसन, बायरन, बंकिम की कहानियाँ वगैरह लेकर बैठा है। भूपति के इस असमय काव्यानुराग को देखकर मित्र-मण्डली खूब हँसी-मज़ाक करने लगी। भूपति ने हँसकर कहा, ''भाई, बाँस में भी फूल लगते हैं, किन्तु कब लगते हैं—इसका पता नहीं।''

एक दिन सन्ध्या समय सोने के कमरे में बड़ी बत्ती जलाकर पहले भूपति ने लज्जा से कुछ इधर-उधर किया। बाद में कहा, ''कुछ पढ़कर सुनाऊँ?''

चारु बोली, ''सुनाओ न!''

भूपति, ''क्या सुनाऊँ?''

चारु, ''जो तुम्हारी इच्छा हो।''

भूपति चारु का अधिक आग्रह न देखकर कुछ हतोत्साहित हो गया। तो भी

साहस करके कहा, ''टेनिसन का कुछ तरजुमा करके तुमको सुनाऊँ।''

चारु ने कहा, ''सुनाओ!''

सब मिट्टी हो गया। संकोच और निरुत्साह के कारण भूपति के पढ़ने में बाधा पड़ने लगी। वह बांग्ला के ठीक प्रतिशब्द नहीं खोज पा रहा था। चारु की शून्य दृष्टि से यह स्पष्ट था कि वह ध्यान नहीं दे रही थी। वह दीपालोकित छोटा कमरा, वह संध्याबेला का निभृत अवकाश वैसी प्रसन्नता से नहीं भर सका।

भूपति ने और दो-एक बार ऐसी भूल करके अंत में पत्नी के साथ साहित्य-चर्चा करने का प्रयत्न छोड़ दिया।

पन्द्रह

जिस प्रकार कठोर आघात से स्नायु सुन्न पड़ जाते हैं और प्रारम्भ में वेदना का बोध नहीं होता, उसी प्रकार विच्छेद के आरम्भ-काल में अमल के अभाव को चारु मानो अच्छी तरह से अनुभव नहीं कर पायी।

अंत में ज्यों-ज्यों दिन बीतने लगे त्यों-त्यों अमल के अभाव में मानो सांसारिक शून्यता की मात्रा क्रमश: बढ़ने लगी। इस भयंकर अनुभव से चारु हतबुद्धि हो गयी। निकुंज-वन से बाहर निकलकर वह सहसा मानो किसी मरुभूमि में आ पड़ी हो—दिन के बाद दिन बीत रहे हैं—मरुप्रान्त क्रमश: बढ़ता ही चला जा रहा है। इस मरुभूमि की बात वह तनिक भी नहीं जानती थी।

नींद से जागकर सहसा उसकी छाती धक् कर उठती—ध्यान आता, अमल नहीं है। सुबह जिस समय वह बरामदे में पान लगाने बैठती, प्रतिक्षण उसे केवल यही लगता, अमल आज पीछे से नहीं आयेगा। कभी-कभी अन्यमनस्क होकर ज्यादा पान लगा डालती, फिर सहसा ध्यान आता, ज्यादा पान खाने वाला आदमी है ही नहीं। जैसे ही भण्डारघर में पैर रखती, मन में आता अमल को जलपान नहीं देना है। अन्त:पुर की सीमा पर पहुँच कर मन का अधैर्य उसे स्मरण करा देता, अमल कॉलेज से नहीं लौटेगा। कोई नयी पुस्तक, नया लेख, नयी खबर, नये कौतुक की आशा नहीं है, किसी के लिए कुछ न सीना है, न कोई शौक़ की वस्तु ख़रीदकर रखनी है।

अपनी असह्य वेदना और चांचल्य पर चारु स्वयं विस्मित थी। मनोवेदना की अविरत पीड़ा से वह डरने लगी, वह अपने से ही प्रश्न करने लगी, ''क्यों? इतना कष्ट क्यों हो रहा है? अमल मेरा ऐसा कौन है उसके लिए इतना दु:ख भोगूँ? मुझे क्या हो गया? इतने दिन बाद मुझे क्या हुआ? नौकर-चाकर, रास्ते के मज़दूर भी तो निश्चिन्त होकर फिर रहे हैं, मुझे ऐसा क्यों हुआ? हे भगवान्! मुझे ऐसी विपद् में क्यों डाल दिया?''

वह प्रश्न करती रहती और आश्चर्य करती रहती, किन्तु दु:ख किसी भी प्रकार

शान्त न होता। अमल की स्मृति से उसका भीतर-बाहर इस प्रकार परिव्याप्त रहता कि उसे कहीं भागने को स्थान ही न मिलता।

भूपति को कहाँ तो अमल की स्मृति के आक्रमण से उसकी रक्षा करनी चाहिए थी, ऐसा न करके वह वियोग-व्यथित स्नेहशील मूढ़ बार-बार अमल की ही याद दिला देता।

अन्त में चारु ने हिम्मत हार दी—वह अपने-आपसे युद्ध करते-करते थक गयी, हार मानकर अपनी अवस्था को निर्विरोध स्वीकार कर लिया। अमल की स्मृति को बड़े यत्न से अपने हृदय में प्रतिष्ठित कर लिया।

बाद को ऐसा हो गया, एकाग्रचित्त से अमल का ध्यान करना उसके लिए छिपे गर्व का विषय हो गया—वह स्मृति ही मानो उसके जीवन का श्रेष्ठ गौरव हो।

गृह-कार्य से अवकाश का उसने एक समय निश्चित कर लिया। उस समय वह एकान्त में कमरे का द्वार बंद करके एक-एक करके अमल के साथ अपने विगत जीवन की प्रत्येक घटना पर विचार करती। औंधी होकर लेटी-लेटी वह तकिए पर मुँह रखकर बार-बार पुकारती, ''अमल, अमल, अमल!'' समुद्र-पार से जैसे उत्तर मिलता, ''भाभी, क्या है भाभी ?'' चारु भीगे नेत्रों को बन्द करके कहती, ''अमल, तुम गुस्सा करके क्यों चले गये ? मैंने तो कोई ग़लती नहीं की। तुम यदि प्रसन्न मुद्रा से विदा ले जाते, तो शायद मैं इतना दुःख न पाती।'' अमल के सामने रहने पर जिस प्रकार की बातें होती थीं चारु ठीक उसी प्रकार ज़ोर से कहती, ''अमल, तुमको मैं एक दिन भी नहीं भूली। एक दिन के लिए भी नहीं। मेरे जीवन के सारे श्रेष्ठ पदार्थ तुमने अंकुरित किये हैं, अपने जीवन का सार-भाग देकर मैं प्रतिदिन तुम्हारी पूजा करूँगी।''

इस प्रकार चारु ने अपनी सारी घर-गृहस्थी, सारे कर्त्तव्यों के अन्तरतम प्रवेश में सुरंग खोदकर उस निरालोक, निःस्तब्ध अन्धकार में अंशुमाला से सज्जित एक गोपन शोक-मन्दिर का निर्माण कर लिया। वहाँ उसके पति या संसार के अन्य किसी व्यक्ति का कोई अधिकार न था। वह स्थान जैसा गोपनतम था वैसा ही गम्भीरतम तथा प्रियतम था। उसी के द्वार पर वह संसार के सारे छद्मवेशों का परित्याग करके अपने अनावृत आत्मस्वरूप को लेकर प्रवेश करती और वहाँ से बाहर निकलते ही मुख पर फिर चेहरा लगाकर संसार के हास्यालाप और क्रियाकर्म की रंगभूमि में आ उपस्थित होती।

सोलह

इस तरह मन से द्वन्द्व और विवाद का त्याग करके चारु ने व्यापक विषाद में एक प्रकार की शान्ति का अनुभव किया और एकनिष्ठ होकर पति की भक्ति और सेवा करने

लगी। भूपति जब सो जाता तो चारु धीरे से उसके पैरों पर सिर रखकर पैरों की धूल माँग में धारण करती। घर के काम में, सेवा-शुश्रूषा में पति की रंच-मात्र इच्छा भी वह अधूरी न रखती। आश्रित, प्रतिपालित लोगों के प्रति किसी प्रकार सेवा में कमी देखकर भूपति कभी दुःखी होता है, यह जानकर चारु उसके आतिथ्य में तनिक भी त्रुटि न होने देती। इस तरह सारा काम-काज करके भूपति का जूठा प्रसाद खाकर चारु के दिन बीतते।

इस सेवा और देख-भाल के फलस्वरूप भग्नश्री भूपति ने मानो फिर नवयौवन पा लिया हो। मानो इसके पहले पत्नी के साथ विवाह ही नहीं हुआ था, मानो इतने दिनों के बाद अब हुआ हो। सज-धज, हास-परिहास से उत्फुल्ल होकर संसार की सारी दुर्भावनाओं को भूपति ने मन में एक ओर ठेलकर रख दिया। रोग-शमन के बाद जिस प्रकार भूख बढ़ जाती है, शरीर में भोग-शक्ति के विकास का सजीव भाव से अनुभव होने लगता है, भूपति के मन में इतने दिनों के बाद उसी प्रकार के एक अपूर्व और प्रकट भावावेश का संचार हुआ। मित्रों से, यही नहीं चारु से भी छिपाकर भूपति बस कविताएँ पढ़ता रहता। मन-ही-मन कहता, 'समाचार-पत्र बन्द करके और अनेक दुःख भोगकर इतने दिनों के बाद मैं अपनी पत्नी को जान पाया हूँ।'

भूपति ने चारु से कहा, ''चारु, आजकल तुमने लिखना एकदम क्यों छोड़ दिया है ?''

चारु ने कहा, ''क्या कहने हैं मेरे लेख के !''

भूपति, ''सच कहता हूँ, तुम्हारे जैसी भाषा तो मैंने आजकल के लेखकों में और किसी की नहीं देखी। *विश्वबन्धु* ने जो लिखा था मेरा भी ठीक वही मत है।''

चारु, ''बस, बस रहने भी दो।''

भूपति ने, ''यह देखो न,'' कहकर *सरोरुह* का एक अंक निकालकर चारु और अमल की भाषा की तुलना करनी शुरू की। चारु का मुँह लाल हो गया। उसने भूपति के हाथ से पत्र छीनकर आँचल में छिपा लिया।

भूपति ने मन-ही-मन सोचा, 'लेखन का कोई साथी न हो तो लेख प्रकट नहीं होता, ठहरो, मुझे लिखने का अभ्यास करना होगा। इसी तरह से क्रमशः चारु में भी लिखने के उत्साह का संचार कर सकूँगा।'

भूपति ने अत्यन्त छिपाकर कॉपी लेकर लिखने का अभ्यास करना शुरू किया। शब्दकोश देखकर बार-बार प्रतिलिपि करते हुए, भूपति के बेकारी के दिन कटने लगे। उसे लिखने में इतना कष्ट और प्रयत्न करना पड़ता कि उन कष्टों से लिखी गयीं रचनाओं के प्रति धीरे-धीरे उसके मन में विश्वास और ममता उत्पन्न हो गयी।

अन्त में एक दिन अपने लेख को किसी दूसरे से नक़ल करवाकर भूपति ने

लाकर पत्नी को दिया। कहा, ''मेरे एक मित्र ने अभी-अभी लिखना शुरू किया है। मैं तो कुछ समझता नहीं, तुम एक बार पढ़कर तो देखो तुम्हें कैसा लगता है ?''

कॉपी चारु के हाथ में देकर जल्दी से भूपति बाहर चला गया। सरल भूपति की यह चालाकी चारु से छिपी न रह सकी।

पढ़ा, लेख की शैली एवं विषय देखकर कुछ हँसी। हाय! चारु अपने पति की भक्ति करने के लिए इतना आयोजन कर रही है। वह क्यों इस प्रकार लड़कपन करके पूजा के अर्घ्य को बिखेरे डाल रहा है ? चारु से वाह-वाह पाने के लिए उनका इतना प्रयत्न क्यों ? वह यदि कुछ भी न करते, चारु का ध्यान आकर्षित करने के लिए ही यदि हमेशा प्रयास न करते रहते, तो चारु के लिए पति की पूजा बहुत सहज होती। चारु की एकमात्र इच्छा थी, भूपति किसी भी प्रकार अपने को चारु की अपेक्षा छोटा न समझे।

चारु कॉपी मोड़कर तकिए पर टिकी दूर की ओर देखती हुई बहुत देर तक सोचती रही। अमल भी उसे पढ़ने के लिए नये लेख ला देता था।

संध्या-समय उत्सुक भूपति शयन-कक्ष के सामने स्थित बरामदे में फूलों के गमलों के निरीक्षण में लग गया, कुछ पूछने का साहस न किया।

चारु स्वयं बोली, ''यह क्या तुम्हारे मित्र का पहला लेख है ?''

भूपति ने कहा, ''हाँ।''

चारु, ''बहुत सुन्दर है—पहला लेख हो, ऐसा नहीं लगता।''

अत्यन्त प्रसन्न होकर भूपति सोचने लगा, 'बिना नाम के लेख के लिए अपना नाम किस प्रकार जारी किया जाए ?'

भूपति की कॉपी अत्यन्त द्रुतगति से भरने लगी। नाम के प्रकट होने में भी देर न लगी।

सत्रह

विलायत से चिट्ठी आने का दिन कब पड़ता, इसकी ख़बर चारु हमेशा रखती। पहले अदन से भूपति के नाम एक चिट्ठी आयी। उसमें अमल ने भाभी को प्रणाम निवेदित किया था, स्वेज़ से भी भूपति को चिट्ठी मिली, उसमें भी भाभी के लिए प्रणाम था। माल्टा से भी चिट्ठी मिली, उसमें फिर भाभी को प्रणाम निवेदित किया गया था।

चारु को अमल की एक भी चिट्ठी नहीं मिली। भूपति की चिट्ठियों को माँगकर उलट-पलट कर बार-बार पढ़कर देखती—प्रणाम लिखने के अतिरिक्त और कहीं भी उसके संबंध में आभास-मात्र भी नहीं था।

इधर कई दिन से चारु ने जो एक शान्त विषाद की चन्द्रातपछाया का आश्रय लिया था, अमल की इस उपेक्षा से वह नष्ट हो गया। अन्त में अपने हृदय को लेकर

मानो फिर छीना-झपटी शुरू हुई। संसार-विषयक उसकी कर्त्तव्य-स्थिति में फिर भूकम्प का आंदोलन जाग उठा।

अब भूपति किसी-किसी दिन आधी रात को उठकर देखता, चारु बिछौने पर नहीं है। खोजकर देखता, चारु दक्षिण की ओर वाले कमरे के जँगले पर बैठी है। उसको देखकर चारु तुरंत बोल उठती, ''कमरे में आज बड़ी गरमी है, इसलिए ज़रा खुले में चली आयी।''

उद्विग्न होकर भूपति ने बिछौने के ऊपर पंखा लगवाने का बन्दोबस्त कर दिया, और चारु का स्वास्थ्य ख़राब होने की आशंका करते हुए हमेशा उस पर दृष्टि रखता। चारु हँसकर कहती, ''मैं तो ठीक हूँ, तुम क्यों व्यर्थ चिंतित होते हो ?'' चेहरे पर यह हँसी लाने के लिए उसे अपने अंतर की सारी शक्ति लगानी पड़ती।

अमल विलायत पहुँच गया। चारु ने सोचा था, 'शायद मार्ग में उसे अलग चिट्ठी लिखने का यथेष्ट न मिला होगा, विलायत पहुँचकर अमल लम्बी चिट्ठी लिखेगा।' किन्तु वह लम्बी चिट्ठी नहीं आयी।

प्रत्येक डाक आने वाले दिन चारु अपने सारे काम-काज तथा बातचीत के बीच भीतर-ही-भीतर छटपटाती रहती। कहीं भूपति कहे, ''तुम्हारे नाम चिट्ठी नहीं है।'' इसीलिए साहस करके भूपति से और कोई प्रश्न नहीं कर पाती थी।

ऐसी ही अवस्था में चिट्ठी आने वाले दिन धीरे-धीरे आते हुए भूपति ने मृदुहास्य के साथ कहा, ''एक चीज़ है, देखोगी ?''

चारु ने अत्यन्त हड़बड़ाकर चौंककर कहा, ''कहाँ, दिखाओ !''

भूपति ने हँसी करते हुए न दिखाने का अभिनय किया।

अधीर होकर चारु ने भूपति की चादर से इच्छित पदार्थ निकाल लेने का प्रयत्न किया। उसने मन-ही-मन सोचा, 'सुबह से ही मेरा मन कह रहा है, आज मेरी चिट्ठी ज़रूर आएगी—यह कभी व्यर्थ नहीं हो सकता।'

परिहास करने की भूपति की इच्छा और भी बढ़ी; चारु से बचकर वह खाट के चारों ओर चक्कर लगाने लगा।

चारु अत्यन्त खीझकर खाट के ऊपर बैठ गयी और उसकी आँखें छलछला आयीं।

चारु के एकान्त आग्रह से खुश होकर भूपति ने चादर के भीतर से अपनी रचना की कॉपी निकालकर तुरंत चारु की गोद में डालते हुए कहा, ''क्रोध मत करो। यह लो !''

अठारह

यद्यपि अमल ने भूपति को सूचित कर दिया था कि पढ़ाई-लिखाई की व्स्तता के कारण उसे दीर्घकाल तक पत्र लिखने का समय नहीं मिलेगा, तो भी दो-एक मेल से

उसका पत्र न आने पर चारु के लिए सारा संसार काँटों की सेज-सा हो उठा।

संध्या-समय इधर-उधर की बातों के बीच अत्यन्त उदासीन भाव से शान्त स्वर में चारु ने अपने पति से कहा, ''अच्छा देखो, क्या विलायत को एक तार भेजकर यह नहीं जाना जा सकता कि अमल कैसा है ?''

भूपति ने कहा, ''दो सप्ताह पूर्व उसकी चिट्ठी मिली थी, वह इन दिनों पढ़ने में व्यस्त है।''

चारु, ''अच्छा! तब कोई ज़रूरत नहीं। मैंने तो सोचा था, विदेश में है, यदि बीमार हो गया हो—कुछ कहा भी तो नहीं जा सकता।''

भूपति, ''ना वैसी कोई बात होती तो ख़बर मिलती। तार करने में भी तो कम खर्च नहीं है।''

चारु, ''अच्छा ? मैंने तो सोचा था, अधिक-से-अधिक एक या दो रुपये लगेंगे।''

भूपति, ''क्या कहती हो, लगभग सौ रुपये का चक्कर है।''

चारु, ''तब तो कोई बात ही नहीं।''

दो-एक दिन बाद चारु ने भूपति से कहा, ''मेरी बहन यहाँ चूँचुड़ा में है, आज एक बार उसकी ख़बर ले आ सकते हो ?''

भूपति, ''क्यों ? बीमार हो गयी है क्या ?''

चारु, ''नहीं बीमार नहीं, तुम तो जानते ही हो, तुम्हारे जाने से वे कितने खुश होते हैं।''

चारु के अनुरोध से भूपति गाड़ी पर बैठकर हावड़ा स्टेशन की ओर रवाना हुआ। रास्ते में बैलगाड़ियों की एक कतार ने आकर उसकी गाड़ी रोक ली।

इसी समय तारघर के परिचित हरकारे ने भूपति को देखकर उसके हाथ में एक तार थमा दिया। विलायत का तार देखकर भूपति बहुत भयभीत हुआ। सोचा, 'शायद अमल अस्वस्थ है।' डरते-डरते खोलकर देखा, तार में लिखा था, 'मैं अच्छा हूँ।'

इसका क्या अर्थ है! जाँच करके देखा, यह प्रीपेड टेलीग्राम का उत्तर था।

हावड़ा जाना नहीं हुआ। गाड़ी लौटाकर भूपति ने घर आकर तार पत्नी को दिया। भूपति के हाथ में टेलिग्राम देखकर चारु का मुख पीला हो गया।

भूपति ने कहा, ''मैं तो इसका कुछ भी मतलब नहीं समझ पा रहा हूँ।'' पता लगने पर भूपति अर्थ न समझा। चारु ने अपना गहना गिरवी रखकर रुपया उधार लेकर तार भेजा था।

भूपति ने सोचा, 'इतना करने की तो कोई ज़रूरत नहीं थी। मुझसे थोड़ा-बहुत अनुरोध करती तो मैं ही तार कर देता, छिपाकर नौकर के हाथ गहना गिरवी रखने के लिए भेजना—यह तो अच्छा नहीं हुआ।'

रह-रहकर भूपति के मन में केवल मात्र यही प्रश्न उठने लगा, चारु ने क्यों इतनी अति की ? एक स्पष्ट सन्देह अलक्ष्य भाव से उसको बिद्ध करने लगा। उस सन्देह को भूपति ने प्रत्यक्ष भाव से देखना नहीं चाहा, भूलने की चेष्टा की, किन्तु वेदना ने किसी प्रकार पीछा नहीं छोड़ा।

उन्नीस

अमल की तबीयत ठीक है, तो भी वह चिट्ठी नहीं लिखता ! एकदम इस तरह कठोर विच्छेद हुआ कैसे ? एक बार आमने-सामने होकर इस प्रश्न का जवाब ले आने की इच्छा होती है, किन्तु बीच में समुद्र है—पार करने का कोई रास्ता नहीं। निष्ठुर विच्छेद, निरुपाय विच्छेद, सब प्रश्न सब प्रतिकारों से परे विच्छेद।

चारु अपने को अब और नहीं सँभाल सकती। काम-काज पड़ा रहता, सभी कामों में भूल होती, नौकर-चाकर चोरी करते, उसकी दयनीय दशा को लक्ष्य करके लोग तरह-तरह की कानाफूसी करते, उसे किसी की भी सुध न थी।

यहाँ तक कि चारु अचानक चौंक पड़ती, बात करते-करते रोने के लिए उसे उठ जाना पड़ता, अमल का नाम सुनते ही उसका मुख विवर्ण हो जाता।

अन्त में भूपति ने भी सब कुछ देखा, और जिसकी क्षण-भर के लिए भी कल्पना न थी वह भी सोचा—'दुनिया उसके लिए एकदम पुरानी, शुष्क, जीर्ण हो गयी।'

बीच में जिन दिनों भूपति आनन्द के उन्मेष से अन्धा हो गया था, उन कुछ दिनों की स्मृति उसको लज्जित करने लगी। जो अज्ञानी बन्दर रत्न नहीं पहचानता, झूठा पत्थर देकर क्या उसको इसी तरह ठगा जाता है ?

चारु की जिन सब बातों में, प्रेम-व्यवहार में भूपति भूला हुआ था वे मन में आकर उसको 'मूढ़, मूढ़, मूढ़' कहकर बेंत मारने लगीं।

अन्त में बहुत कष्ट और बहुत प्रयत्न से लिखी अपनी रचनाओं की बात जब मन में आयी तब भूपति ने धरती फट जाने की प्रार्थना की। अंकुश से ताड़ित की भाँति द्रुतगति से चारु के पास जाकर भूपति ने कहा, ''मेरे वे लेख कहाँ हैं ?''

चारु ने कहा, ''मेरे ही पास हैं।''

भूपति ने कहा, ''वे दे दो!''

चारु उस समय भूपति के लिए अंडे की कचौड़ी तल रही थी। बोली, ''तुम्हें क्या अभी चाहिए ?''

भूपति ने कहा, ''हाँ अभी चाहिए।''

चारु कड़ाही उतारकर अलमारी से कॉपी और काग़ज़ निकाल लायी।

अधीर भाव से उसके हाथ से सब कुछ छीनकर भूपति ने कॉपी-काग़ज़ तुरंत चूल्हे में फेंक दिए।

चारु ने घबराकर उनको बाहर निकालने का प्रयत्न करते हुए कहा, ''यह क्या किया ?''

भूपति ने कसकर उसका हाथ पकड़े हुए चिल्लाकर कहा, ''रहने दो !''

विस्मित होकर चारु खड़ी रही। सारे लेख अन्त में जलकर भस्म हो गये।

चारु समझ गयी। उसने गहरी उसाँस भरी। कचौड़ियों का तलना बीच में छोड़कर धीरे-धीरे दूसरी जगह चली गयी।

चारु के सामने कॉपी नष्ट करने का भूपति का संकल्प नहीं था। किन्तु ठीक सामने आग जल रही थी, उसे देखकर जाने उस पर कैसा खून सवार हो गया! भूपति ने आत्म-संवरण न कर सकने पर प्रवंचित निर्बोध के सारे प्रयत्नों को वंचना-कारिणी के सामने ही आग में फेंक दिया।

सब कुछ राख हो जाने पर भूपति की आकस्मिक उद्दामता जब शान्त हो आयी, तब चारु अपने अपराध का भार वहन करती हुई जिस प्रकार गहरे विषाद से नीरव नतमुख होकर चली गयी वह भूपति के मन में साकार हो उठा—सामने दृष्टि डालने पर देखा, भूपति को जो ख़ास तौर से पसन्द है इसीलिए चारु अपने हाथ से यत्नपूर्वक भोजन तैयार कर रही थी।

भूपति बरामदे में रेलिंग के ऊपर टिककर खड़ा हो गया। मन-ही-मन सोचने लगा, 'उसके लिए यह सब चारु का अथक प्रयत्न, इस सारी प्राणपण से की गयी वंचना, इसकी अपेक्षा करुण बात संसार में और क्या है! यह समस्त प्रताड़ना, यह तो छलनाकारिणी की तुच्छ छलना-मात्र नहीं है; इस छलना के लिए क्षत हृदय की क्षत यंत्रणा चौगुनी बढ़ाकर अभागिनी को प्रतिदिन, प्रतिक्षण हृदय से रक्त निचोड़कर डालना पड़ता है।' भूपति ने मन-ही-मन कहा, ''हाय अबला! हाय-दुःखिनी! कोई आवश्यकता नहीं थी, मुझे उस सबकी तनिक भी ज़रूरत न थी। इतने समय तक मैं तो प्रेम न पाकर भी 'मिला नहीं' यह जान भी न पाया था—मेरे तो केवल प्रूफ़ देखकर, अख़बार में लिखकर दिन कट रहे थे; मेरे लिए इतना करने की कोई ज़रूरत नहीं थी!''

तब भूपति ने अपने जीवन को चारु के जीवन से दूर हटाकर—डॉक्टर जिस प्रकार भीषण रोगग्रस्त रोगी को देखता है, भूपति ने भी उसी प्रकार अपरिचित व्यक्ति की तरह चारु को दूर से देखा। एक क्षीणशक्ति नारी-हृदय कैसे प्रबल संसार द्वारा चारों ओर से आक्रान्त हो गया है। कोई भी ऐसा नहीं, जिसके सामने सब बातें कही जा सकें, ऐसी कोई बात नहीं जो व्यक्त की जा सके, ऐसा कोई स्थान नहीं, जहाँ समस्त हृदय को खोलकर वह हाहाकार कर सके—फलतः इस अप्रकाशित, अपरिहार्य, अप्रतिकारी, पुंजीभूत दुःख-भार को अत्यन्त सहज व्यक्ति की भाँति प्रतिदिन वहन करती, अपनी स्वस्थ-चित्त पड़ोसिनों के सामने उसे प्रतिदिन का गृह-कर्म संपन्न करना पड़ता।

भूपति ने उसके शयन-कक्ष में जाकर देखा—जँगले के सींखचे पकड़कर अश्रुहीन, निर्निमेष दृष्टि से चारु बाहर की ओर देख रही थी। धीरे-धीरे आकर भूपति उसके पास खड़ा हो गया—कुछ बोला नहीं, उसके सिर पर हाथ रख दिया।

बीस

मित्रों ने भूपति से पूछा, ''बात क्या है ? इतने परेशान क्यों हो ?''

भूपति ने कहा, ''वो...अख़बार।''

मित्र, ''फिर अख़बार ? घर-गिरस्ती को लपेटकर गंगाजी में डालना है क्या !''

भूपति, ''नहीं, अब अपना अख़बार नहीं निकालूँगा।''

मित्र, ''तब ?''

भूपति, ''मैसूर से एक अख़बार निकलेगा। मुझे उसका संपादक बनाया गया है।''

मित्र, ''घर-बार छोड़कर एकदम मैसूर चले जाओगे ? चारु को साथ ले जा रहे हो ?''

भूपति, ''नहीं, मामा वगैरह यहाँ आकर रहेंगे।''

मित्र, ''संपादकी का तुम्हारा नशा किसी तरह नहीं छूटा ?''

भूपति, ''मनुष्य को एक-न-एक नशा तो चाहिए ही।''

विदाई के अवसर पर चारु ने प्रश्न किया, ''कब आओगे ?''

भूपति ने कहा, ''तुम्हें यदि सूना-सूना लगे तो मुझे लिखना, मैं चला आऊँगा।''

कहकर विदा लेकर भूपति द्वार के पास पहुँचा तब सहसा दौड़कर चारु ने उसका हाथ पकड़ लिया। कहा, ''मुझे संग ले चलो। मुझे यहाँ छोड़कर मत जाओ !''

भूपति जाते-जाते सहसा रुककर चारु के मुख की ओर देखता रहा। मुट्ठी शिथिल पड़ने के कारण भूपति के हाथ से चारु का हाथ छूट गया। भूपति चारु के पास से हट कर बरामदे में खड़ा हो गया।

भूपति समझ गया, अमल की वियोग-स्मृति जिस घर को लपेटकर जला रही है, चारु दावानलग्रस्त हरिणी के समान उस घर को छोड़कर भागना चाहती है।—''किन्तु, मेरी स्थिति उसने एक बार भी सोचकर नहीं देखी ? मैं कहाँ भागूँ ? जो पत्नी हृदय में सदा दूसरे का ध्यान कर रही है, विदेश चले जाने पर भी उसे भूलने का अवसर नहीं पाऊँगा ? निर्जन, मित्ररहित प्रवास में प्रतिदिन उसको संग दान करना होगा ? दिन-भर परिश्रम करके सन्ध्या कैसी भयानक हो उठेगी ! जिसके हृदय पर मृतभार है, उसे छाती से लगाकर रखना, यह मैं कितने दिन कर सकूँगा ? प्रतिदिन यही करते-करते मुझे

और कितने वर्ष जीवित रहना होगा! जो आश्रय टूट-फूटकर बिखर गया है उसके टूटे ईंट-काठादि को छोड़कर नहीं जा सकूँगा, कंधे पर लिये घूमना होगा ?''

भूपति ने आकर चारु से कहा, ''नहीं, यह मैं नहीं कर सकूँगा।''

क्षण-भर में सारा रक्त उतरकर चारु का मुख काग़ज़ की तरह फीका और सफ़ेद हो गया। चारु ने चारपाई मुट्ठी से कसकर पकड़ ली। उसी क्षण भूपति ने कहा, ''चलो, चारु मेरे ही संग चलो!''

चारु बोली, ''नहीं रहने दो!''

पत्नी का पत्र

श्रीचरणकमलेषु,

आज हमारे विवाह को पन्द्रह वर्ष हो गये, लेकिन अभी तक मैंने कभी तुमको चिट्ठी नहीं लिखी। सदा तुम्हारे पास ही बनी रही—न जाने कितनी बातें कहती-सुनती रही, फिर चिट्ठी लिखने लायक दूरी कभी नहीं मिली।

आज मैं श्री क्षेत्र में तीर्थ करने आयी हूँ, तुम अपने ऑफ़िस के काम में लगे हुए हो। कलकत्ता के साथ तुम्हारा वही सम्बन्ध है जो घोंघे के साथ शंख का होता है। वह तुम्हारे तन-मन से चिपक गया है। इसलिए तुमने ऑफ़िस में छुट्टी की दरख्वास्त नहीं दी। विधाता की यही इच्छा थी; उन्होंने मेरी छुट्टी की दरख्वास्त मंज़ूर कर ली।

मैं तुम्हारे घर की मँझली बहू हूँ। पर आज पन्द्रह वर्ष बाद इस समुद्र के किनारे खड़े होकर मैं जान पायी हूँ कि अपने जगत् और जगदीश्वर के साथ मेरा एक सम्बन्ध और भी है। इसलिए आज साहस करके यह चिट्ठी लिख रही हूँ, इसे तुम अपने घर की ही मँझली बहू की चिट्ठी मत समझना!

तुम लोगों के साथ मेरे सम्बन्ध की बात जिन्होंने मेरे भाग्य में लिखी थी उन्हें छोड़कर अब इस सम्भावना का और किसी को पता नहीं था, उसी शैशव काल में मैं और मेरा भाई एक साथ ही सन्निपात के ज्वर से पीड़ित हुए थे। भाई तो मर गया, पर मैं बच गयी। मोहल्ले की औरतें कहने लगीं, ‘‘मृणाल लड़की है न, इसीलिए बच गयी। लड़का होती तो क्या बच सकती थी भला! चोरी की कला में यमराज निपुण हैं उनकी नज़र कीमती चीज़ पर ही पड़ती है।’’

मेरे भाग्य में मौत नहीं है। यही बात अच्छी तरह से समझाने के लिए मैं यह चिट्ठी लिखने बैठी हूँ।

एक दिन जब दूर के रिश्ते में तुम्हारे मामा तुम्हारे मित्र नीरद को लेकर कन्या देखने आये थे तब मेरी आयु बारह वर्ष की थी। दुर्गम गाँव में मेरा घर था, जहाँ दिन

में भी सियार बोलते रहते। स्टेशन से सात कोस तक छकड़ा गाड़ी में चलने के बाद बाकी तीन मील का कच्चा रास्ता पालकी में बैठकर पार करने के बाद हमारे गाँव में पहुँचा जा सकता था। उस दिन तुम लोगों को कितनी हैरानी हुई? तिस पर हमारे पूर्वी बंगाल का भोजन—मामा उस भोजन की हँसी उड़ाना आज भी नहीं भूलते?

तुम्हारी माँ की ज़िद थी कि बड़ी बहू के रूप की कमी को मँझली बहू के द्वारा पूरी करें। नहीं तो भला इतना कष्ट करके तुम लोग हमारे गाँव क्यों जाते? पीलिया, यकृत, अमरशूल और दुलहिन के लिए बंगाल प्रान्त में खोज नहीं करनी पड़ती। वे स्वयं आकर घेर लेते हैं, छुड़ाये नहीं छूटते।

पिता की छाती धक्-धक् करने लगी। माँ दुर्गा का नाम जपने लगी। शहर के देवता को गाँव का पुजारी क्या देकर सन्तुष्ट करे? बेटी के रूप का भरोसा था; लेकिन बेटी में स्वयं उस रूप का कोई मान नहीं होता, देखने आया हुआ व्यक्ति उसका जो मूल्य दे, वही उसका मूल्य होता है। इसलिए तो हज़ार रूप-गुण होने पर भी लड़कियों का संकोच किसी भी तरह दूर नहीं होता।

सारे घर का, यही नहीं, सारे मोहल्ले का यह आतंक मेरी छाती पर पत्थर की तरह जमकर बैठ गया। आकाश का सारा उजाला और संसार की समस्त शक्ति उस दिन मानो इस बारह-वर्षीय ग्रामीण लड़की को दो परीक्षकों की दो जोड़ी आँखों के सामने कसकर पकड़ रखने के लिए चपरासगिरी कर रही थी—मुझे छिपने की कहीं जगह नहीं मिली।

अपने करुण स्वर से सम्पूर्ण आकाश को कँपाती हुई शहनाई बज उठी। मैं तुम लोगों के यहाँ आ पहुँची। मेरे सारे ऐबों का ब्यौरेवार हिसाब लगाकर गृहिणियों को यह स्वीकार करना पड़ा कि सब कुछ होते हुए भी मैं सुन्दरी ज़रूर हूँ। यह बात सुनते ही मेरी बड़ी जेठानी का चेहरा भारी हो गया। लेकिन सोचती हूँ, मुझे रूप की ज़रूरत ही क्या है! रूप नामक वस्तु को अगर किसी त्रिपुंडी पंडित ने गंगामिट्टी से गढ़ा हो तो उसका आदर हो, लेकिन उसे तो विधाता ने केवल अपने आनन्द से निर्मित किया है। इसलिए तुम्हारे धर्म के संसार में उसका कोई मूल्य नहीं। मैं रूपवती हूँ, इस बात को भूलने में तुम्हें बहुत दिन नहीं लगे। लेकिन मुझमें बुद्धि भी है, यह बात तुम लोगों को पग-पग पर याद करनी पड़ी। मेरी यह बुद्धि इतनी प्रकृत है कि तुम लोगों की घर-गृहस्थी में इतना समय काट देने पर भी वह आज भी टिकी हुई है। मेरी इस बुद्धि से माँ बड़ी चिन्तित रहती थी। नारी के लिए यह तो एक बला ही है। बाधाओं को मानकर चलना जिसका काम है वह यदि बुद्धि को मान कर चलना चाहे तो ठोकर-खाकर उसका सिर फूटेगा ही। लेकिन तुम्हीं बताओ, मैं क्या करूँ? तुम लोगों के घर की बहू को जितनी बुद्धि की ज़रूरत है विधाता ने लापरवाही में मुझे

उससे ज्यादा बुद्धि दे डाली है, अब मैं उसे लौटाऊँ भी तो किसको? तुम लोग मुझे पुरखिन कहकर दिन-रात गाली देते रहे। अक्षम्य को कड़ी बात कहने से ही सांत्वना मिलती है, इसीलिए मैंने उसको क्षमा कर दिया।

मेरी एक बात तुम्हारी घर-गृहस्थी से बाहर थी, जिसे तुममें से कोई नहीं जानता। मैं तुम सबसे छिपाकर कविता लिखा करती थी। वह भले ही कूड़ा-करकट क्यों न हो, उस पर तुम्हारे अन्तःपुर की दीवार न उठ सकी। वहीं मुझे मृत्यु मिलती थी, वहीं पर मैं मैं हो पाती थी। मेरे भीतर तुम लोगों की मँझली बहू के अतिरिक्त जो कुछ था, उसे तुम लोगों ने कभी पसन्द नहीं किया। क्योंकि उसे तुम लोग पहचान भी न पाये। मैं कवि हूँ, यह बात पन्द्रह वर्ष में भी तुम लोगों की पकड़ में नहीं आयी।

तुम लोगों के घर की प्रथम स्मृतियों में से मेरे मन में जो सबसे ज्यादा जगती रहती है वह है तुम लोगों की गोशाला। अन्तःपुर को जाने वाली जीने की बगल के कोठे में तुम लोगों की गौएँ रहती हैं, सामने के आँगन को छोड़कर उनके हिलने-डुलने के लिए और कोई जगह नहीं थी। आँगन के कोने में गायों को भूसा देने के लिए काठ की नाँद थी, सवेरे नौकर को तरह-तरह के काम करने होते इसलिए भूखी गायें नाँद के किनारों को चाट-चाटकर चबाचबाकर खुरच देतीं। मेरा मन रोने लगता। गाँव की बेटी होकर मैं जिस दिन तुम्हारे घर में पहली बार आयी उस दिन उस बड़े शहर के बीच मुझे दो गायें और तीन बछड़े चिर-परिचित आत्मीय जैसे जान पड़े। जितने दिन मैं रही, बहू रही, खुद न खाकर, छिपा-छिपाकर मैं उन्हें खिलाती रही; जब बड़ी हुई तब गौओं के प्रति मेरी प्रत्यक्ष ममता को देखकर मेरे साथ हँसी-मज़ाक का सम्बन्ध रखने वाले लोग मेरे गोत्र के बारे में सन्देह प्रकट करते रहे।

मेरी बेटी जन्मते ही मर गयी। जाते समय उसने साथ चलने के लिए मुझे भी पुकारा था। अगर वह बची रहती तो मेरे जीवन में जो कुछ महान् है, जो कुछ सत्य है, वह सब मुझे ला देती; तब मैं मँझली बहू से एकदम माँ बन जाती। गृहस्थी में बँधी रहने पर भी माँ विश्व-भर की माँ होती है। पर मुझे माँ होने की वेदना ही मिली, मातृत्व की मुक्ति प्राप्त नहीं हुई।

मुझे याद है, अंग्रेज़ डॉक्टर को हमारे घर का भीतरी भाग देखकर बड़ा आश्चर्य हुआ था और जच्चाघर देखकर नाराज़ होकर उसने डाँट-फटकार भी लगायी थी। सदर में तो तुम लोगों का छोटा-सा बाग़ है। कमरे में भी साज-श्रृंगार की कोई कमी नहीं, पर भीतर का भाग मानो पशमीने के काम की उलटी परत हो। वहाँ न कोई लज्जा है, न सौन्दर्य, न श्रृंगार। उजाला वहाँ टिमटिमाता रहता है। हवा चोर की भाँति प्रवेश करती है, आँगन का कूड़ा-करकट हटने का नाम नहीं लेता। फ़र्श और दीवार की कालिमा अक्षय बनकर विराजती है। लेकिन डॉक्टर ने एक भूल की थी। उसने

सोचा था कि शायद इससे हमको रात-दिन दुःख होता होगा। बात बिलकुल उलटी है। अनादर नाम की चीज़ राख की तरह होती है। वह शायद भीतर-ही-भीतर आग को बनाये रखती है लेकिन ऊपर से उसके ताप को प्रकट नहीं होने देती। जब आत्म-सम्मान घट जाता है तब अनादर से अन्याय भी नहीं दिखाई देता। इसीलिए उसकी पीड़ा नहीं होती। यही कारण है कि नारी दुःख का अनुभव करने में ही लज्जा पाती है। इसीलिए मैं कहती हूँ, अगर तुम लोगों की व्यवस्था यही है कि नारी को दुःख पाना ही होगा तो फिर जहाँ तक सम्भव हो उसे अनादर में रखना ही ठीक है। आदर से दुःख की व्यथा और बढ़ जाती है।

तुम चाहे जैसे रखते रहे, मुझे दुःख है यह बात मेरे ख़याल में भी नहीं आयी। जच्चाघर में जब सिर पर मौत मँडराने लगी थी, तब भी मुझे कोई डर नहीं लगा। हमारा जीवन ही क्या है कि मौत से डरना पड़े? जिनके प्राणों को अनादर और यत्न से कसकर बाँध लिया गया हो, मरने में उन्हीं को कष्ट होता है। जिस दिन अगर यमराज मुझे घसीटने लगते तो मैं उसी तरह उखड़ आती जिस तरह पोली ज़मीन से जड़-समेत घास बड़ी आसानी से खिंच आती है। बंगाल की बेटी तो बात-बात में मरना चाहती है। लेकिन इस तरह मरने में कौन-सी बहादुरी है। हम लोगों के लिए मरना इतना आसान है कि मरते लज्जा आती है।

मेरी बेटी सन्ध्या-तारे के समान क्षण-भर के लिए उदित होकर अस्त हो गयी। मैं फिर से अपने दैनिक कामों में और गाय-बछड़ों में लग गयी। इसी तरह मेरा जीवन आख़िर जैसे-तैसे कट जाता; आज तुम्हें यह चिट्ठी लिखने की जरूरत न पड़ती, लेकिन, कभी-कभी हवा एक मामूली-सा बीज उड़ाकर ले जाती है और पक्के दालान में पीपल का अंकुर फूट उठता है; और होते-होते उसी से लकड़ी-पत्थर की छाती फटने लग जाती है। मेरी गृहस्थी की पक्की व्यवस्था में भी जीवन का एक छोटा-सा कण न जाने कहाँ से उड़कर आ पड़ा; तभी से दरार शुरू हो गयी।

जब विधवा माँ की मृत्यु के बाद मेरी बड़ी जेठानी की बहन बिन्दु ने अपने चचेरे भाइयों के अत्याचार के मारे एक दिन हमारे घर में अपनी दीदी के पास आश्रय लिया था, तब तुम लोगों ने सोचा था; 'यह कहाँ की बला आ गयी।' आग लगे मेरे स्वभाव को, करती भी क्या—देखा, तुम सब लोग मन-ही-मन खीझ उठे हो, इसीलिए उस निराश्रिता लड़की को घेरकर मेरा सम्पूर्ण मन यकायक जैसे कमर बाँधकर खड़ा हो गया हो। पराये घर में, पराये लोगों की अनिच्छा होते हुए भी आश्रय लेना—कितना बड़ा अपमान है यह! यह अपमान भी जिसे विवश होकर स्वीकार करना पड़ा हो उसे क्या धक्का देकर एक कोने में डाल दिया जाता है?

बाद में मैंने अपनी बड़ी जेठानी की दशा देखी। उन्होंने अपनी गहरी संवेदना

के कारण ही बहन को अपने पास बुलाया था, लेकिन जब उन्होंने देखा कि इसमें पति की इच्छा नहीं है, तो उन्होंने ऐसा भाव दिखाना शुरू किया मानो उन पर कोई बड़ी बला आ पड़ी हो, मानो अगर वह किसी तरह दूर हो सके तो जान बचे। उनमें इतना साहस नहीं हुआ कि वे अपनी अनाथ बहन के प्रति खुले मन से स्नेह प्रकट कर सकें। वे पतिव्रता थीं।

उनका यह संकट देखकर मेरा मन और भी दुखी हो उठा। मैंने देखा, बड़ी जेठानी ने खासतौर से सबको दिखा-दिखाकर बिन्दु के खाने-पहनने की ऐसी रद्दी व्यवस्था की और उसे घर में इस तरह नौकरानियों के से काम सौंप दिये कि मुझे दुःख ही नहीं लज्जा भी हुई। मैं सबके सामने इस बात को प्रमाणित करने में लगी रहती थी कि हमारी गृहस्थी को बिन्दु बहुत सस्ते दामों में मिल गयी है। ढेरों काम करती है फिर भी खर्च की दृष्टि से बेहद सस्ती है।

मेरी बड़ी जेठानी के पितृ-वंश के कुल के अलावा और कोई बड़ी चीज़ न थी, न रूप था, न धन। किस तरह मेरे ससुर के पैरों पड़ने के बाद तुम लोगों के घर में उनका विवाह हुआ था, यह बात तुम अच्छी तरह जानते हो। वे सदा यही सोचती रहीं कि उनका विवाह तुम्हारे वंश के प्रति बड़ा भारी अपराध था। इसीलिए वे सब बातों में अपने-आपको भरसक दूर रखकर, अपने को छोटा मानकर, तुम्हारे घर में बहुत ही थोड़ी जगह में सिमटकर रहती थीं।

लेकिन उनके इस प्रशंसनीय उदाहरण से हम लोगों को बड़ी कठिनाई होती रही। मैं अपने-आपको हर तरफ़ से इतना बेहद छोटा नहीं बना पाती, मैं जिस बात को अच्छा समझती हूँ उसे किसी और की खातिर बुरा समझने को मैं उचित नहीं मानती—इस बात के तुम्हें प्रमाण मिल चुके हैं।

बिन्दु को मैं अपने कमरे में घसीट लायी। जीजी कहने लगीं, ''मँझली बहू ग़रीब घर की बेटी का दिमाग़ खराब कर डालोगी।'' वे सबसे मेरी इस ढंग से शिकायत करती फिरती थीं मानो मैंने कोई भारी आफ़त ढा दी हो। लेकिन मैं अच्छी तरह जानती हूँ, वे मन-ही-मन सोचती थीं कि जान बची। अब अपराध का बोझ मेरे सिर पर पड़ने लगा। वे अपनी बहन के प्रति खुद जो स्नेह नहीं दिखा पाती थीं वही मेरे द्वारा प्रकट करके उनका मन हल्का हो जाता। मेरी बड़ी जेठानी बिन्दु की उम्र में दो-एक अंक कम कर देने की चेष्टा किया करती थीं, लेकिन अगर अकेले में उनसे यह कहा जाता कि उसकी अवस्था चौदह से कम नहीं थी, तो ज़्यादती न होती। तुम्हें तो मालूम है, देखने में वह इतनी कुरूप थी कि अगर वह फ़र्श पर गिरकर अपना सिर फोड़ लेती तो भी लोगों को घर के फ़र्श की ही चिन्ता होती। यही कारण है कि माता-पिता के न होने पर ऐसा कोई नहीं था जो उसके विवाह की सोचता, और ऐसे

लोग भी भला कितने थे जिनके प्राणों में इतना बल हो कि उससे ब्याह कर सकें।

बिन्दु बहुत डरती-डरती मेरे पास आयी। मानो मेरी देह उससे छू जाएगी तो मैं सह नहीं पाऊँगी। मानो संसार में उसको जन्म लेने का कोई अधिकार ही न था। इसीलिए वह हमेशा अलग हटकर आँख बचाकर चलती। उसके पिता के यहाँ उसके चचेरे भाई उसके लिए ऐसा एक भी कोना नहीं छोड़ना चाहते थे जिसमें वह फ़ालतू चीज़ की तरह पड़ी रह सके। फ़ालतू कूड़े को घर के आस-पास अनायास ही स्थान मिल जाता है क्योंकि मनुष्य उसको भूल जाता है; लेकिन अनावश्यक लड़की एक तो अनावश्यक होती है, दूसरे उसको भूलना भी कठिन होता है। इसलिए उसके लिए घूरे पर भी जगह नहीं होती, फिर भी यह कैसे कहा जा सकता है कि उसके चचेरे भाई ही संसार में परमावश्यक पदार्थ थे। जो हो, वे लोग थे खूब। यही कारण है जब मैं बिन्दु को अपने कमरे में बुलाकर लायी तो उसकी छाती धक्-धक् करने लग गयी। उसका डर देखकर मुझे बड़ा दुःख हुआ। मेरे कमरे में उसके लिए थोड़ी-सी जगह है, यह बात मैंने बड़े प्यार से उसे समझायी।

लेकिन मेरा कमरा एक मेरा ही कमरा तो था नहीं। इसलिए मेरा काम आसान नहीं हुआ। मेरे पास दो-चार दिन रहने पर ही उसके शरीर में न जाने लाल-लाल क्या निकल आया। शायद अम्हौरी रही होगी या ऐसा ही कुछ होगा; तुमने कहा शीतला। क्यों न हो, वह बिन्दु थी न। तुम्हारे मोहल्ले के एक अनाड़ी डॉक्टर ने आकर बताया, ''एक-दो दिन और देखे बिना ठीक से कुछ नहीं कहा जा सकता।'' लेकिन दो-एक दिन तक धीरज किसको होता? बिन्दु तो अपनी बीमारी की लज्जा से ही मरी जा रही थी। मैंने कहा, ''शीतला है तो हो, मैं उसे अपने जज्चाघर में लिवा ले जाऊँगी, और किसी को कुछ करने की ज़रूरत नहीं।'' इस बात पर जब तुम सब लोग मेरे ऊपर भड़ककर क्रोध की मूर्ति बन गये, इतना ही नहीं जब बिन्दु की जीजी भी बड़ी परेशानी दिखाती हुई उस अभागी लड़की को अस्पताल भेजने का प्रस्ताव करने लगी, तभी उसके शरीर के वे सारे लाल-लाल दाग एकदम विलीन हो गये। मैंने देखा कि इस बात से तुम लोग और भी व्यग्र हो उठे। कहने लगे कि अब तो वाकई शीतला बैठ गयी है। क्यों न हो, वह बिन्दु थी न।

अनादर के पालन-पोषण में एक बड़ा गुण है। शरीर को वह एकदम अजर-अमर कर देता है। बीमारी आने का नाम नहीं लेती, मरने के सारे आम रास्ते बिलकुल बन्द हो जाते हैं। इसीलिए रोग उसके साथ मज़ाक करके चला गया, हुआ कुछ नहीं। लेकिन यह बात अच्छी तरह स्पष्ट हो गयी कि संसार में ज़्यादा साधनहीन व्यक्ति को आश्रय देना ही सबसे कठिन है। आश्रय की आवश्यकता उसकी जितनी अधिक होती है आश्रय की बाधाएँ भी उसके लिए उतनी की विषम होती हैं।

बिन्दु के मन में से जब मेरा डर जाता रहा तब उसको एक और कुग्रह ने पकड़ लिया। वह मुझे इतना प्यार करने लगी कि मुझे डर होने लगा। स्नेह की ऐसी मूर्ति तो संसार में पहले कभी देखी ही न थी। पुस्तकों में पढ़ा अवश्य था, पर वह भी स्त्री-पुरुष के बीच ही। बहुत दिनों से ऐसी कोई घटना नहीं हुई थी कि मुझे अपने रूप की बात याद आती। अब इतने दिनों बाद यह कुरूप लड़की मेरे उस रूप के पीछे पड़ गयी। रात-दिन मेरा मुँह देखते रहने पर भी उसकी आँखों की प्यास नहीं बुझती थी। कहती, ''जीजी तुम्हारा यह मुँह मेरे अलावा और कोई नहीं देख पाता।'' जिस दिन मैं स्वयं ही अपने केश बाँध लेती उस दिन वह रूठ जाती। अपने दोनों हाथों से मेरे केश-भार को हिलाने-डुलाने में उसे बड़ा आनन्द आता। कभी कहीं दावत में जाने के अतिरिक्त और कभी तो मुझे साज-सिंगार की आवश्यकता पड़ती ही न थी, लेकिन बिन्दु मुझे तंग कर-करके थोड़ा-बहुत सजाती रहती। वह लड़की मुझे लेकर बिलकुल पागल हो गयी थी।

तुम्हारे घर के भीतरी हिस्से में कहीं रत्ती-भर भी मिट्टी नहीं थी। उत्तर की ओर की दीवार में नाली के किनारे न जाने कैसे एक गाब का पौधा निकला। जिस दिन देखती कि उस गाब के पौधे में नयी लाल-लाल कोंपलें निकल आयी हैं, उसी दिन जान पड़ता कि धरती पर वसन्त आ गया है, और जिस दिन मेरी घर-गृहस्थी में जुटी हुई इस अनादृत लड़की के मन का ओर-छोर किसी तरह रंग उठा उस दिन मैंने जाना कि हृदय के जगत् में भी वसन्त की हवा बहती है। वह किसी स्वर्ग से आती है, गली के मोड़ से नहीं।

बिन्दु के स्नेह के दु:सह वेग ने मुझे अधीर कर डाला था। मैं मानती हूँ कि मुझे कभी-कभी उस पर क्रोध आ जाता; लेकिन उस स्नेह में मैंने अपना एक ऐसा रूप देखा जो जीवन में पहले कभी नहीं देख पायी थी। वही मेरा मुख्य स्वरूप है।

इधर मैं बिन्दु-जैसी लड़की को, जो इतना लाड़-प्यार करती थी यह बात तुम लोगों को बड़ी ज्यादती लगी। इसे लेकर बराबर खट-पट होने लगी। जिस दिन मेरे कमरे से बाजूबन्द की चोरी हुई उस दिन इस बात का आभास देते हुए तुम लोगों को तनिक भी लज्जा नहीं आयी कि उस चोरी में किसी-न-किसी रूप में बिन्दु का हाथ है। जब स्वदेशी-आंदोलन में लोगों के घरों की तलाशियाँ होने लगीं तब तुम लोग अनायास ही यह संदेह कर बैठे कि बिन्दु पुलिस द्वारा रखी गयी स्त्री-गुप्तचर है। इसका और तो कोई प्रमाण नहीं था; प्रमाण बस इतना ही था कि वह बिन्दु थी। तुम लोगों के घरों की दासियाँ उसका कोई भी काम करने से इनकार कर देती थीं—उनमें से किसी से अपने काम के लिए कहने में वह लड़की भी संकोच के मारे जड़वत् हो जाती थी। इन्हीं सब कारणों से उसके लिए मेरा खर्च बढ़ गया। मैंने खासतौर से एक

दासी रख ली। यह बात तुम लोगों को अच्छी नहीं लगी। बिन्दु को पहनने के लिए मैं जो कपड़े देती थी, उन्हें देखकर तुम इतने क्रुद्ध हुए कि तुमने मेरे हाथ-खर्च के रुपये ही बन्द कर दिये। दूसरे ही दिन से मैंने सवा रुपये जोड़े की मोटी मिल की साड़ी पहननी शुरू कर दी। और जब मोती की माँ मेरी जूठी थाली उठाने के लिए आयी तो मैंने उसको मना कर दिया। मैंने खुद जूठा भात बछड़े को खिलाने के बाद आँगन के नल पर जाकर बर्तन धो लिये। एक दिन एकाएक इस दृश्य को देखकर तुम प्रसन्न नहीं हो सके। मेरी खुशी के बिना तो काम चल सकता है, पर तुम लोगों की खुशी के बिना नहीं चल सकता—यह बात आज तक मेरी समझ में नहीं आयी। उधर ज्यों-ज्यों तुम लोगों का क्रोध बढ़ता जा रहा था त्यों-त्यों बिन्दु की आयु भी बढ़ती जा रही थी। इस स्वाभाविक बात पर तुम लोग अस्वाभाविक ढंग से परेशान हो उठे थे।

एक बात याद करके मुझे आश्चर्य होता रहा है कि तुम लोगों ने बिन्दु को ज़बरदस्ती अपने घर से विदा क्यों नहीं कर दिया! मैं अच्छी तरह समझती हूँ कि तुम लोग मन-ही-मन मुझसे डरते थे। विधाता ने मुझे बुद्धि दी है, भीतर-ही-भीतर इस बात की खातिर किये बिना तुम लोगों को चैन नहीं पड़ता था। अन्त में अपनी शक्ति से बिन्दु को विदा करने में असमर्थ होकर तुम लोगों ने प्रजापति देवता की शरण ली। बिन्दु का वर ठीक हुआ। बड़ी जेठानी बोलीं, ''जान बची। माँ काली ने अपने वंश की लाज रख ली।'' वर कैसा था, मैं नहीं जानती। तुम लोगों से सुना था कि सब बातों में अच्छा है। बिन्दु मेरे पैरों से लिपटकर रोने लगी। बोली, ''जीजी मेरा ब्याह क्यों कर रही हो भला?'' मैंने उसको समझाते-बुझाते कहा, ''बिन्दु, डर मत, मैंने सुना है तेरा वर अच्छा है।''

बिन्दु बोली, ''अगर वर अच्छा है तो मुझमें भला ऐसा क्या है जो उसे पसन्द आ सके?'' लेकिन वर-पक्ष वालों ने तो बिन्दु को देखने के लिए आने का नाम भी न लिया। बड़ी जीजी इससे बड़ी निश्चिंत हो गयीं।

लेकिन बिन्दु रात-दिन रोती रहती। चुप होने का नाम ही न लेती। उसको क्या कष्ट है, वह मैं जानती थी। बिन्दु के लिए मैंने घर में बहुत बार झगड़ा किया था लेकिन उसका ब्याह रुक जाए यह बात कहने का साहस नहीं होता था। कहती भी किस बल पर? मैं अगर मर जाती तो उसकी क्या दशा होती?

एक तो लड़की तिस पर काली; किसके यहाँ जा रही है, वहाँ उसकी क्या दशा होगी, इन बातों की चिंता न करना ही अच्छा था। सोचती, तो प्राण काँप उठते।

बिन्दु ने कहा, ''जीजी, ब्याह के अभी पाँच दिन और हैं। इस बीच क्या मुझे मौत नहीं आएगी?''

मैंने उसको खूब धमकाया। लेकिन अंतर्यामी जानते हैं कि अगर किसी

स्वाभाविक ढंग से बिन्दु की मृत्यु हो जाती तो मुझे चैन मिलता।

ब्याह के एक दिन पहले बिन्दु ने अपनी जीजी के पास जाकर कहा, ''जीजी, मैं तुम लोगों की गोशाला में पड़ी रहूँगी, जो कहोगे वही करूँगी, मैं तुम्हारे पैरों पड़ती हूँ, मुझे इस तरह मत धकेलो।''

कुछ दिनों से जीजी की आँखों से चोरी-चोरी आँसू झर रहे थे। उस दिन भी झरने लगे। लेकिन सिर्फ़ हृदय ही तो नहीं होता, शास्त्र भी तो है। उन्होंने कहा, ''बिन्दु, जानती नहीं, स्त्री की गति-मुक्ति सब कुछ पति ही है। भाग्य में अगर दु:ख लिखा है तो उसे कोई नहीं मिटा सकता।''

असली बात तो यह थी कि कहीं कोई रास्ता नहीं था—बिन्दु को ब्याह तो करना ही पड़ेगा। फिर जो हो, सो हो। मैं चाहती थी कि विवाह हमारे घर से ही हो। लेकिन तुम लोग कह बैठे, वर के ही घर में हो, उनके कुल की यही रीति है। मैं समझ गयी बिन्दु के ब्याह में अगर तुम लोगों को खर्च करना पड़ा तो तुम्हारे गृह-देवता उसे किसी भाँति नहीं सह सकेंगे। इसीलिए चुप रह जाना पड़ा। लेकिन एक बात तुममें से कोई नहीं जानता। जीजी को बताना चाहती थी, पर फिर बता नहीं पायी। नहीं तो वो डर से मर जाती—मैंने अपने थोड़े-बहुत गहने लेकर चुपचाप बिन्दु का शृंगार कर दिया था। सोचा था, 'जीजी की नज़र में तो ज़रूर ही पड़ जाएगा। लेकिन उन्होंने जैसे देखकर भी नहीं देखा। दुहाई है धर्म की, इसके लिए तुम उन्हें क्षमा कर देना।

जाते समय बिन्दु मुझसे लिपटकर बोली, ''जीजी, तो क्या तुम लोगों ने मुझे एकदम त्याग दिया?'' मैंने कहा, ''नहीं बिन्दु, तुम चाहे-जैसी हालत में रहो, प्राण रहते मैं तुम्हें नहीं त्याग सकती।''

तीन दिन बीते। तुम्हारे ताल्लुके के आसामियों ने तुम्हें खाने के लिए जो भेड़ा दिया था उसे मैंने तुम्हारी जठराग्नि से बचाकर नीचे वाली कोयले की कोठरी के एक कोने में बाँध दिया था। सवेरे उठते ही मैं खुद जाकर उसको दाना खिला आती। दो-एक दिन तुम्हारे नौकरों पर भरोसा करके देखा, उसे खिलाने की बजाय उनका झुकाव उसी को खा जाने की ओर अधिक था।

उस दिन सवेरे कोठरी में गयी तो देखा, बिन्दु एक कोने में गुड़-मुड़ होकर बैठी हुई है। मुझे देखते ही मेरे पैर पकड़कर वह चुपचाप रोने लगी।

बिन्दु का पति पागल था।

''सच कह रही है, बिन्दु!''

''तुम्हारे सामने क्या मैं इतना बड़ा झूठ बोल सकती हूँ, दीदी? वह पागल है। इस विवाह में ससुर की सम्मति नहीं थी, लेकिन वे मेरी सास से यमराज की तरह डरते थे। ब्याह के पहले ही काशी चल दिये थे। सास ने ज़िद करके अपने लड़के

का ब्याह कर लिया। मैं वहीं कोयले के ढेर पर बैठ गयी। स्त्री पर स्त्री को दया नहीं आती। कहती है, कोई लड़की थोड़े ही है। ल ड़का पागल है तो हो, है तो पुरुष।''

देखने में बिन्दु का पति पागल नहीं लगता। लेकिन कभी-कभी उसे ऐसा उन्माद चढ़ता कि उसे कमरे में ताला बन्द करके रखना पड़ता। ब्याह की रात वह ठीक था। लेकिन रात में जगते रहने के कारण और इसी तरह के और झंझटों के कारण दूसरे दिन से उसका दिमाग़ बिलकुल खराब हो गया। बिन्दु दोपहर को पीतल की थाली में भात खाने बैठी थी, अचानक उसके पति ने भात समेत थाली उठाकर आँगन में फेंक दी। न जाने क्यों अचानक उसको लगा, मानो बिन्दुरानी रासमणि हो। नौकर ने, हो न हो, चोरी से उसी के सोने के थाल में रानी के खाने के लिए भात दिया हो। इसलिए उसे क्रोध आ गया था। बिन्दु तो डर के मारे मरी जा रही थी। तीसरी रात को जब उसकी सास ने उससे अपने पति के कमरे में सोने के लिए कहा तो बिन्दु के प्राण सूख गये। उसकी सास को जब क्रोध आता था तो होश में नहीं रहती थी। वह भी पागल ही थी, लेकिन पूरी तरह से नहीं। इसलिए वह ज्यादा खतरनाक थी। बिन्दु को कमरे में जाना ही पड़ा। उस रात उसके पति का मिज़ाज ठंडा था। लेकिन डर के मारे बिन्दु का शरीर पत्थर हो गया था। पति जब सो गये तब काफ़ी रात बीतने पर वह किस तरह चतुराई से भागकर चली आई, इसका विस्तृत विवरण लिखने की आवश्यकता नहीं है।

घृणा और क्रोध से मेरा शरीर जलने लगा। मैंने कहा, ''इस तरह धोखे के ब्याह को ब्याह नहीं कहा जा सकता। बिन्दु, तू जैसे रहती थी, वैसे ही मेरे पास रह। देखूँ तुझे कौन ले जाता है।''

तुम लोगों ने कहा, ''बिन्दु झूठ बोलती है।''

मैंने कहा, ''वह कभी झूठ नहीं बोलती।''

तुम लोगों ने कहा, ''तुम्हें कैसे मालूम?''

मैंने कहा, ''मैं अच्छी तरह जानती हूँ।''

तुम लोगों ने डर दिखाया, ''अगर बिन्दु के ससुरालवालों ने पुलिस-केस कर दिया तो आफ़त में पड़ जाएँगे।''

मैंने कहा, ''क्या अदालत यह बात न सुनेगी कि उसका ब्याह धोखे से पागल वर के साथ कर दिया गया है?''

तुमने कहा, ''तो क्या इसके लिए अदालत जाएँगे। हमें ऐसी क्या गरज पड़ी है?''

मैंने कहा, ''जो कुछ मुझसे बन पड़ेगा, अपने गहने बेचकर करूँगी।''

तुम लोगों ने कहा, ''क्या वकील के घर तक दौड़ोगी?''

इस बात का क्या जवाब होता? सिर ठोकने के अलावा और कर भी क्या सकती थी?

उधर बिन्दु की ससुराल से उसके जेठ ने आकर बाहर बड़ा हंगामा खड़ा कर दिया। कहने लगा, ''थाने में रिपोर्ट कर दूँगा।''

मैं नहीं जानती मुझमें क्या शक्ति थी—लेकिन जिस गाय ने अपने प्राणों के डर से कसाई के हाथों से छूटकर मेरा आश्रय लिया हो उसे पुलिस के डर से फिर उसी कसाई को लौटाना पड़े यह बात मैं किसी भी प्रकार नहीं मान सकती थी। मैंने हिम्मत करके कहा, ''करने दो थाने में रिपोर्ट।''

इतना कहकर मैंने सोचा कि अब बिन्दु को अपने सोने के कमरे में ले जाकर कमरे में ताला लगाकर बैठ जाऊँ। लेकिन खोजा तो बिन्दु का कहीं पता नहीं। जिस समय तुम लोगों से मेरी बहस चल रही थी उसी समय बिन्दु ने स्वयं बाहर निकलकर अपने जेठ को आत्म-समर्पण कर दिया था। वह समझ गयी थी कि अगर वह इस घर में रही तो मैं बड़ी आफ़त में पड़ जाऊँगी।

बीच में भाग आने से बिन्दु ने अपना दु:ख और भी बढ़ा लिया। उसकी सास का तर्क था कि उनका लड़का उसको खाये तो नहीं जा रहा था न। संसार में बुरे पति के उदाहरण दुर्लभ नहीं हैं। उनकी तुलना में तो उनका लड़का सोने का चाँद था।

मेरी बड़ी जेठानी ने कहा, ''जिसका भाग्य ही खराब हो उसके लिए रोने से क्या फ़ायदा? पागल-वागल जो भी हो, है तो स्वामी ही न।''

तुम लोगों के मन में लगातार उस सती-साध्वी का दृष्टांत याद आ रहा था जो अपने कोढ़ी पति को अपने कंधों पर बिठाकर वेश्या के यहाँ ले गयी थी।

संसार-भर में कायरता के इस सबसे अधम आख्यान का प्रचार करते हुए तुम लोगों के पुरुष-मन को कभी तनिक भी संकोच नहीं हुआ। इसलिए मानव जन्म पाकर भी तुम लोग बिन्दु के व्यवहार पर क्रोध कर सके, उससे तुम्हारा सिर नहीं झुका। बिन्दु के लिए मेरी छाती फटी जा रही थी, लेकिन तुम लोगों का व्यवहार देखकर मेरी लज्जा का अन्त न था। मैं तो गाँव की लड़की थी, तिस पर तुम लोगों के घर आ पड़ी, फिर भगवान् ने न जाने किस तरह ऐसी बुद्धि दे दी। धर्म-संबंधी तुम लोगों की यह चर्चा मुझे किसी भी प्रकार सहन नहीं हुई।

मैं निश्चयपूर्वक जानती थी कि बिन्दु मर भले ही जाए, वह अब हमारे घर लौटकर नहीं आयेगी। लेकिन मैं तो उसे ब्याह के एक दिन पहले यह आशा दिला चुकी थी कि प्राण रहते उसे नहीं छोड़ूँगी। मेरा छोटा भाई शरद् कलकत्ता में कॉलेज में पढ़ता था। तुम तो जानते ही हो, तरह-तरह से वालंटियरी करना, प्लेग वाले मोहल्लों में चूहे मारना, दामोदर में बाढ़ आ जाने की खबर सुनकर दौड़ पड़ना—इन सब बातों

में इतना उत्साह था कि एम.ए. की परीक्षा में लगातार दो बार फ़ेल होने पर भी उसके उत्साह में कोई कमी नहीं आयी। मैंने उसे बुलाकर कहा, ''शरद्, जैसे भी हो बिन्दु की ख़बर पाने का इंतज़ाम तुझे करना ही पड़ेगा। बिन्दु को मुझे चिट्ठी भेजने का साहस नहीं होगा, वह भेजे भी तो मुझे मिल नहीं सकेगी।''

इस काम की बजाय यदि मैं डाका डालकर बिन्दु को लाने की बात कहती या उसके पागल स्वामी का सिर फोड़ देने के लिए कहती तो उसे ज्यादा खुशी होती।

शरद् के साथ बातचीत कर रही थी तभी तुमने कमरे में आकर कहा, ''तुम फिर यह क्या बखेड़ा कर रही हो ?''

मैंने कहा, ''वही जो शुरू से करती आयी हूँ। जब से तुम्हारे घर आयी हूँ... लेकिन नहीं, वह तो तुम्हीं लोगों की कीर्ति है।''

तुमने पूछा, ''बिन्दु को लाकर फिर कहीं छिपा रखा है क्या ?''

मैंने कहा, ''बिन्दु अगर आती तो ज़रूर ही छिपाकर रख लेती, लेकिन वह अब नहीं आयेगी। तुम्हें डरने की कोई ज़रूरत नहीं है।''

शरद् को मेरे पास देखकर तुम्हारा संदेह और भी बढ़ गया। मैं जानती थी कि शरद् का हमारे यहाँ आना-जाना तुम लोगों को पसन्द नहीं है। तुम्हें डर था कि उस पर पुलिस की नज़र है। अगर कभी राजनीतिक मामले में फँस गया तो तुम्हें भी फँसा डालेगा। इसीलिए मैं भैया-दूज का तिलक भी किसी आदमी के हाथों उसके पास भिजवा देती थी, अपने घर नहीं बुलाती थी।

एक दिन तुमसे सुना कि बिन्दु फिर भाग गयी है, इसीलिए उसका जेठ हमारे घर उसे खोजने आया है। सुनते ही मेरी छाती में शूल चुभ गये। अभागिनी के असह्य कष्ट को तो मैं समझ गयी, पर फिर भी कुछ करने का कोई रास्ता नहीं था।

शरद् पता करने दौड़ा। शाम को लौटकर मुझसे बोला, ''बिन्दु अपने चचेरे भाइयों के यहाँ गयी थी, लेकिन उन्होंने अत्यन्त क्रुद्ध होकर उसी वक्त उसे फिर ससुराल पहुँचा दिया। इसके लिए उन्हें हरजाने का और गाड़ी के किराये का जो दण्ड भोगना पड़ा उसकी खार अब भी उनके मन से नहीं गयी है।''

श्रीक्षेत्र की तीर्थ-यात्रा करने के लिए तुम लोगों की काकी तुम्हारे यहाँ आकर ठहरीं। मैंने तुमसे कहा, ''मैं भी जाऊँगी।''

अचानक मेरे मन में धर्म के प्रति यह श्रद्धा देखकर तुम इतने खुश हुए कि तुमने तनिक भी आपत्ति नहीं की। तुम्हें इस बात का ध्यान था कि अगर मैं कलकत्ता में रही तो फिर किसी-न-किसी दिन बिन्दु को लेकर झगड़ा कर बैठूँगी। मेरे कारण तुम्हें बड़ी परेशानी भी। मुझे बुधवार को चलना था, रविवार को ही सब ठीक-ठाक हो गया। मैंने शरद् को बुलाकर कहा, ''जैसे भी हो बुधवार को पुरी जाने वाली गाड़ी

में तुझे बिन्दु को चढ़ा ही देना पड़ेगा।''

शरद् का चेहरा खिल उठा। वह बोला, ''डर की बात नहीं जीजी, मैं उसे गाड़ी में बिठाकर पुरी तक चला चलूँगा। इसी बहाने जगन्नाथजी के दर्शन भी हो जाएँगे।''

उसी दिन शाम को शरद् फिर आया। उसका मुँह देखते ही मेरा दिल बैठ गया। मैंने पूछा, ''क्या बात है शरद्! लगता है, कोई रास्ता नहीं निकला!''

वह बोला, ''नहीं।''

मैंने पूछा, ''क्या उसे राज़ी नहीं कर पाये?''

उसने कहा, ''अब ज़रूरत भी नहीं है। कल रात अपने कपड़ों में आग लगाकर उसने आत्महत्या कर ली। उस घर के जिस भतीजे से मैंने मेल बढ़ा लिया था उसी से ख़बर मिली कि तुम्हारे नाम वह एक चिट्ठी रख गयी थी, लेकिन वह चिट्ठी उन लोगों ने नष्ट कर दी।''

''चलो छुट्टी हुई।''

गाँव-भर के लोग चीख़ उठे। कहने लगे, ''लड़कियों का कपड़ों में आग लगाकर मर जाना तो अब एक फ़ैशन हो गया है।''

तुम लोगों ने कहा, ''अच्छा नाटक है। हुआ करे।'' लेकिन नाटक का तमाशा सिर्फ़ बंगाली लड़कियों की साड़ी पर ही क्यों होता है, बंगाली वीर पुरुषों की धोती की चुन्नटों पर क्यों नहीं होता, यह भी सोचकर देखना चाहिए।

ऐसा ही था बिन्दु का दुर्भाग्य। जितने दिन जीवित रही, तनिक भी यश नहीं मिल सका। न रूप का, न गुण का—मरते वक्त भी यह नहीं हुआ कि सोच-समझकर कुछ ऐसे नये ढंग से मरती कि दुनिया-भर के लोग खुशी से ताली बजा उठते। मरकर भी उसने लोगों को नाराज़ ही किया।

जीजी कमरे में जाकर चुपचाप रोने लगीं, लेकिन उस रोने में जैसे एक सांत्वना थी। कुछ भी सही, जान तो बची। मर गयी, यही क्या कम है? अगर बची रहती तो न जाने क्या हो जाता।

मैं तीर्थ में आ पहुँची हूँ। बिन्दु के आने की तो ज़रूरत ही न रही। लेकिन मुझे ज़रूरत थी।

लोग जिसे दुःख मानते हैं वह तुम्हारी गृहस्थी में मुझे कभी नहीं मिला। तुम्हारे यहाँ खाने-पहनने की कोई कमी नहीं। तुम्हारे बड़े भाई का चरित्र चाहे जैसा हो, तुम्हारे चरित्र में ऐसा कोई दोष नहीं जिसके लिए विधाता को बुरा कह सकूँ। वैसे अगर तुम्हारा स्वभाव तुम्हारे बड़े भाई की तरह भी होता तो भी शायद मेरे दिन करीब-करीब ऐसे ही कट जाते और मैं अपनी सती-साध्वी बड़ी जेठानी की तरह पति देवता को दोष देने के बजाय विश्व-देवता को ही दोष देने की चेष्टा करती। अतएव, मैं तुमसे

कोई शिकायत नहीं करना चाहती—मेरी चिट्ठी का कारण यह नहीं है।

लेकिन मैं अब माखन बड़ाल की गली के तुम्हारे सत्ताईस नम्बर वाले घर में लौटकर नहीं आऊँगी। मैं बिन्दु को देख चुकी हूँ। इस संसार में नारी का सच्चा परिचय क्या है, यह मैं पा चुकी हूँ। अब तुम्हारी कोई ज़रूरत नहीं।

और फिर मैंने यह भी देखा है कि वह लड़की ही क्यों न हो, भगवान् ने उसका त्याग नहीं किया। उस पर तुम लोगों का चाहे कितना ही ज़ोर क्यों न रहा हो, वह उसका अन्त नहीं था। वह अपने अभागे मानव-जीवन से बड़ी थी। तुम लोगों के पैर इतने लम्बे नहीं थे कि तुम मनमाने ढंग से अपने हिसाब से जीवन को सदा के लिए उससे दबाकर रख सकते, मृत्यु तुम लोगों से भी बड़ी है। अपनी मृत्यु में वह महान् है—वहाँ बिन्दु केवल बंगाली परिवार की लड़की नहीं है, केवल चचेरे भाइयों की बहन नहीं है, केवल किसी अपरिचित पागल पति की प्रवंचिता पत्नी नहीं है। वहाँ वह अनन्त है।

मृत्यु की उस वंशी का स्वर उस बालिका के भग्न-हृदय से निकलकर जब मेरे जीवन की यमुना के पास बजने लगा तो पहले-पहल मानो मेरी छाती में कोई बाण बिंध गया हो। मैंने विधाता से प्रश्न किया, ''इस संसार में जो कुछ सबसे अधिक तुच्छ है वही सबसे अधिक कठिन क्यों है ?'' इस गली में चारदीवारी से घिरे इस निरानन्द स्थान में यह जो तुच्छतम बुदबुद है, वह इतनी भयंकर बाधा कैसे बन गया ? तुम्हारा संसार अपनी शठ नीतियों से क्षुधा-पात्र को सँभाले कितना ही क्यों न पुकारे, मैं उस अन्त:पुर की जरा-सी चौखट को क्षण-भर के लिए भी पार क्यों नहीं कर सकी ? ऐसे संसार में ऐसा जीवन लेकर मुझे इस अत्यन्त तुच्छ काठ-पत्थर की आड़ में ही तिल-तिलकर क्यों मरना होगा ? कितनी तुच्छ है यह मेरी प्रतिदिन की जीवन-यात्रा ! इसके बँधे नियम, बँधे अभ्यास, बँधी हुई बोली, बँधी हुई मार, सब कितनी तुच्छ है—फिर भी क्या अन्त में दीनता के उस नागपाश बन्धन की ही जीत होगी, और तुम्हारे अपने इस आनन्द-लोक की, इस सृष्टि की हार ?

लेकिन, मृत्यु की वंशी बजने लगी—कहाँ गयी राज-मिस्त्रियों की बनायी हुई वह दीवार, कहाँ गया तुम्हारे घोर नियमों से बँधा वह काँटों का घेरा ? कौन-सा है वह दुःख, कौन-सा है वह अपमान जो मनुष्य को बंदी बनाकर रख सकता है ? यह लो, मृत्यु के हाथ में जीवन की जय-पताका उड़ रही है। अरी मँझली बहू, तुझे डरने की अब कोई ज़रूरत नहीं। मँझली बहू के इस तेरे खोल को छिन्न होते एक निमेष भी नहीं लगा।

तुम्हारी गली का मुझे कोई डर नहीं। आज मेरे सामने नीला समुद्र है, मेरे सिर पर आषाढ़ के बादल।

तुम लोगों की रीति-नीति के अँधेरे ने मुझे अब तक ढँक रखा था। बिन्दु ने आकर क्षण-भर के लिए उस आवरण के छेद में से मुझे देख लिया। वही लड़की अपनी मृत्यु द्वारा सिर से पैर तक मेरा वह आवरण उघाड़ गयी है। आज बाहर आकर देखती हूँ, अपना गौरव रखने के लिए कहीं जगह ही नहीं है। मेरा यह अनादृत रूप जिनकी आँखों को भाया है वे सुन्दर आज सम्पूर्ण आकाश से मुझे निहार रहे हैं। अब मँझली बहू की खैर नहीं।

तुम सोच रहे होगे, मैं मरने जा रही हूँ—डरने की कोई बात नहीं। तुम लोगों के साथ मैं ऐसा पुराना मज़ाक नहीं करूँगी। मीराबाई भी तो मेरे ही समान नारी थी। उनकी जंजीरें भी तो कम भारी नहीं थीं, बचने के लिए उनको तो मरना ही पड़ा। मीराबाई ने अपने गीत में कहा था, ''बाप छोड़ा माँ छोड़ी, जहाँ कहीं जो भी है, सब छोड़ दिया, लेकिन मीरा की लगन वही रहेगी प्रभु, अब जो होना है सो हो।''

यह लगन ही तो जीवन है।

मैं अभी जीवित रहूँगी। मैं बच गयी।

तुम लोगों के चरणों के आश्रय से छूटी हुई

—मृणाल

❑❑❑

Printed in the USA
CPSIA information can be obtained
at www.ICGtesting.com
LVHW091222150924
790963LV00005B/575